중학생 독후감 따라잡기 **104**

중학생이 보는
인간의 대지

생텍쥐페리 지음 | **안응렬**(전 한국외국어대 교수) 옮김
성낙수(한국교원대 교수) · **오은주**(서울여고 교사) · **김선화**(홍천여고 교사) 엮음

좋은 책 좋은 독자를 만드는 —
㈜신원문화사

책 머리에 ·

　더 이상 언급할 필요도 없지만 요즘은 독서의 중요성이 더욱 강조되는 시대입니다. 첨단과학으로 이루어진 대중매체 덕분에 눈으로 읽는 것보다는 말초신경을 자극하는 동영상 쪽으로 관심이 모아지는 데 대한 우려 때문일 것입니다. 꿈과 희망을 가지고 자라나는 학생들에게는 올바른 사고력과 분별력을 키워 주어야 합니다. 그런 점에서 다른 사람들의 생각과 철학, 인생관과 세계관이 들어 있는 명작들을 많이 읽는 것이야말로 바람직한 학습 효과를 거둘 수 있는 지름길이라 생각합니다.

　명작은 오랜 세월에 걸쳐 많은 사람들이 읽고 크게 감동을 받은 인정된 작품들로서, 청소년들의 삶에 지침이 되어 주고 인생관에 변화를 주게 될 것입니다.

　이번에 중학생들에게 꼭 읽히고 싶은 명작들을 선정하여, 작품을 바르게 감상하고 독후감을 쓰는 데 도움을 주고자 이 시리즈를 기획하게 되었습니다. 작품들은 동서고금에 걸쳐 객관적으로 인정받은, 훌륭한 대상만을 선정하였습니다. 그리고 책의 구성을 다음과 같이 하여, 읽고 쓰는 데 도움이 되도록 하였습니다.

하나, 삶에 대한 지혜와 용기를 주고 중학생이라면 꼭 읽어야 할 명작만을 골랐습니다.

둘, 명작을 읽고 난 후의 솔직한 느낌을 논리적·체계적으로 쓸 수 있도록 중학생들의 독후감 작성에 따르는 부담을 덜어 주도록 구성하였습니다.

셋, 작품 알고 들어가기, 내용 훑어보기, 작품 분석하기, 등장인물 알기를 통해 작품을 분석하는 힘을 기를 수 있도록 하였습니다.

넷, 작가 들여다보기, 시대와 연관 짓기, 작품 토론하기 등을 통해 작가의 일생을 알고 시대의 흐름을 파악하여 상상력과 창의력을 키워 주도록 하였습니다.

다섯, 독후감 예시하기와 독후감 제대로 쓰기에서는 책을 읽는 방법과 독후감 모범답안 실례를 제시함으로써 문장력을 길러 주는 한편 독후감 쓰기의 충실한 길라잡이가 되도록 했습니다.

아무쪼록 이 책들이 중학생들의 학습 능력 향상에 큰 도움이 되길 빌어 마지 않습니다.

엮은이 성 낙 수

차 례

# 작품 알고 들어가기 ● ● ● ● ● ● ● ● ● ●

독서를 좋아하는 학생이라면 누구나 《어린 왕자》를 읽어 본 경험이 있을 것입니다. 관계에 대해서, 어린이와 어른에 대해서 이야기하는 상징적인 소설인 《어린 왕자》는 나이를 불문하고 깊은 성찰을 하게 해줍니다. 그래서 언제 읽어도 아름다운 이야기라는 생각이 들죠. 그런데 혹시 《어린 왕자》의 주인공이 기억나는가요? 어린 왕자가 처음으로 만난 사람, '비행사' 말입니다.

《어린 왕자》의 작가인 생텍쥐페리는 어린 시절부터 비행사와 문학가를 동시에 꿈꿔 온 학생이었습니다. 그는 어떻게든 비행과 문학을 계속 하려고 했죠. 결국 그는 꿈을 이룹니다. 에어 프랑스사의 전신인 라테코에르에서 우편 비행사로 일하게 된 것이지요. 당시에는 비행기 조종이 컴퓨터 시스템으로 되어 있지 않았고, 오직 조종사가 눈으로 길을 확인하며 비행을 해야 했기 때문에 모든 비행사는 세계의 개척자였답니다.

《어린 왕자》의 비행사는 이런 생텍쥐페리의 경험으로부터 나온 인물이었던 것이죠. 그런데 생텍쥐페리가 쓴 다른 작품들에도 '비행사'

가 나옵니다. 이번에 우리가 읽게 될《인간의 대지》도 그렇습니다.

《인간의 대지》는 우편 비행사로 일하는 생텍쥐페리와 그의 동료들의 일화를 자전적 소설로 엮은, 생텍쥐페리 경험의 총 집결체라고 볼 수 있는 소설입니다. 이 소설에는 생텍쥐페리가 추구했던 삶의 진실이 직접적으로 제시되어 있는 것이죠. 그와 그의 동료들이 제1차 세계대전 전후의 우울한 세계에 대하여 도전적으로 행한 개척적인 우편 비행은 우리에게 모험적이고 주체적인 삶에 대한 건전한 갈망을 불러 일으켜 줍니다.

그럼 여러분. 여러분도 어느 날 하늘을 올려보았을 때 경비행기가 하늘을 가르고 엔진 울림소리를 내며 날아가는 것을 본 적이 있으신가요? 보았다면, 약 1세기 전 처음으로 하늘을 날아다니며 비행의 위험과 우편배달의 의무 앞에서 고민하고 살아간 비행사들의 삶이 궁금하지 않으신가요? 서정적이고 사색적인 생텍쥐페리가 자신의 경험을 담아 써내려간 소설《인간의 대지》를 읽어 봅시다.

인간의 대지

대지는 우리에게 만 권의 책보다 더 많은 것을 가르쳐 준다. 왜냐하면 대지는 우리에게 저항하기 때문이다. 인간은 장애물과 겨룰 때 비로소 자신의 진가를 발견한다. 그러나 그것을 달성하는 데는 연장이 필요하다. 대패나 쟁기 같은 것이 있어야 한다. 농부는 밭을 가는 동안 자연의 비밀을 조금씩 캐내는데, 그가 캐내는 진리는 보편성을 띤다. 이와 마찬가지로 항공로의 연장인 비행기도 모든 사람들을 오래 묵은 논제 속으로 끌어들인다.

평야에 드문드문 흩어져 있는 불빛들만이 별처럼 깜박이던 어느 밤, 나는 아르헨티나를 향해 처음으로 야간 비행을 하던 모습이 지금도 눈앞에 생생하게 떠오른다.

그 불빛 하나는 암흑의 대양 속에도 인간의 의식이라는 기적이 있음을 알려 주었다. 그 속에서 사람들은 책을 읽거나 깊은 생각에 잠겨 끝없이 마음속의 이야기를 했다. 어떤 집에서는 우주를 탐색하거나 안드로메다 성운에 관한 계산에 골몰하는지도 모른다. 그곳에서 사람들은 사랑을 속삭였다. 광야에서 이따금씩 비치는 불빛들은 삶의 양식을 달라고 외쳤다. 시인의 불빛, 교사의 불빛, 목수의 불빛 같은 가장 겸허한 불빛까지도 양식을 달라고 했다. 이 살아 있는 별들 중에 닫힌 창문은 얼마나 많으며, 꺼진 별과 잠든 사람은 또 얼마나 많은가.

서로 만날 생각을 해야 할 것이다. 들판 여기저기에 흩어져 타오르고 있는 이 불들 중의 몇몇과 마음이 통하도록 해야 할 것이다.

1. 항공로

천구백이십육 년의 일이다. 나는 라테코에르 회사의 풋내기 항공로 조종사로 들어간 참이었다. 이 회사는 나중에 에어 프랑스 회사가 된 우편 항공 회사가 생기기 전에 툴루즈와 다카르 사이의 연락을 담당했는데, 거기에서 일을 배웠다. 나도 동료들과 마찬가지로 우편기를 조종하는 영광을 얻게 되기 전에 풋내기들이 거쳐야 하는 훈련을 치루었다. 그것은 툴루즈와 페르피냥 사이를 이동하는 시험 비행으로, 추위가 뼈에 사무치는 격납고 속에서 유쾌하지 않은 기상 공부를 하는 것 등이었다. 우리는 아직 알지도 못하는 에스파냐의 산을 무서워하고 선배들을 우러러보는 가운데 그날그날을 보냈다.

우리는 이 선배들을 식당에서 만나곤 했는데, 그들은 무뚝뚝하고 쌀쌀맞을 뿐 아니라 거만하게 자신들의 의견을 들려주었다. 선배들 중의 어떤 이가 알리칸테나 카사블랑카에서 돌아와 비에 흠뻑 젖은 가죽 옷을 걸친 채 우리가 있는 곳으로 왔다. 그리고 우리 중에서 누군가 기어들어 가는 목소리로 비행이 어땠느냐고 물어보면 폭풍우가 있는 날은 올가미와 함정이 수두룩하고, 절벽이 느닷없이 내닫고 서양 삼송을 뿌리째 뽑을 듯한 소용돌이가 수없이 많은 그런 동화의 세계가 우리 눈앞에 펼쳐질 것이라고 말해 주었다. 흑룡 같은 바람이 계곡의 어귀를 가로막았으며 번개가 무더기로 산봉우리를 내리치는 그런 광경이었다. 이 선배들은 교묘하게 우리의 존경을 유지했다. 그러나 이따금씩 그들 중에 어떤 이가 돌아오지 않을 때면 그는 영원히 우리의 존경을 차지하는 사람이 되었다.

이처럼 나중에 코르비에르 산중에서 죽은 뷔리가 돌아오던 날을 생각난다. 이 나이 많은 조종사는 우리 사이에 들어와 앉아서는 너무 힘이 들어 어깨를 축 늘어뜨린 채 아무 말 없이 무겁게 식사를 했다. 그것은 항공로의 이 끝에서 저 끝까지 하늘이 썩어 문드러지고 옛날 범선의 대포들이 줄이 끊겨 달아나 갑판 위를 마구 굴러다니는 것처럼, 조종사에게는 산들이 모든 시꺼먼 구름들 속에서 굴러다니는 것처럼 생각되는 그런 몹쓸 날 저녁이었다. 나는 뷔리를 보며 침을 삼키고 마침내 용기를 내어 비행이 힘들었느냐고 물어 보았다. 이맛살을 잔뜩 찌푸린 채 머리를 접시 위에 틀어박고 있던 뷔리는 내 말을 듣지 못했다. 무개 비행기에서는 날씨가 나쁠 때면 더 잘 보기 위해 유리창 밖으로 목을 늘어뜨리고 내다보기 때문에 호된 바람 소리가 오랫동안 귓속에서 윙윙거린다. 이윽고 뷔리는 고개를 들었다. 그는 내 말을 듣는 것 같기도 하고 내 말을 생각하는 듯싶었다. 그러더니 갑자기 명랑하게 웃어젖혔다. 뷔리는 잘 웃지 않는 사람이기 때문에 그의 피로를 빛나게 하는 이 짧은 웃음소리를 듣고 깜짝 놀랐다. 그는 자신의 승리에 대해 아무 말도 하지 않은 채 머리를 숙이고는 묵묵히 다시 먹기 시작했다. 그러나 어둠침침한 식당 안에서 하루의 피로를 푸는 하찮은 하급 관리들 틈에 앉아 있는, 이 어깨가 축 늘어진 동료가 내게는 이상하게도 고귀한 존재처럼 여겨졌다. 그에게는 거친 외양 속에 용을 이긴 천사의 모습이 엿보였다.

드디어 나도 주임 사무실로 불려 가는 저녁이 오고야 말았다. 주임은 그저 이렇게 말했다.

"내일 출발하오."

나는 거기에 그대로 서서 나가라고 하기를 기다렸다. 주임은 얼마 동안 아무 말이 없다가 이렇게 덧붙였다.

"복무 규정은 잘 알고 있지요?"

그 시절의 엔진은 요즘 엔진처럼 안전을 보장해 주지 못했다. 엔진은 가끔 아무런 예고도 없이 별안간 깨진 그릇과 같은 요란한 소음 속으로 우리를 밀어붙이는 경우가 있었다. 그러면 대피소도 별로 없는 에스파냐의 바위산을 향해 우리는 손을 들고 만다.

"여기에서는 엔진이 부서지면 비행기도 이내 깨진다."

우리는 늘 이런 말을 했다. 그러나 들이받지 말아야 한다. 그래서 우리는 산간 지대에서는 구름바다 위의 비행이 금지되었다. 그것을 위반하는 경우에는 가장 무거운 징계 처분을 받는다. 고장중인 조종사가 흰 구름층 속으로 빠져 들어가다 보면 보이지도 않는 산꼭대기

13

와 박치기를 할 것이다. 그렇기 때문에 그날 저녁 주임은 느릿느릿한 목소리로 다시 한 번 복무 규정을 강조했다.

"에스파냐에서 구름바다 위를 나침반만 가지고 비행한다는 것은 매우 유쾌하고 멋진 일이오. 하지만……."

그리고는 더 느릿느릿하게 말을 이었다.

"하지만 구름바다 밑은 저승이란 것을 잊지 말아야 하오."

그러자 갑자기 그렇게도 평평하고 단순한 그 고요한 세계가 구름 가운데에서 솟아오를 때 그 조용한 세계가 내게는 미지의 가치를 가진 것으로 나타났다. 저기 내 발밑에 펼쳐진 끝없는 흰 함정을 머릿속에 그려 보았다. 그 밑에는 우리가 생각한 것처럼 사람들이 북적거리며 요란스럽고, 도시들의 활발한 교통이 아니라, 절대적인 평화가 깃들었다. 그 흰 풀(糊)이 내게는 현실적인 것과 비현실적인 것, 이미 알고 있는 것과 아직 알지 못하는 것의 경계를 이루게 했다. 그리하여 벌써 어떤 풍경이든 그것이 한 문화, 한 문명, 한 직업을 거치지 않고서는 어떤 의의도 없다는 것을 짐작하게 했다. 그러나 그들은 거기에서 이 동화와 같은 장막은 발견하지 못했다.

사무실에서 나왔을 때 나는 어린아이다운 자부심을 느꼈다. 나도 이제 이 밤만 지나 새벽이 되면 비행기 승객들과 아프리카로 가는 우편물을 책임져야 한다. 그러나 동시에 대단히 겸손해지는 것도 느꼈다. 준비가 제대로 되어 있지 않다고 생각했다. 에스파냐에는 대피소가 별로 많지 않았다. 위험한 고장이 일어날 때 나를 받아들일 보조 착륙장을 어디에서 찾아야 할지 모를까 봐 걱정되었다. 빤빤한 지도를 기웃거리며 들여다보았으나 내게 필요한 것을 발견하지 못했다. 그래서 이 무서움과 자부심이 뒤범벅이 된 벅찬 가슴을 안고 이 출동 전야를 동료인 기요메에게 가서 지내기로 했다. 기요메는 에스파냐에 관한 관건을 넘겨주는 요령을 알고 있었다. 기요메에게서 그에 대한 초보 지식을 배워야 했다.

그의 방에 들어가자 그는 웃으며 말했다.

"소식 들었네. 기분은 좋은가?"

그는 포르토와 잔들을 가지러 찬장 쪽으로 갔다가 내게로 다시 오면서 여전히 웃음을 띤 얼굴로 말을 이었다.

"이걸 한잔하세. 두고 보게. 일이 잘 될 걸세."

나중에 우편기로 안데스 산맥과 남대서양 횡단 비행을 하는 데 기록을 세울 이 동료는 램프가 불빛을 퍼뜨리는 것처럼 내게 자신감을 전해 주었다. 몇 해 전 그날 저녁, 셔츠 바람으로 등불 밑에서 팔짱을 끼고 너그러운 웃음을 지으며 그는 내게 이런 말을 해주었다.

"폭풍우며 안개며 눈들이 종종 자네를 괴롭힐 걸세. 그런 때는 자네보다 먼저 그것을 겪은 모든 사람들을 생각하게. 그리고 '다른 사람들이 성공한 것은 누구나 언제든지 성공할 수 있는 것'이라고 생각하게."

그러나 나는 지도를 펼쳐 놓고, 항공로를 다시 점검해 달라고 청했다. 그리고 전등 밑에 머리를 숙이고 선배의 어깨에 기대어 학생 시절의 평화를 다시 찾아냈다.

그러나 거기에서 배운 지리는 참으로 괴상했다. 기요메는 에스파냐에 대해 가르쳐 주지 않았다. 그는 에스파냐를 내 친구로 만들어 주었다. 그는 인구 이야기나 가축 임대 이야기도 해주지 않았다. 그는 과디스에 대해서는 말하지 않고 과디스 근처 어떤 밭둑에 있는 오렌지 나무 세 그루에 대해서만 일러 주었다.

"그것들을 조심하게. 자네 지도에 그것들을 표시해 두게."

그 뒤부터 이 나무 세 그루가 시에라네바다 산맥보다도 더 크게 내 지도에 자리 잡았다. 그는 로르카에 대해서는 말하지 않고 로르카 근처에 있는 어떤 농가 이야기만 해주었다. 살아 있는 농가 이야기였다. 그리고 그 농가의 주인 이야기나 그의 아내 이야기까지 들려주었다. 그러므로 우리에게는 천오백 킬로미터나 떨어진 공간에 잠겨 있는 이 농부 내외가 어마어마한 중요성을 띠었다. 그 산비탈에 차분히 자리 잡은 이들은 등대지기처럼 그들의 하늘 밑에서 사람들을 구조할 준비를 갖추었다.

이렇게 해서 우리는 이 세상의 모든 지리학자들에게 알려지지 않은 곳을 망각 속에서, 생각조차 미치지 않는 곳에서 끄집어냈다. 왜냐하면 큰 도시들을 먹여 주는 에브라 강이나 지리학자들의 흥미를 끌 뿐, 모트릴 서쪽 풀숲에 숨어서 서른 그루쯤 되는 꽃나무를 먹여 살리는 그 아버지인 실개천은 그들의 관심을 자아내지 않기 때문이었다.

"개천을 조심하게. 그놈이 착륙장을 못 쓰게 만든다네. 그것도 지도에 그려 넣게."

아아! 모트릴의 실개천을 잊는 날이 없을 것이다. 그것은 아무렇지도 않은 것 같았다. 그놈은 조용한 속삭임으로 개구리 몇 마리를 홀리는 것이 고작이었다. 그러나 그놈은 한쪽 눈을 뜨고 잤다. 그 실개천은 보조 착륙장의 낙원 속에서 풀숲 밑에 엎드려, 여기에서 이천 킬로미터 떨어진 곳에서 나를 엿보고 있었다. 그것은 기회만 오면 나를 불기둥으로 만들 것이다.

또한 저 산비탈에서 공격 태세를 갖추고 전개해 있는 서른 마리의 양을 단단히 무장하고 기다렸다.

"자네는 그 풀밭에 아무것도 없는 줄 알지. 그런데 우루루 하고 그 양 서른 마리가 바퀴 밑으로 달려든단 말이야."

그렇게도 위선적인 위협을 명랑한 웃음으로 대했다.

그리하여 내 지도 안에 있는 에스파냐는 전등불 밑에서 차츰 동화의 나라가 되었다. 나는 대피소와 함정에 십자로 표를 질렀다. 그리고 그 농부, 서른 마리의 양과 그 실개천을 표시해 두었다. 지리학자들이 무시했던 그 양치는 처녀를 바로 그가 있는 자리에 표시해 두었다.

기요메와 헤어지자 몹시 추운 이 겨울밤을 거닐어야겠다는 생각이 들었다. 외투 깃을 추켜세우고 낯선 통행인들 틈에 끼여 내 젊은 정열을 안고 거닐었다. 가슴속에 비밀을 간직하고 그 알지 못하는 사람들과 나란히 거니는 것이 자랑스러웠다. 이 야만인들은 나를 알지도 못한다. 그럼에도 불구하고 해뜰 무렵에 그들은 자신들의 근심과 열정을 우편 행낭 속에 든 짐에 부쳐 내게 맡길 것이다. 그들의 희망을 갖다 맡기는 곳도 내 손일 것이다. 이렇게 외투 속에 파묻혀 저들 틈에 끼여 보호자의 발걸음을 옮기지만 그들은 내 배려는 조금도 알지 못했다.

그들은 또한 밤으로부터 내가 얻은 메시지도 받지 못했다. 지금 채비를 차리고 있을지도 모르는, 그래서 내 첫 번째 항공을 어렵게 할지도 모르는 저 폭풍과 폭설은 내 육신 자체에 관계되는 것인 까닭에. 별들이 하나 둘씩 사라진다고 해도 저 소풍객들이 그것을 어떻게 알겠는가? 나 혼자만이 비밀을 알고 있다.

싸움이 벌어지기 전에 적의 진지에 대한 정보를 받았다. 그러나 내게 무척 중대한 책임을 지워 주는 이 암호를 크리스마스 선물들이 번쩍이는 환한 쇼윈도 곁에서 받았다.

이 밤의 그곳에는 이 세상 모든 재물들이 진열되어 있는 듯싶었다. 따라서 나는 희생에 대한 취할 듯한 자존심을 맛보았다. 나는 위협당하는 전사였으니 저녁 잔치를 위해 마련한 번쩍이는 수정 그릇, 전등갓, 책 들이 내게 무슨 소용이 있겠는가.

항공로 조종사로서 안개 속에 목욕하고 비행하는 밤의 쓰디쓴 과일을 한입 베어 물었다.

누군가 나를 깨웠을 때 시간은 새벽 세 시였다. 덧문을 화닥닥 열고 시가지 위에 비가 내리는 것을 바라보며 옷을 입었다.

삼십 분 뒤, 조그마한 트렁크를 깔고 앉아 비에 젖어 번들번들하는 보도 위에서 나를 태워 줄 버스가 오기를 기다렸다. 나보다 앞서 많은 동료들이 그들의 처녀 출동을 가슴 조이며 이처럼 기다렸다. 이윽고 깨어져 못 쓰게 된 쇠붙이 소리를 요란스럽게 울리며 이 구식 버스가 거리의 한 모퉁이에 나타났다. 나는 버스 안에서 잠이 덜 깬 세관리와 몇몇 동료들 틈에 끼여 딱딱한 걸상에 비집고 앉을 권리를 누렸다. 이 버스는 곰팡내가 날 뿐 아니라 인간 생활이 매몰되는, 먼지가 켜켜이 앉은 관청과 오래 묵은 사무실 냄새를 풍겼다. 버스는 오백 미터 거리마다 정차해서 서기를 한 명 태우고, 세관리와 감독관도 한 명씩 태웠다. 차 안에서 잠들었던 사람들은 분명하지 않게 웅얼웅얼하며 새로운 승객들의 인사를 받았다. 나중에 탄 사람들도 그럭저럭 자리를 비집고 앉아서 이내 잠이 들었다. 그것은 툴루즈의 고르지 못한 포장 도로 위를 굴러가는 일종의 서글픈 잠들이었다. 항공로의 조종사도 관리들 틈에 끼여 그들과 별로 다른 점이 없었다. 그러나 가로등은 휙휙 지나가고 비행장은 가까이 다가왔다. 흔들리는 구석 버스는 사람이 변형되어 나오는 회색 번데기에 지나지 않았다.

인간의 대지

동료들 누구나 한 번 이상은 느꼈을 것이다. 이 아침도 밤도 아닌 새벽에 감독관의 신경질을 참아야 하는 욕받이 부하이며 에스파냐와 아프리카 우편기의 책임자로 태어나는 것을. 세 시간 뒤에는 번갯불을 헤치고 오스피탈레스의 용과 대결할 조종사가, 네 시간 뒤에는 그 용을 이긴 후 전권을 가지고 바다로 우회할지 아니면 알코이의 연산을 직접 공격할지를 그의 결정에 있으며, 그럼으로써 뇌우와 산악과 대양과 대결할 조종사가 태어나는 것을.

아울러 그들은 깨달을 것이다. 동료들 누구나 이렇게 컴컴한 툴루

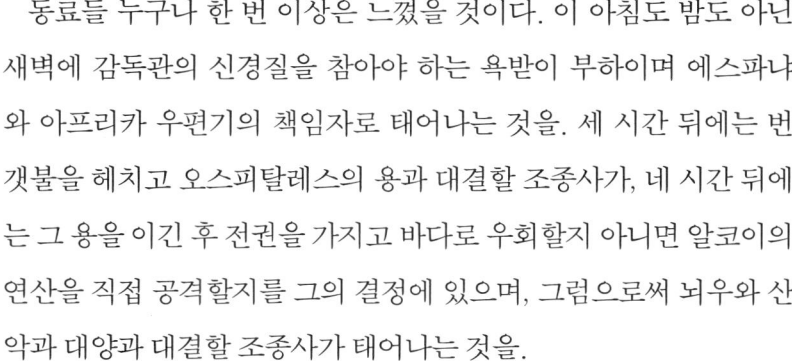

즈의 겨울 하늘 아래 특색 없는 무리 틈에 섞여, 이와 비슷한 아침에 한 번은 주동자가 자기 자신 안에서 크는 것을. 다섯 시간 후에는 북극의 비와 눈을 남겨 둔 채 엔진의 회전을 줄여 한여름 속으로, 알리칸테의 찬란한 태양 속으로 내려가기 시작할 주동자가 지금 자기 자신 안에서 커지는 것을.

지금 오래된 구식 버스는 없어졌다. 그러나 불편과 엄하고 혹독했던 모습은 내 추억 속에 생생하게 남아 있다. 그 버스는 우리의 직업이 지니는 딱딱한 기쁨을 맛보기 위해 준비가 필요했다. 그곳에서는 모든 것이 뼈저리도록 검소했다. 나는 삼 년이 지난 뒤에, 안개 낀 어느 날 밤에 영원히 은퇴한, 백여 명이나 되는 항공로 동료들 중의 한 명이던 레크리벵 조종사의 죽음을 그 버스 안에서 몇 마디의 말이 채 오가기도 전에 알아차렸던 것을 기억한다.

그날도 새벽 세 시였다. 지금과 똑같은 침묵이 흐르던 중에 어둠 속에 잘 보이지 않던 소장이 감독관에게 소리를 높여 말하는 것이 들렸다.

"레크리벵이 오늘 밤 카사블랑카에 착륙하지 않았대."

"아, 그래요?"

감독관이 대답했다.

그리고 자신이 더듬던 꿈길에서 억지로 깨어난 그는 다시 잠을 자려고 노력하며 덧붙여 말했다.

"아, 그래요? 통과하는 데 성공하지 못했습니까? 되돌아왔습니까?"

"아니."

거기에 대해 버스 저 안쪽에서 그저 이 대답만이 들려왔다. 우리는 그 다음 말을 기다렸다. 그러나 아무 말도 뒤따르지 않았다. 그리고 일 초, 이 초 시간이 지남에 따라 이 '아니'라는 말에는 다른 말이 따르지 않으리라는 것이 명백해졌다. 이 '아니' 외에는 호소할 길이 없다는 것이, 레크리벵은 카사블랑카에 착륙하지 않았을 뿐 아니라 어느 곳이든 영원히 착륙하지 못하리라는 것이 더욱 명백해졌다.

이처럼 그날 아침, 내 처녀 우편 비행을 하는 날 새벽에 나도 직업에 따른 거룩한 예절을 지켰고, 유리문을 통해 가로등이 반사하는 번들번들한 포석을 내다보며 자신이 없어지는 듯한 느낌을 맛보았다. 포석에 괸 물 위로는 바람이 휙 지나가며 커다란 종려 잎 같은 무늬를 그려 놓는 것이 보였다. 나는 생각했다.

'처녀 우편 비행치고는 운이 없는걸.'

감독관을 바라보며 물었다.

"날씨가 나쁘겠습니다?"

감독관은 유리창 쪽으로 피곤한 눈길을 돌리더니 이윽고 웅얼거렸다.

"꼭 그렇다고만 할 수는 없지요."

그래서 어떤 것이 불순한 일기의 조짐인가를 생각해 보았다. 기요메는 전날 저녁에 오직 한 번 싱긋 웃음으로써 선배들이 우리에게 덮어씌우는 불길한 조짐을 지웠으나 그것은 내 기억 속에서 다시 살아났다.

'항공로의 조약돌 하나하나까지 알지 못하는 사람이 폭풍과 폭설

을 만나면 큰일이지…… 암! 큰일이고말고.'

그들은 위신을 세워야 했다. 그래서 우리가 간직하고 있는 천진난만함을 불쌍하게 여기는 듯이 거북살스러운 동정의 시선으로 우리를 보며 머리를 끄덕였다.

과연 우리들 중의 얼마나 많은 사람들에게 이 버스가 마지막 대피소 노릇을 했는가? 육십 명? 팔십 명? 비 오는 날 아침, 바로 저 무뚝뚝한 운전사에게 끌려서 주위를 둘러보았다. 밝은 점들이 어둠 속에서 빛났다. 담뱃불이 저마다의 명상에 구두점을 찍었다. 늙은 고용인들의 변변하지 못한 명상에, 우리 동료들 중의 얼마나 많은 사람들에게 이 동행들은 마지막 호상 노릇을 했을까?

조그마한 목소리로 속삭이는 이야기를 귓결에 듣기도 했다. 그것은 병이며, 돈이며, 변변하지 않은 집안 걱정에 대한 이야기였다. 그것은 이 사람들이 감금되어 있는 우중충한 감옥의 담을 보여 주었다. 그러자 별안간 운명의 모습이 내 앞에 나타났다.

여기 있는 내 동료, 늙은 관료여! 끝내 아무도 그대를 탈출하게 해주지는 못했지만 그것은 그대의 죄가 아니다. 다만 그대는 흰개미들이 하는 것처럼 광명을 향해 빠져나갈 구멍을 시멘트로 막은 까닭에 그대의 평화를 이룩한 것이다. 그대는 자유 시민적 안전 속에, 그대의 천편일률적인 일 속에, 그대의 시골 생활의 그 숨 막히는 예절 속에 공처럼 뭉쳐졌다. 그리고 바람과 조수를 막기 위해 이 초라한 성벽을 쌓아 올렸다. 그대는 인생의 큰 문제를 아랑곳할 생각은 조금도 없다. 그대는 인간으로서의 번뇌를 잊는 것 자체에도 무척 고생했다.

그대는 유성의 주민이 아니며, 대답이 없을 질문은 아예 품지 않는다. 그대는 툴루즈의 소시민들 중 한 명이다. 아직 그럴 여유가 있을 적에는 아무도 그대의 어깨를 붙잡지 않았다. 지금은 그대를 이루는 진흙이 말라 이제부터는 아무도, 애초에 그대 안에 살고 있었을지도 모르는 잠든 음악가며 시인, 혹은 천문가를 그대 안에 다시 깨워 일으키지 못하리라. 이제 폭풍우를 원망하지 않는다. 직업의 마술이 내게 한 세계의 문을 열어 주므로, 그 세계 안에서 두 시간 후에는 시커먼 용들이며 푸른 번개가 얼기설기 걸려 있는 산꼭대기와 겨룰 것이다. 그리고 마침내 밤이 되면 해방되어 별들 가운데로 내 길을 찾아갈 것이다.

우리의 직업적 입문은 이렇게 진행되어 우리는 비행을 시작했다. 이 비행은 대부분 평온했다. 우리는 직업적인 잠수부처럼 우리 영역의 깊숙한 곳으로 조용히 잠겨 들어갔다.

우리의 이 영역은 오늘날 속속들이 탐사되었다. 이제는 조종사와 기관사와 무전사들이 모험하는 것이 아니라 연구소 안에 틀어박혀 있다. 그들은 풍경의 전개에 복종하는 시기를 지나 여러 가지 지침의 움직임에 복종한다. 밖에는 산들이 어둠 속에 잠겨 있다. 그러나 그 것들은 이미 산이 아니다. 그것들은 이 접근을 계산하지 않으면 안 되는, 보이지 않는 강국들이다.

무전사는 얌전하게 전등불 밑의 숫자를 기입하고, 기관사는 지도에 점을 찍고, 조종사는 산들의 방향이 바뀌었을 때에, 왼편으로 끼

23

고 돌려던 산꼭대기가 무언의 비밀스러운 군사상 준비로 정면에 전개될 때 항로를 수정한다.

지상에서 밤을 새우는 무전사들은 그 시각에 자신의 노트 위에 동료의 것과 같은 말을 얌전하게 써넣는다.

'영 시 사십 분, 방향 이백삼십도. 기내 이상 없음.'

오늘날의 승무원들은 이렇게 비행한다. 그들은 움직인다는 것을 도무지 느끼지 못한다. 그들은 바다에 밤이 엄습한 것처럼 모든 목표물들에서 아주 멀리 떨어져 있다. 엔진들은 불을 환히 켜 놓은 방을 속속들이 뒤흔들어 그 본질을 변화시킨다. 시간은 돌아간다. 그리고 이 지침반 안에서, 이 진공관 안에서, 이 지침 안에서는 눈에 보이지 않는 광범위한 연금술이 행해지고 있다. 일 초, 이 초 지나가는 대로, 이 비밀한 손짓, 이 숨찬 말 한마디, 이 주의가 기적을 마련한다. 그리하여 시간이 되면 조종사는 틀림없이 이마를 유리창에 갖다 댈 것이다.

연금술로써 금이 나타난 것이다. 이 금은 기항지 비행장의 불 속에서 빛난다.그렇기는 하지만 우리는 모두 기항지 비행장에 닿기 두 시간 전에 어떤 특정한 각도에서 오는 불빛을 보고, 갑자기 우리가 너무나 멀리 떨어져 있다는 느낌을 맛보는 그런 비행을 경험했으니, 그것은 인도에 가 있더라도 느끼지 않았을, 거기에서 다시는 돌아오기를 바라지 못할 그런 비행이었다.

메르모즈도 그랬다. 수상 비행기로 처음 남대서양을 횡단했을 때 그는 해질 무렵에 포토느와르 지방에 접근했다. 눈앞에서 담이 쌓이는 것을 보듯 태풍의 고리들은 각각으로 좁혀 들어오고, 이런 준비 공작이 진행되는 중에 밤의 장막이 내려앉아 그것들을 감추는 것을 그는 보았다. 그리고 한 시간 뒤에 구름 밑으로 살금살금 기어들어 갔을 때 그는 기상천외한 왕국에 발을 들여 놓았다.

그것은 어떤 신전의 검은 기둥들처럼 꼼짝하지 않는 것 같았다. 그리고 맨 꼭대기에 가서 부풀어올라 폭풍우의 시커멓고 야트막한 천장을 떠받쳤다. 그러나 군데군데 찢어진 천장의 틈으로 광선 줄기가 내리지르고, 보름달이 기둥 사이를 뚫고 바다의 차디찬 포석을 비추었다. 메르모즈는 이 광선 줄기에서 저 광선 줄기를 향해 바다가 요란한 폭음을 내며 끓어 올라가는 그 어마어마한 기둥들을 끼고 돌며, 그 아무도 없는 폐허를 거쳐 네 시간 동안의 비행을 계속해서 새어나오는 달빛을 따라 신전 출구를 향해 달렸다. 그 광경에 얼마나 압도되었는지 포토느와르를 지나칠 때까지 공포를 느끼지 않았다는 것을 메르모즈는 나중에야 상기했다.

나 역시 실제 세계의 변경을 돌파했던 그 시간들 중의 하나를 기억하고 있다. 그날은 밤새껏 사하라 사막의 기항지 비행장들로부터 보내 오는 무전 방향을 측정하는 위치가 줄곧 잘못되어 무전사 네리와 나는 심각한 착오 속에 빠져들었다. 안개가 뚫린 틈 저 밑에 물이 번쩍이는 것을 보고 갑자기 해안 쪽으로 방향을 바꾸었을 때 얼마나 오랫동안 깊은 바다를 향해 우리가 비행했는지 기억도 없었다.

우리는 해안까지 닿을 수 있을지도 확실히 알 수 없었다. 휘발유가 떨어질지 몰랐기 때문이다. 그러나 해안까지 닿는다고 해도 기항지 비행장을 찾아야만 했다. 그런데 그때는 달이 질 무렵이었다. 이미 각도 정보도 끊어져 우리는 장님이 되어 갔다. 달은 깜박이는 숯불처럼 눈 벌판 같은 안개 속으로 사라지고 말았다. 그리하여 우리 머리 위에는 하늘도 구름에 가려졌고, 우리는 그때부터 그 구름과 안개 사이를 뚫고 모든 빛과 물체 들이 빠져나간 세상 속을 여행했다.

우리에게 응답하던 기항지 비행장들도 우리에게 정보를 보내는 것을 단념했다.

'위치 통보 없음…… 위치 통보 없음…….'

그것은 우리의 목소리가 사방으로 퍼져 그들에게 들리기 때문에 결국은 어느 곳에서도 들려오지 않는 것이나 마찬가지였다.

그런데 우리가 실망하기 시작할 즈음 갑자기 전방 좌측에 빛나는 하나의 점이 지평선에 나타났다. 나는 기쁨이 용솟음치는 것을 느꼈다. 네리는 내게로 몸을 굽히며 노래를 불렀다. 그것은 기항지 비행장일 수밖에 없었다. 왜냐하면 사하라는 밤이면 빛을 모두 잃고 하나의 거대한 죽음의 지역이 되기 때문이다. 그러나 그 불빛은 약간 반짝거리더니 꺼지고 말았다. 우리는 안개층과 구름 사이의 지평선에 그저 몇 분 동안 스러지기 직전에 있는 어느 별 쪽으로 기수를 향했다.

그때 우리는 다른 불빛들이 나타나는 것을 보았고, 그럴 때마다 은근한 희망을 품고 그들 하나하나를 향해 차례로 기수를 돌렸다. 그리고 불빛이 오래 가면 우리는 삶과 죽음에 관한 실험을 해보았다.

"불 보임. 당신네 등대를 세 번 껐다 켰다 하시오."

네리는 시스네로스 기항지 비행장을 향해 명령했다. 시스네로스 비행장에서는 등대를 껐다 켰다 했다. 그러나 우리가 주시하던 무자비한 불빛은 변함없는 별이므로 깜박이지 않았다. 휘발유가 점점 떨어지는데도 불구하고 우리는 매번 금빛 낚시를 물었으므로 그때마다 그것은 진짜 등대 불이었고, 그것은 언제나 비행장이요 삶이었다. 그런 다음 우리는 또 별을 바꾸어야만 했다.

그때부터 우리는 손에 미치지 않는 수백 개의 별들 가운데에서 오직 하나인 진정한 우리의 별, 홀로 눈에 익은 우리의 풍경과 우리와 친근한 집들과 우리의 애정을 간직하는 그 별을 찾아 우주의 공간을 헤맸다는 것을 깨달았다.

홀로 간직하던 그 별에 대해 그것이 내 눈앞에 나타난 그대로 그대에게는 유치하게 생각될지도 모르는 모습을 말해 보련다. 위험의 한가운데에서도 사람은 인간으로서의 걱정을 지니고 있어서 목도 마르고 배도 고프다. 시스네로스를 찾아내기만 한다면 우리는 휘발유를 가득 채워 넣고 비행을 계속해서 상쾌한 이른 아침에 카사블랑카에 착륙할 것이다. 이제 할 일도 다 했으니 네리와 나는 시내로 들어갈 것이다. 새벽녘에 문을 여는 주막들이 있다. 안전해진 네리와 나는 지난밤의 일을 웃음으로 날리며 뜨끈뜨끈한 반월형 빵들과 밀크 커피를 앞에 놓고 식탁을 대할 것이다. 네리와 나는 생명의 아침 선물을 받을 것이다. 이처럼 늙은 농사꾼 마나님도 그림 형상이나 순박한 메달이나 묵주를 통해서야 자신의 신과 만난다. 누구나 우리가 이해하기 위해서는 순박한 말을 해야만 한다. 이처럼 삶의 기쁨은 내게 향기롭고 따뜻한 첫 모금에, 이 우유와 커피의 혼합으로 요약되느니, 사람들은 그것을 거침으로써 조용한 목장과 이국의 대농원과 타작과 온 대지와 사귄다. 그렇게 많은 별들 중에 우리의 손이 자신에게로 미칠 수 있도록 하기 위해 새벽 식사의 이 향기로운 접시를 만들어 주는 별은 이 지구 하나밖에 없다.

그러나 넘을 수 없는 거리들이 우리 비행기와 사람 사는 이 땅 사이에 자꾸 겹쳐졌다. 세상의 모든 재화가 성좌들 사이에서 길을 잃은 먼지 하나에 머물렀다. 그리고 먼지 하나를 찾아내려고 애쓰는 천문가 네리는 계속해서 별들에게 간절하게 요구했다.

그의 주먹이 갑자기 내 어깨를 때렸다. 이 주먹질이 내게 알려주는 종이 쪽지에는 이렇게 씌어 있었다.

'만사 오케이. 훌륭한 메시지를 받았습니다.'

그래서 가슴 설레며 우리를 구해 줄 대여섯 마디의 글을 마저 기록해 주기를 기다렸다. 마침내 하늘의 선물을 받았다.

그것은 우리가 전날 저녁에 떠난 카사블랑카에서 왔다. 통신이 도중에 지체되었다가 천 킬로미터 떨어진 바다 위, 구름과 안개 속에 길을 잃은 우리를 별안간 찾아온 것이다. 그 메시지는 카사블랑카 비행장의 대표로부터 왔다. 글의 내용은 이랬다.

"생텍쥐페리 씨, 당신의 징계를 파리에 청할 수밖에 없습니다. 당신은 카사블랑카를 출발할 때 격납고에 너무 가까이 선회했습니다."

내가 격납고에 너무 가깝게 선회한 것은 사실이었다. 그리고 이 사람이 그의 직책상 화내면서 자신을 질책하는 것도 사실이었다. 그리고 비행장 사무실에서라면 이 책망을 겸손하게 받아들였을 것이다. 그러나 이것이 찾아와서는 안 될 곳으로 우리를 찾아왔던 것이다. 그 책망은 매우 드문 별들 사이에서, 안개의 층 위에서, 위협적인 바다의 한가운데에서 폭발한 것이다. 우리는 지금 우리 자신의 운명과 우편물과 우리 비행기의 운명을 아울러 양손에 쥐고 살기 위해 갖은 고생을 하는 중으로, 이 사람은 그 하찮은 분노를 우리를 향해 내쏟았다. 그러나 네리와 나는 흥분하기는 고사하고 오히려 갑자기 탁 트인 환희를 맛보았다. 여기에서는 우리가 주인이었다. 이 사람은 우리에게 사실을 발견하게 했다. 그 병장은 우리 소매를 보고 우리가 대위로 승진한 것도 보지 못했단 말인가? 북두칠성과 궁수자리 사이를 오락가락하면서 우리의 규모에 알맞은 사건, 우리의 머리를 번거롭게 할 만한 사건이란 오직 달의 저 배반뿐인 이 때에 그는 우리의 꿈을 어질러 놓았다.

절박한 의무, 이 사람의 존재를 나타내는 그 별은 우리가 전체 사이에서 하는 계산을 위해 정확한 숫자를 알려주었다. 그런데 그 숫자는 틀렸다. 그 나머지 일에 대해 당분간 이 유성은 침묵을 지키는 것이 상책이었다. 네리는 이런 말을 내게 써서 보였다.

'쓸데없는 짓은 하지 말고, 저들이 우리를 어디다 내려 주었으면 좋을 텐데…….'

네리에게 '저들'은 지구의 모든 사람, 그들의 민의원, 원로원, 해군, 육군, 황제 들을 포함했다. 이리하여 우리와 대결해 본답시고 하는 이 정신나간 사람의 메시지를 다시 읽으며, 우리는 수성을 향해 방향을 바꾸었다.

우리는 뜻밖의 우연으로 살아났다. 시스네로스를 언제고 만나리라는 희망을 포기하고, 해안선을 향해 계속 수직으로 방향을 바꾸어 휘발유가 다 떨어질 때까지 기수를 같은 방향으로 고정시키기로 결정할 그런 때가 오고야 말았다. 불행하게도 눈어림으로 된 내 헤드라이트가 나를 어디로 끌고 갈지 알 수 없었다. 또 불행하게도 일이 가장 잘 되었다고 해도 한밤중에 짙은 안개 속에서 강하할 수는 없을 것이므로 큰 사고를 일으키지 않고 착륙할 수 있는 기회는 극히 적었다. 그러나 이것저것 가릴 여유가 없었다.

사태는 지극히 명료해서 내가 어깨를 추켜세우자 한 시간만 빨랐더라면 우리를 구원해 주었을 메시지를 네리가 건네 주었다.

'시스네로스가 우리의 위치를 측정하기로 결정했습니다. 시스네로스가 지시하기는 이백육십 도가 분명하지 않답니다.'

이제는 시스네로스가 어둠 속에 파묻혀 있지 않고 저기 우리 왼편에 만져질 수 있을 만큼 가깝게 자세를 나타냈다. 그러나 거리가 얼마나 떨어져 있는가? 네리와 나는 짧막한 대화를 나누었다. 너무 늦었다. 이것은 같은 의견이었다. 시스네로스 편으로 달리다가 해안에 다다르지 못할 위험을 더 가중시키는 것이 된다. 그래서 네리는 이렇게 대답했다.

"휘발유가 한 시간뿐이니 기수를 구십삼 도로 고정시킵시다."

그러는 중에 비행장이 하나 둘씩 깨어났다. 우리 대화에 아가디르, 카사블랑카, 다카르의 목소리들이 섞여 들려왔다. 각 도시의 무전국이 비행장들에게 급보를 보냈던 것이다. 비행장의 주임들은 동료들을 급히 깨워 일으켰다. 이리하여 차츰차츰 이 동료들이 어떤 병자의 침대로 모여들 듯 우리 주위로 모여들었다. 쓸데없는 집중이었다. 그러나 집중은 집중이었다. 그것은 효과 없는 권고였지만 매우 다정했다.

그런데 갑자기 툴루즈가 나타났다. 사천 킬로미터 저쪽에 떨어져 있는 항공로의 시발점인 툴루즈가 나타났다. 툴루즈는 대뜸 우리 사이에 자리잡고 느닷없이 물었다.

"조종하는 비행기가 에프…… 기가 아닙니까?"

툴루즈는 등록 번호를 잊어버렸다.

"그렇습니다."

"그러면 휘발유가 아직 두 시간 정도는 있습니다. 그 비행기의 탱크는 표준형이 아닙니다. 기수를 시스네로스로 돌리시오."

이처럼 직업이 요구하는 필요성은 세상을 변화시키고 풍요롭게 한다. 조종사로 하여금 묵은 풍경 속에서 새로운 의미를 발견하게 하기 위해 이와 같은 밤이 꼭 필요한 것은 아니다. 승객들에게는 지루하고 단조로운 풍경이 승무원들에게는 달리 보인다. 지평선을 가로막는 저 구름 덩어리가 그들에게는 장식으로 보이지 않고, 그들의 근육의 흥미를 불러일으키고, 그들에게 문제를 제시할 것이다. 그들은 벌써 그것을 고려하고 계산해서 그들과 그 구름 덩어리 사이에는 참된 말이 오간다. 저기 산봉우리가 하나 보인다. 아직은 멀리 있다. 그 산봉우리는 어떤 모습을 하고 있을까? 달이 비치면 그것은 편리한 지표가 된다. 그러나 조종사가 맹목적으로 비행할 때에는 편류를 바로잡기 힘들고, 그 위치에 대해 의혹을 품을 때에는 산봉우리가 폭발물로 변한다. 그것은 또한 밤 전체를 위협으로 뒤덮는 것이 마치 해류를 따라 멋대로 흘러 다니는 물에 잠긴 오직 하나의 기뢰가 바다 전체를 위험 지역으로 만드는 것과 같다.

이렇게 대양들도 변한다. 일반 승객들에게는 폭풍우가 보이지 않는다. 이렇게 높은 곳에서 내려다보면 조금도 두드러져 보이지 않고 무더기로 튀어 오르는 물방울들이 꼼짝하지 않는 것처럼 보인다. 다만 잎맥과 반점이 박혀 있는 커다란 흰 종려 잎들이 얼어붙은 듯 펼쳐져 있다. 그러나 승무원들은 이곳에서의 착수가 도저히 불가능하다고 판단한다. 그들에게는 저 종려 잎들이 독 있는 큰 꽃과 같은 것으로 보인다.

비록 비행이 순조롭다고 할지라도 항공로의 일부분인 어떤 곳을 날고 있는 조종사는 풍경을 단순하게 보지 않는다. 그는 땅과 하늘의 저 빛깔, 바다 위를 지나가는 바람의 발자국, 황혼의 저 황금빛 구름들을 감상하는 것이 아니라 묵상하는 것이다. 자신의 전장을 돌아다니며 천 가지 징조를 보고서야 봄이 오는 것, 땅이 얼 염려가 있는 것, 비가 오리라는 것을 미리 내다보는 농사꾼처럼 조종사도 눈의 징조와 안개의 조짐과 무사한 밤의 상징을 해독하는 것이다. 처음에는 자연의 크나큰 문제에서 그를 격리시키는 것 같던 기계가 오히려 더 엄격하게 그에게 그런 문제를 제시하는 것이다. 폭풍우가 휘몰아치는 하늘이 만들어 놓은 광대한 재판정 가운데에서 홀로 남겨진 이 조종사는 그의 우편기를 사이에 놓고 산, 바다, 폭풍우라는 세 가지 절대적인 권위와 겨루는 것이다.

인간의 대지

2. 동료들

1

메르모즈와 그 밖에 몇몇 동료들이 카사블랑카에서 사하라를 거쳐 다카르에 이르는 프랑스 항공로를 창설했다. 그때의 엔진들은 별로 저항력이 없어서 한번은 고장나서 메르모즈가 모르 인들에게 붙잡힌 적이 있다. 이들은 그를 학살하기를 꺼려 보름 동안을 포로로 잡아 두었다가 다시 팔았다. 그리하여 메르모즈는 다시 우편기를 타고 그 지방 위로 비행을 계속했다.

아메리카 정기 항공로가 개설되었을 때에 늘 전위대 노릇을 하던 메르모즈는 부에노스아이레스와 산티아고 구간을 조사할 책임과 사하라 위에 다리를 놓고 뒤이어 안데스 산맥 위에도 다리를 놓을 책임을 맡았다. 그에게는 최고 상승 한도 오천이백 미터의 비행기가 맡겨졌다.

안데스 산맥의 최상봉들은 높이가 칠천 미터이다. 이리하여 메르모즈는 빠져나갈 통로를 찾아서 이륙했다. 사막과 대결한 뒤 이번에는 산에 대들었다. 바람이 불면 눈을 숄처럼 펼쳐 놓는 그 산봉우리들을, 폭풍과 폭설을 앞두고 만물이 창백해지는 것을 두 바위 절벽 사이에서 당하면 조종사는 백병전을 할 수밖에 없는 그 지독한 역류를 무릅써야 했다. 그러나 메르모즈는 적에 대해 아무것도 모른 채, 그와 같은 접전을 치르고도 살아 나올 수 있을지 알지 못한 채 이 싸움을 시작했다. 메르모즈는 다른 사람들을 위해 '시도'해 보는 것이다.

마침내 그는 '시도'를 강행하다가 하루는 안데스 산맥의 포로가 되고 말았다.

표고 사천 미터가 되는, 절벽으로 둘러싸인 곳에 떨어진 메르모즈와 기관사는 이틀 동안이나 탈출하려고 애썼다. 그들은 완전히 갇힌 것이다. 그래서 그들은 마지막 운명을 걸고 공간을 향해 비행기를 내몰아 울퉁불퉁한 땅 위를 몹시 덜컹거리며 절벽에까지 미끄러져 가서 떨어졌다. 비행기는 떨어지는 중에 마침내 충분한 속력이 생겨서 다시 조종사의 말을 듣게 되었다. 메르모즈는 산봉우리를 향해 기수를 치켜올렸으나 산봉우리에 부딪쳐 밤 사이에 얼어 터진 배기통이란 배기통에서는 물이 쏟아져 나왔고, 비행한 지 칠 분 만에 엔진은 정지했고, 그는 발밑에 펼쳐진 칠레 평야를 발견했다.

이튿날 그는 다시 비행을 시작했다.

안데스 산맥을 자세하게 탐험하고 횡단술을 잘 조절한 후 메르모즈는 이 구간을 자기 동료인 기요메에게 맡기고 야간 탐험을 나섰다.

기항지 비행장의 조명 설비가 아직 되어 있지 않아서 캄캄한 밤이면 착륙장의 메르모즈 앞길에는 세 개의 휘발유 불이 초라하게 밝혀질 뿐이었다.

그는 그것을 해치움으로써 길을 개척했다.

밤을 잘 길들이고 나서 메르모즈는 대양을 시험했다. 이리하여 천구백삼십일 년에 처음으로 우편기로 나흘 동안 툴루즈에서 부에노스아이레스까지 비행했다. 돌아오는 길에 남대서양 한가운데 풍랑이 심한 바다 위에서 휘발유가 떨어졌다. 메르모즈와 우편기와 승무원들은 어떤 배에 구조되었다.

이렇게 해서 메르모즈는 사막과 산과 밤과 바다를 개척했다. 그가 사막과 산과 밤과 바다에 빠져 들어간 것은 한 두 번이 아니었다. 그러나 돌아오기만 하면 언제나 다시 길을 떠나곤 했다.

마침내 십이 년 동안 일을 한 뒤에 다시 한 번 남대서양을 횡단하던 중 그는 뒤쪽 우측의 엔진을 끈다는 것을 짧은 메시지로 알렸다. 그러고는 침묵이 흘렀다.

이 소식은 별로 불안한 것 같지 않았다. 그렇지만 침묵이 십 분 동안 계속되자 파리에서 부에노스아이레스에 이르는 항공로의 모든 무전국들이 가슴을 조였다. 십 분 늦는다는 것은 일상생활에서는 별로 의미가 없지만 우편 비행에서는 중대한 의미를 가지기 때문이다. 이 죽은 시간 속에는 아직 알려지지 않은 어떤 사건이 일어나고 있다. 무의미하건 불행하건 그 사건은 이미 저질러진 것이다. 운명은 그의 판결을 선언했고, 이 판결에 대해서는 이미 상소의 길이 없어진 것이다. 강철 같은 손이 비행기를 무사하게 착수시키거나 부스러뜨린 것이다. 그러나 판결은 그것을 기다리는 사람들에게 통보되지 않는다.

우리들 중에 누가 점점 희박해지는 이런 희망을 경험하지 않았으며, 죽을병처럼 각각으로 악화되는 이 침묵을 겪지 않았겠는가? 우리는 우리 동료들이 다시는 돌아오지 못하리라는 것을, 자신이 그렇게도 자주 날아다니던 그 남대서양 속에 잠들고 있다는 것을 깨달아야만 했다. 밀단을 묶고 나서 자신의 밭에 누워 자는 추수꾼처럼 메르모즈는 확실히 자신이 한 일 뒤에 들어가 숨은 것이다.

어떤 동료가 이렇게 죽으면 그의 죽음은 아직 직업에 딸린 어떤 행동처럼 여겨지고, 처음에는 다른 죽음보다 상심이 덜 된다. 물론 그는 자신의 마지막 기항지를 바꾸어 멀리 떠났다. 그가 없는 것은 방이 우리에게 아쉬운 것처럼 아직 뼈에 사무치도록 아쉽지는 않다.

우리는 해후를 오랫동안 기다리는 버릇이 있다. 왜냐하면 항공로의 동료들이 파리에서 칠레의 산티아고에 이르는 넓은 세상에 흩어져 있어, 영영 서로 말을 주고받을 기회가 없을 보초들과 거의 비슷하게 떨어져 있는 까닭이다. 흩어져 있는 직업적인 큰 집안의 가족들이 여기저기에서 만나려면 비행하다가 우연히 부딪쳐야 한다. 그러면 카사블랑카, 다카르 혹은 부에노스아이레스에서 저녁 식탁에 둘러앉아, 여러 해 동안의 침묵이 흐른 다음에 중단된 대화를 다시 시작하고 옛 추억을 다시 나눈다. 그러고는 다시 출발한다. 대지는 이처럼 황막하기도 하고 동시에 풍요하기도 하다. 도달하기 힘들기는 하지만 어떤 날이든 우리의 직업으로 인해 다시 가고야 마는 그 은밀하고 숨은 정원들이 있기 때문에 대지는 풍요롭다. 우리의 생활로 인해 동료들로부터 우리가 격리되어 있기는 하지만 그들은 말이 없고 잊혀져 있지만 매우 충실하게 있다. 그러다가 길에서 그들과 만나면 그들은 아름다운 환희의 불꽃을 내뿜으며 우리의 어깨를 잡고 흔든다. 우리에게는 기다리는 습관이 있고말고.

그러나 우리는 친구의 명랑한 웃음소리를 다시는 영원히 듣지 못하리라는 것을 깨닫고, 정원이 우리에게는 영원히 출입 금지된다는 것을 깨닫는다. 그때서야 우리의 참된 슬픔이 시작되는데, 그것은 가슴을 찢어발기는 것이 아니라 다만 마음이 약간 쓰라린 것뿐이다.

사실 잃어버린 동료를 대신할 만한 것은 아무것도 없다. 오랜 벗들은 만들어지는 것이 아니다. 공통된 그 많은 추억, 함께 당한 그 많은 괴로운 시간, 그 많은 불화, 화해, 마음의 격동, 이러한 보물만큼 값진 것은 아무것도 없다. 이런 우정은 다시 만들지 못한다. 참나무를 심었다고 오래지 않아 그 그늘 밑에 쉬기를 바란다는 것은 헛된 일이다.

인생도 그렇다. 우리는 재화를 모으고 몇 해를 두고 나무를 심었다. 그러나 시간이 이 사업을 해체시키고 나무를 없애는 그런 날들이 올 것이다. 동료들은 하나 둘 우리에게서 그늘을 빼앗아 간다. 그리고 우리의 슬픔에는 늙는다는 은근한 회한이 섞인다.

이러한 윤리를 메르모즈와 그 밖의 동료들이 우리에게 가르쳐 주었다. 어떤 직업의 위대함은 무엇보다도 인간을 모아 놓는 데 있는지 모른다. 진정한 사치는 한 가지밖에 없으니 그것은 인간관계의 사치이다.

물질적 이익만을 위해 일한다면 그것은 우리 자신이 우리의 감옥을 만드는 것에 불과하다. 그것은 우리가 살 만한 가치가 조금도 없는 재와 같은 돈을 가지고 외롭게 유폐되는 것과 같다.

내 추억 가운데 내게 오랜 맛을 남겨 준 것을 찾아보고, 가치 있는 시간을 따져 보면 그 어떤 재산도 내게 마련해 주지 못할 시간들을 찾아낼 수 있다. 메르모즈 같은 친구의 우정, 함께 시련을 겪음으로써 우리와 영원히 맺어진 동료의 우정은 돈으로 살 수 없다.

비행하던 밤과 그 무수한 별들, 몇 시간 동안의 그 담담한 심정, 그 절대력, 이런 것들은 돈으로 살 수 없다.

어려웠던 하룻길 뒤의 세상의 새로운 모습, 새벽녘에 우리에게 다시 주어진 생명에 의해 생생한 색채를 띤 저 나무들, 저 꽃들, 저 여인들, 저 미소들, 우리에게 노고의 보답으로 주어진 하찮은 것들의 이 합주는 결코 돈으로 사지 못한다.

우리는 해 질 무렵에 리오데오로 해변에 떨어진 우편기 세 그룹의 승무원들이었다. 먼저, 동료 중에서 리겔이 접속간의 파열로 인해 착륙했고, 다음에는 다른 동료 부르가가 그 승무원들을 수용하려고 착륙했으나 가벼운 손상으로 땅에서 떠날 수가 없다. 마침내 내가 착륙했는데, 내가 갔을 때에는 이미 날이 어두워졌다. 우리는 부르가의 비행기를 구하기로 결심하고, 수리하기 위해 날이 밝기를 기다리기로 했다.

일 년 전, 바로 이곳에서 고장을 일으켰던 우리 동료 구르와 에라블은 그곳 주민들에게 학살당했다. 지금도 소총수 삼백 명으로 구성된 유격대가 보쟈르도 지방 어딘가에서 야영하고 있다는 것을 우리는 알고 있었다. 우리 세 비행기가 내려앉는 것은 멀리에서도 보였을 것이므로 그들의 경계를 불러일으켰을지도 모를 일이었다. 그래서 우리는 마지막이 될지도 모를 밤샘을 시작했다.

우리는 밤을 지낼 준비를 했다. 수하물을 넣어 두는 기창에서 짐짝 대여섯 개를 내려 물건을 끄집어낸 뒤에 둥그렇게 벌여 놓고, 각 궤짝 밑에는 마치 초소 속에서처럼 바람받이에 초라한 촛불을 하나씩 켜 놓았다. 이렇게 사막 한가운데의 헐벗은 지각 위에서 우리는 세상이 갓 생겨났을 때와 같은 고립 속의 한 촌락을 건설했다.

우리 촌락의 그 큰 광장, 우리의 궤짝들이 흔들리며 불빛을 막아 주는 그 사막 위에서 우리는 밤을 보내기 위해 모여 앉아 기다렸다. 우리를 구해 줄 새벽을 아니면 모르 인들의 공격을 기다렸다. 그런데 무엇인지 모르게 그 밤은 성탄절 밤의 느낌을 지니고 있었다. 우리는 서로 추억을 이야기하고 농담을 주고받고 노래를 불렀다.

우리는 잘 차려진 유쾌한 명절놀이에서 맛보는 것 같은 그런 흥분을 맛보았다. 그러면서도 우리는 무한히 가난했다. 바람과 모래와 별들은 트라피스트 회의 수도사에게나 알맞은 엄한 생활양식이었다. 그러나 자기네들의 추억 말고는 이 세상에 아무것도 가진 것이 없는 예닐곱 명의 사람들이, 그 침침한 식탁보 위에서 보이지 않는 재물들을 분배했다.

우리는 마침내 서로 만났다. 사람들은 자신의 침묵에 파묻혀 오랫동안 서로의 옆구리만 스치며 길을 간다. 그렇지 않으면 아무 뜻도 없는 말들을 교환한다. 그러나 위험한 시간을 당해 보라. 그러면 그들은 서로 돕는다. 그들은 같은 공동체에 속해 있음을 발견한다. 사람들은 다른 양심을 발견함으로써 마음이 넓어진다. 사람들은 함빡 웃으며 자신을 돌아본다. 그러면 자신이, 바다가 한없이 넓은 것을 놀란 눈으로 바라보는, 석방된 죄수처럼 보인다.

2

기요메, 그대에 대한 이야기를 하겠다. 그러나 미련하게 그대의 용기나 그대의 직업적 가치를 역설해서 그대를 거북하게 만들지는 않으련다. 그대의 가장 훌륭한 모험을 이야기함으로써 다른 무엇을 그려 보았으면 한다.

그대에게는 어떻게 부를지 알 수 없는 장점이 하나 있다. 어쩌면 점잖음인지도 모르지만 이 말 한마디로는 만족스럽지 않다. 왜냐하면 내가 말하는 장점은 가장 명랑함과 쾌활함을 곁들일 수 있기 때문이다. 그것은 나무토막 앞에 동등한 기분으로 마주한 채 그것을 만져 보고 재며 그것을 아무렇게나 다루는 것이 아니라, 거기에 자신의 온갖 기능을 집중시키는 목숨의 장점, 바로 그것이다.

기요메, 나는 전에 그대의 모험을 찬양하는 이야기를 읽은 적이 있는데, 그 충분하지 못한 묘사를 고쳐야겠다는 생각을 오랫동안 했다.

그 이야기에서 가장 급박한 죽음이나 위험 가운데에서의 그대의 용기라는 것에서, 마치 중학생들이 조롱을 일삼듯 '가브로슈'의 기지라도 부리는 양 하는 것을 볼 수 있었다. 기요메, 사람들은 그대를 알지 못했다. 그대는 그대의 적수들과 대결하기 전에 그들을 조롱할 필요를 느끼지 않았다. 몹쓸 폭풍우를 대하면 그대는 판단을 내린다.

"몹쓸 폭풍우가 오는구나."

그리고 그대는 그것을 받아들이고 그것을 재어 본다.

기요메, 여기에 내 추억의 증언을 그대에게 보낸다.

겨울에 안데스 산맥을 횡단하다가 그대가 실종된 지 오십 시간이 지났다. 파타고니아 오지에서 돌아와 멘도자에 있는 조종사 들레를 찾아갔다. 우리 둘은 비행기로 닷새 동안 그 첩첩산중을 뒤졌으나 아무것도 발견하지 못했다. 우리 두 비행기로는 아무래도 부족이었다. 우리는 백 그룹의 비행 편대가 백 년 동안을 날아다녀도 봉우리들이 칠천 미터에 이르는 산악 지대를 완전히 탐사하지 못할 것처럼 생각했다. 우리는 희망을 잃었다. 거기에서는 오 프랑을 벌기 위해 죄악도 감행하는 밀수하는 자들은 그 지맥 위에 구조대를 보내는 것을 거절했다.

"그곳에서는 우리의 생명이 위험합니다."

그들은 이렇게 말했다.

"안데스 산은 겨울에는 사람을 돌려주지 않습니다."

들레와 내가 산티아고에 착륙하자 칠레 장교들도 우리에게 탐색을 중지하라고 권고했다.

"지금은 겨울입니다. 당신들의 동료가 추락할 때 죽지 않았다 하더라도 살아서 밤을 넘기지 못할 것입니다. 저 위에서는, 밤이 사람 위를 지나가면 사람을 얼음으로 바꾼답니다."

그래서 내가 다시 안데스의 벽과 기둥 사이를 미끄러지며 다녔을 때 나는 그대를 찾는 것이 아니라 눈으로 된 대성당 안에서 그대의 시체를 두고 밤샘하는 것 같은 생각이 들었다. 드디어 이레째 되는 날, 한 차례 횡단하고 비행을 기다리는 동안 멘도자의 어떤 식당에서 점심을 먹고 있을 때 어떤 사람이 문을 밀고 들어와 소리 질렀다. 단 두마디뿐이었다.

"기요메…… 살았어!"

거기에 있던 생면부지의 사람들이 서로 껴안았다.

십 분 후에 르페브르와 아브리 두 기관사를 태우고 이륙했다. 사십분 뒤에는 무엇을 가지고 그랬는지 모르지만, 산라파엘 쪽으로 그대를 싣고 가는 자동차를 알아보고 길옆에 착륙했다. 그것은 아름다운 해후였다. 우리는 모두 울었다. 그리고 살아 있는, 부활한 자신의 기적을 스스로 만든 그대를 으스러져라 껴안았다. 그대가 감탄할 만한 인간의 자부심을 피력한 것도 그때였다.

"내가 한 것은 맹세코 그 어떤 짐승도 일찍이 한 일이 없을 거야."

이것이 알아들을 수 있는 그대의 최초의 말이었다.

나중에 그대는 그 이야기를 우리에게 들려주었다.

인간의 대지

43

사십팔 시간 동안 칠레 쪽 안데스 산 중턱에 두께 오 미터나 되는 눈이 쏟아져 모든 공간을 막았기 때문에 팬 에어 회사의 미국 비행사들은 오던 길을 되돌아갔다. 그러나 그대는 하늘이 찢어진 곳을 찾아보려고 이륙했다. 그대는 조금 남쪽에 함정을 발견하고 이번에는 고도 육천오백 미터쯤으로, 다만 높은 봉우리들만이 솟아 나온 높이 육천 미터의 구름들을 굽어보며 아르헨티나 쪽으로 기수를 돌렸다.

내리지르는 기류는 가끔 조종사들에게 이상야릇한 불안감을 준다. 엔진은 이상 없이 돌건만 밑으로 빠져 들어간다. 고도를 회복하려고 급상승한다. 그러면 비행기는 속도를 잃고 힘이 떨어져 그대로 빠져 들어간다. 이제는 너무 급상승하지 않았나 싶어 손을 떼고 비약대처럼 바람을 맞바로 받는 유리한 산봉우리에 기대려고, 오른편 혹은 왼편으로 표류하도록 내버려둔다. 그러나 강하도 계속된다. 그것은 하늘 전체가 내려앉는 것 같은 것으로, 일종의 우주적 사고에 끼여든 것 같은 느낌이 든다. 이제는 대피소가 있을 리 없다. 오던 곳을 되돌아 공기가 기둥처럼 튼튼하고 빽빽하게 받쳐 주던 지대를 찾아 뒤로 돌아가려고 해보지만 소용이 없다. 이미 기둥은 없어졌다. 모든 것이 분해되고 사람은 만물이 파손되는 가운데 뭉게뭉게 피어나 그대에게까지 올라와 그대를 삼키는 구름을 향해 미끄러져 내려갔다.

그대는 우리에게 이런 말을 했다.

"그때 이미 나는 옴짝달싹도 하지 못할 상황이었어. 그러나 단념하지 않았지. 움직이지 않는 구름 위에서도 하강 기류를 만나는 것은, 다만 같은 고도에서 구름이 무제한으로 다시 생기기 때문이야. 고산

지대에서는 모두가 참으로 이상야릇하단 말이야. 그리고 그 구름들이라니. 구름에 둘러싸이자 조종간을 놓고 밖으로 떨어지지 않으려고 시트를 움켜잡았네. 안전 혁대가 어깨에 상처를 내고, 끊어져 나갈 듯싶은 심한 진동이었네. 거기에 성에가 끼어서 기계의 수평을 모두 앗아갔기 때문에 육천오백 미터에서 삼천오백 미터로 굴러 떨어졌네. 삼천오백 미터에서 수평으로 된 어떤 검은 덩어리를 힐끗 보았네. 그래서 비행기를 다시 수평으로 회복시킬 수 있었지. 그것은 호수였는데, 그것이 라구나 디아망테라는 것을 확인했네. 그 호수가 그 산중턱의 함지 밑에 있다는 것을 알고 있었네. 그 높이가 육천구백 미터나 된다는 마이푸 화산을 말이지. 간신히 구름은 벗어났지만 빽빽한 눈보라의 소용돌이 때문에 앞이 보이지 않아, 함지의 산중턱에 부딪치지 않고는 그 호수를 빠져나갈 수가 없었네. 그리하여 그 호수 둘레로 삼십 미터의 고도를 유지하며 휘발유가 다 떨어질 때까지 빙빙 돌았네. 두 시간 동안 돈 다음에 내려앉았다가 뒤집혔지. 비행기에서 빠져나오자 폭풍에 쓰러졌네. 일어섰지. 그러자 다시 쓰러지고 말았네. 할 수 없이 기체 밑으로 기어들어가 눈 속에 대피소를 파는 수밖에 없었네. 그곳에서 우편낭을 들쳐 쓰고는 사십팔 시간 동안을 기다렸네. 그런 다음 폭풍과 폭설이 멎자 걷기 시작했네. 닷새 낮과 나흘 밤을 걸었지."

그러나 기요메, 그대에게 남은 것은 무엇이던가? 우리는 그대를 찾아내기는 했다. 그러나 새까맣게 타고 빳빳해지고 노파처럼 오그라든 그대였다. 그날 저녁 나는 그대를 비행기에 태워 멘도자로 데리고 왔다. 그곳 병원에서는 하얀 홑이불이 그대 위에 향유처럼 흘러내렸다. 그러나 그런 것들이 그대를 낫게 하지는 못했다. 그대를 잠재울 수 없어, 이리 뒤척 저리 뒤척이는 지칠 대로 지친 그 육체는 바위도 눈도 잊어버리지 못했다. 그것들은 그대의 육체에 흠집을 남겨 놓았다. 얻어맞아 검푸르게 멍든 과일처럼 부어오른 시커먼 그대의 얼굴을 들여다보았다. 그대는 그 훌륭한 그대의 연장을 쓸 수가 없게 되어 몹시 추하고 불쌍해 보였다. 그대의 손은 얼어붙은 채였고, 그대가 숨을 돌리기 위해 침대 가장자리에 앉으면 그대의 언 발은 죽은 시계추처럼 늘어졌다. 그대는 아직도 그대의 길을 끝내지 못해 숨을 헐떡였고, 편안하게 하려고 베개 위에 돌아누울 때는 그대가 붙들어 놓을 수 없는 환상의 행렬이, 무대 뒤에서 발을 동동 구르며 기다리던 행렬이 그대의 두개골 안에서 움직이기 시작했다.

그리고 그 행렬은 행진했고, 그리하여 그대는 그들의 잿더미 속에서 자꾸 소생하는 원수들과 수없이 싸워야 했다.

그대에게 탕약을 계속 따라 주었다.

"여보게, 마시게."

"내가 가장 놀란 것은…… 말이야……."

이기기는 했지만 큰 타격을 받은 흔적이 역력한 권투 선수 같은 그대는 이 괴이한 모험을 다시 재현했다. 그리고 그곳에서 조금씩 해방되었다. 또한 그대가 밤새껏 이야기하는 동안 그대가 피켈도, 로크도, 식량도 없이 사천오백 미터나 되는 고개를 올라가는 것을 보았고, 발과 무릎과 손에 피를 흘리며 영하 사십 도의 추위를 무릅쓰고 깎아

지른 듯한 산비탈을 기어오르는 것을 보았다. 피와 힘과 정신이 점점 더 빠져나가는 그대는 개미처럼 고집스럽게 장애물을 돌아가기 위해 가던 길을 되돌아오기도 하고, 넘어졌다가는 다시 일어나고, 심연으로밖에는 통하지 않는 언덕을 다시 올라가기도 하고, 눈 침대에서 다시는 일어나지 못하겠으므로 조금의 휴식도 취하지 않고 앞으로 나아갔다.

그대가 미끄러질 때에 돌로 변하지 않으려면 빨리 일어나야 했다. 그대는 추위로 인해 시시각각 돌처럼 굳어져 갔고, 넘어진 다음 잠깐 동안의 휴식을 맛본 탓에 다시 일어나기 위해 죽은 근육을 움직여야만 했다.

그대는 온갖 유혹에 저항했다. 그대는 이런 말을 내게 들려주었다.

"눈 속에서는 생존 본능이 모두 없어지고 마네. 이틀, 사흘, 나흘 동안을 걷고 나면 자고 싶은 생각밖에 없단 말이야. 나도 그것이 원이었어. 그러나 내 자신에게 말했지. 내 아내가 만일 내가 살아 있는 줄로 안다면 내가 걷고 있는 줄로 생각한다. 동료들도 내가 걷고 있는 줄로 생각한다. 그들은 모두 나를 믿는다. 그러니 만약에 내가 걷지 않는다면 나는 못난 자식이다."

그리하여 그대는 걸었다. 그리고 주머니칼 끝으로 날마다 구두의 운두를 조금씩 더 파서 얼어 부풀어 오른 발이 견딜 수 있게 했다.

그대는 이런 이상한 마음속 이야기를 내게 들려주었다.

"둘째 날부터는 말이야, 내게 가장 큰 일은 생각하지 않는 것이었네. 너무나 괴롭고 내 처지는 너무나 절망적이었네. 걸을 용기를 내려면 그 처지를 생각하지 말아야만 했네. 불행하게도 나는 뇌를 제대로 제어하지 못했어. 그놈이 터빈처럼 활동한단 말이야. 그러나 뇌에 형상을 골라 줄 수는 있었지. 어떤 영화나 책에 열중하게 했네. 그러면 그 영화나 책은 달음박질쳐서 내 안에서 휙휙 지나갔네. 그러면 내 현재 처지를 다시 생각하게 된단 말이야. 틀림없네. 그러면 그놈을 다른 추억을 향해 놓아주곤 했네."

그러나 한 번은 미끄러져 눈 속에 배를 깔고 엎어진 채로 그대는 다시 일어날 생각을 하지 않았다. 그대는 온 정열을 들인 일격에 허탈해져서 다시는 회복할 길 없는 마지막 십 초까지 이르도록 일 초, 일 초가 아득한 바깥세상으로 떨어지는 것을 듣는 권투 선수와 같았다.

'할 수 있는 데까지 다 했지만 도무지 희망이 없다. 무엇 때문에 이 고난 속에서 고집하는 거냐?'

그대가 세상에서 평화를 얻으려면 눈을 감는 일밖에 없었다. 그것은 세상의 바위와 눈을 지운다. 그 기적적인 눈꺼풀을 감기가 무섭게 타격도, 추락도, 찢어진 근육도, 타는 듯한 동상도 없어지고, 소처럼 건장할 때에 끌고 가야 할 그 생명의 짐, 마차보다도 더 무거워지는 그 생명의 짐도 없어진다. 그대는 벌써 독약이 된 추위를, 모르핀처럼 그대를 편안하게 하는 그 추위를 맛보았다. 그대의 생명은 심장의 둘레로 피난했다. 무엇인지 아늑하고 귀중한 것이 그대 자신의 중심에 웅크렸다. 그대의 의식은 육체의 먼 부분을 포기했고, 지금까지 괴로움을 실컷 당한 그 육신은 벌써 대리석과 같은 무관심을 물려받았다.

그대의 소심증까지도 가라앉았다. 우리의 호소는 그대에게까지 이르지 못했다. 아니 더 정확하게 말하면 그대에게는 그것이 꿈속의 호소로 변했다. 그대는 행복하게 꿈속의 걸음으로 응답했고, 그대에게 넓은 들판의 쾌락을 보여 주는 큼직한 쉬운 발걸음으로 응답했다. 그대는 그대에게 매우 다정해진 세상 속으로 얼마나 쉽게 미끄러져 들어갔던가! 그대의 귀환, 그대는 그것을 인색하게도 우리에게 거부하기로 결정했던 것이다.

가책이 그대의 의식 저 밑바닥에서 밀려왔다. 꿈속에 갑자기 확실한 내용이 섞여 들어왔다.

"내 아내를 생각했네. 내 보험 증서가 있으니 별로 비참한 생활은 하지 않겠지. 그러나 보험은……."

실종의 경우에 법정 사망은 사 년이 미루어진다. 이 점이 그대에게 번갯불처럼 나타나며 다른 영상들을 지웠다. 그런데 그대는 어느 눈 덮인 가파른 언덕에 배를 깔고 엎어져 있었다. 그대의 시체는 여름이 되면 그 흙탕물에 섞여 안데스의 수많은 심연 중 하나를 향해 굴러 내려갈 것이다. 그대는 그것을 알고 있었다. 그러나 그대에게서 오십 미터 떨어진 앞에 바위 하나가 우뚝 솟아 있었다. 그대는 알고 있었다.

"나는 생각했네. 내가 다시 일어나면 저 바위까지 갈 수 있을지도 모른다. 그리고 내 몸을 바위에 기대고 있으면 여름에 발견될 것이다."

한번 일어서자 그대는 이틀 밤과 사흘 낮을 걸었다.

그러나 그대는 멀리 갈 생각을 하지 않았다.

"종말이 가까이 온 것을 여러 가지 징조로 짐작했네. 그중의 하나는 이런 것이지. 대강 두 시간마다 걸음을 멈추고 구두를 조금 더 째 놓거나 부어오른 발을 눈으로 문지르거나 그렇지 않으면 그저 심장이라도 쉬게 해야만 했네. 그러나 마지막 날들에는 기억력이 없어지더군. 떠난 지가 벌써 오래 되었는데, 무슨 생각이 퍼뜩 난단 말이야. 그때마다 잊은 것들이 생각났어. 첫 번은 장갑 한 짝이었는데, 그 혹독한 추위에 그것은 중대한 일이었지. 그것을 앞에 내려놓았다가 다시 집어 들지 않고 떠난 것이네. 다음에는 시계였다네. 그 다음은 주머니칼이었고, 그 다음은 나침반이었네. 멈출 때마다 나는 점점 더 가난해졌네."

"생명을 구해 주는 것은 한 발을 내딛는 것일세. 그리고 또 한 걸음, 언제나 같은 발걸음을 다시 시작하는 걸세."

"내가 한 것은 맹세코 어떤 짐승도 일찍이 한 일이 없는 것이네."

내가 아는 중에서 가장 고귀한 이 구절, 인간을 제 위치에 놓아주고 그를 영광스럽게 하고, 진정한 계획 제도를 재건해 주는 이 구절이 내 기억에 떠올랐다. 그대는 드디어 잠이 들었고, 그대의 의식은 없어졌다. 그러나 방비가 없어지고, 구겨지고 탄 그 육체에서 의식은 다시 살아나려 했고, 다시 그 육체를 지배하려고 했다. 그러므로 육체는 훌륭한 연장과 하나의 종에 지나지 않았다. 그리고 기요메, 그대는 이 훌륭한 연장의 자부심을 표현할 줄도 알았다.

"먹지 못하고 사흘 동안 걸으니…… 내 심장이 말이야, 그놈이 그다지 튼튼하지 못하리라는 것은 자네도 짐작이 가겠지. 그런데 공중에 매달려 주먹을 넣을 구멍을 파면서 올라가던 깎아지른 듯한 언덕에서 내 심장이 고장을 일으키더군. 멈칫멈칫하다가 다시 뛰고 제대로 뛰지 못하곤 한단 말이야. 일 초만 더 멈칫하면 손을 놓게 되리라고 느껴지더군. 꼼짝하지 않고 내 가슴속에 귀를 기울였네. 일찍이, 알겠나? 일찍이 그 몇 분 동안 내 심장이 매달려 있는 것을 느낀 것만큼 내 엔진에 바싹 매달렸던 것을 느낀 적이 없었네. 내 심장에게 말했네. 자! 조금만 더 기운을 내라! 좀 더 뛰어 봐! 그러나 질이 좋은 심장이더군. 멈칫하다가는 언제나 다시 뛰기 시작하거든. 이 심장이 얼마나 자랑스럽게 여겨졌는지 자네는 모를 걸세!"

내가 지키는 멘도자의 방에서 그대는 마침내 숨 가쁜 잠에 들었다. 그리고 이런 생각을 했다. 기요메에게 그의 용기 이야기를 하면 그는 어깨를 들썩일 것이다. 그러나 그의 겸손을 찬양하는 것도 그를 배반하는 것이리라. 그는 이 평범한 덕의 훨씬 저편에 자리하는 것이다. 그가 어깨를 들썩인다면 그것은 총명해서 그런 것이다. 일단 사건에 부딪치면 사람들은 무서움이 없어진다는 것을 그는 알고 있다. 오직 미지의 것만이 사람들을 무섭게 하는 것이다. 그러나 그것을 무릅쓰면 그것은 이미 미지의 것이 아니다. 특히 그 미지의 것은 그 총명한 점잖음으로 살펴볼 때에 그렇다. 기요메의 용기는 무엇보다도 그의 정의의 결과이다.

그의 진짜 장점은 거기에 있지 않다. 그의 위대함은 자신의 책임을 느끼는 데에 있다. 자신에 대한 책임, 우편물과 희망을 품은 동료들에 대한 책임, 그는 저들의 근심이나 기쁨을 좌우할 수 있다. 저기 살아 있는 인간들의 세계에 새로 건설되는 것, 자신도 참가해야 하는 그 건설에 대한 책임, 자신의 일의 한도 내에서 인간들의 운명에 대해 느끼는 책임…….

넓은 지평선을 그들의 잎들로 덮기를 승낙하는 너그러운 존재들 중에 그는 끼여 있다. 사람이 된다는 것은 바로 책임을 안다는 것이다. 그것은 자신의 의지를 갖다 놓으며 세상을 세우는 데에 이바지한다고 느끼는 것이다.

사람들은 이런 일들을 투우사나 노름꾼과 혼동한다. 사람들은 이들이 죽음을 경멸하는 것을 자랑한다. 그러나 나는 죽음을 경멸하는 것을 우습게 여긴다. 그것은 자신이 알고 들어간 책임감에서 나오는 것이 아니면 빈곤이나 지나친 젊음의 표징밖에는 되지 않는다. 어떤 자살한 젊은이를 안다. 그가 실연당한 까닭에 조심성 있게 심장에 대고 총알을 쏘았는지는 모른다. 그러나 그 초라한 연극을 보고 숭고하다는 인상보다는 빈곤이라는 인상을 받았다. 그렇게도 사랑스러운 얼굴 뒤에, 그 인간의 해골 밑에서는 아무것도, 정말 아무것도 없었다. 다른 처녀와 비슷한 어리석은 처녀의 영상을 빼놓고는…….

이 빈약한 운명 앞에서 내 머릿속에는 하나의 진정한 인간다운 죽음이 떠올랐다. 그것은 한 정원사의 죽음이다.

그는 내게 이런 말을 했다.

"이것 보시오. 나도 땅을 파는 것이 괴로울 때가 있었습니다. 내 다리가 관절염으로 결릴 때면 그놈의 종살이를 저주했지요. 그런데

52

지금은 괭이질을 했으면, 땅을 팠으면 하는 생각이 드는군요. 괭이
질이 얼마나 기분 좋은 일인지 모르거든요! 땅을 팔 때는 마음이 더
없이 편하거든요! 하기야 내가 아니면 누가 이 나무들을 가꾸어 주
겠습니까?"

  그는 자신이 아니면 지구 전체가 황무지가 되는 줄 알았다. 그는 모
든 땅과 모든 나무 들에 사랑으로 연결되어 있었다. 그야말로 어진
사람이고 지혜로운 사람이자 왕자였다. 그는 그야말로 그의 창작을
대신해서 죽음과 싸우던 그때의 기요메처럼 용감한 사나이였다.

인간의 대지

3. 비행기

기요메, 기압계를 검사하고, 회전의 위에서 몸을 가누고, 엔진의 숨결을 들어 보고 십오 톤이나 되는 금속에 어깨를 으스러지게 하는 중에도, 그대의 낮과 밤이 흘러간들 무슨 상관이 있겠는가? 그대에게 제시되는 문제들은 결국 인간의 문제이고, 그래서 그대는 대번에 그대로 산골 사람의 고귀한 지위를 붙잡은 것이다. 시인과 마찬가지로 그대는 새벽의 알림을 음미할 줄 안다. 밤들의 심연 속에서 그대는 그렇게도 자주 그 창백한 불꽃 덩어리, 동쪽 시꺼먼 땅에서 솟아오르는 그 광명의 출현을 소원했다. 그 기적적인 샘이 어떤 때는 그대 앞에서 천천히 얼음이 녹아 내려 죽는 줄 알고 있던 그대를 낫게 했다.

정교한 기구를 사용할 줄 안다고 그대는 기계사가 되지는 않았다. 우리의 기술 발달을 너무 지나치게 두려워하는 사람들은 목적과 방법을 혼동하는 것처럼 생각한다. 하기는 물질적 재산을 얻을 희망만을 지닌 채 사는 사람은 누구나 살 만한 가치가 있는 것은 알지 못한 다. 그러나 기계는 목적이 아니다. 비행기는 목적이 아니라 하나의 연장이다. 쟁기처럼 하나의 연장이다.

기계가 인간을 삼킨다고 생각한다면, 그것은 아마 우리가 우리 자신이 느낀 변화처럼 빠른 변화의 결과를 판단할 수 있을 만큼 조금 뒤로 물러서서 바라보는 눈이 없기 때문일 것이다. 이십만 년이나 되는 인간의 역사 앞에 백 년 되는 기계의 역사가 무엇이란 말인가. 우리는 광산과 발전소가 있는 이 풍경 속에 겨우 자리잡은 참이다. 아직 채 완성하지도 못한 이 새 집에 우리는 겨우 살기 시작한 것이다. 우리 주위의 모든 것은 너무 빨리 변했다. 인간들의 관계도, 노동 조건도, 풍속도, 우리의 심리조차도 그 가장 은밀한 근저까지도 뒤죽박죽 되었다. 분리와 부재, 거리, 복귀, 이런 개념의 단어는 그대로 남아 있다고 해도 이미 같은 내용을 품고 있지는 않다. 오늘의 세계를 파악하는 데에 우리는 어제의 세계를 위해 제정된 언어를 사용한다. 그리고 과거의 생활이 우리의 언어와 더 적절하게 합치된다는 한 가지 이유만으로 그것이 우리의 본성과 더 잘 맞는 것처럼 생각한다.

진보 하나하나가 우리가 겨우 가지게 된 습성에서 우리를 좀 더 멀리로 쫓아냈고, 그리하여 우리는 아직 고향도 정하지 못한 이주민이 된 것이다.

우리는 모두가 아직 우리의 새 장난감에 눈을 휘둥그렇게 뜨는 어린 야만인들이다. 우리의 비행 경주도 다른 뜻이 있지 않다. 그것은 더 높이 올라가고 더 빨리 달린다. 우리는 왜 그 비행기를 달리게 하

인간의 대지

는지 잊고 있다. 그 목표보다 경주가 우선이다. 그리고 이것은 언제나 마찬가지이다. 제국을 창건하는 식민주의자에게는 정복하는 것이 삶의 보람이다. 병사는 식민을 멸시한다. 그러나 그 정복의 목적이란 이 식민의 정착이 아니었던가! 이와 같은 진보에 열광한 나머지 우리는 철로를 깔고 공장을 세우고 유정을 파는 데에 사람들을 종 노릇하도록 만들었다. 우리는 이런 건설이 사람들에게 봉사하기 위한 것임을 거의 잊어버렸다. 정복 기간을 통해 우리의 윤리는 병사의 그것이었다. 그러나 우리는 이제 식민을 해야 한다. 우리는 아직 얼굴 모습을 갖추지 못한 이 새 집을 살아 있는 물건으로 만들어야 한다. 어떤 사람에게는 건설이 진리였고, 어떤 사람에게는 거기에 사는 것이 진리였다.

우리의 집은 점점 더 인간다워질 것이다. 기계도 완성될수록 제 구실을 한 후 자취를 감춘다. 어떤 기둥이나 유선형의 기체, 혹은 비행기의 동체에서 곡선을 변화시켜 젖가슴이나 어깨 곡선의 기본적인 순수성처럼 만들게 하려면 여러 세대의 경험이 필요한 것처럼, 인간의 모든 공업적 노력, 모든 계산, 공작도 위에서 지내는 그 모든 밤샘들은 눈에 보이는 상징처럼 유일한 순수성에 귀착되는 것 같다. 기사들이나 제도가들, 혹은 조사부의 계산자들의 일은 우리가 보기에는 날개를 반듯하게 만들어 그것이 눈에 뜨이지 않기까지, 비행기 동체에 날개가 달려 있는 것이 아니라 다만 그 불순물에서 분리된, 완전히 만개한 어떤 형체가 되기까지, 신비롭게 서로 결합된 그리고 시와 같은 성질을 지닌 일종의 자연적인 전체로서 남을 때까지 이 땜자리를 닦고 쓸고 가볍게 하는 데 있는 것 같다. 완전이란 아무것도 덧붙일 것이 없을 때가 아니라 아무것도 떼낼 것이 없을 때에 달성된다. 그러므로 발전의 한계에 다다르면 기계는 몸을 숨긴다.

완전한 발명은 이처럼 발명이 없는 것과 같은 종이 한 장 차이이다. 그리고 기구 안에서 밖으로 드러난 기계 장치가 점점 없어지고, 바닷물로 반들반들해진 조약돌만큼이나 자연스러운 물건이 우리에게 인도되는 것과 마찬가지로 그 기구를 사용하는 데에 있어서도 기계가 점점 잊혀지는 것도 기묘한 일이다.

우리는 그 전에 복잡한 공장과 접촉을 가졌다. 그러나 오늘날은 엔진이 돌아간다는 것을 잊고 있다. 엔진은 심장이 뛰는 것처럼 돌아간다는 직책을 알맞게 채웠는데, 우리는 우리 심장에 대해 도무지 주의를 기울이지 않는다. 연장이 이 주의를 흡수하지는 않는다. 연장 밖으로 또 그것을 거쳐서 우리가 다시 찾아내는 것은 자연, 정원사나 항해자, 혹은 시인의 자연 바로 그것이다.

수면을 떠나 날아오르는 조종사는 물과 접촉하고 공기와 접촉한다. 엔진을 건 다음 비행기가 벌써 바다를 가를 적에는 철썩거리는 세찬 물결에 부딪쳐 선각이 징처럼 울리고, 사람은 허리가 흔들리는 것으로 이 작용을 깨달을 수 있다. 그는 수상 비행기가 속력을 더함에 따라 힘이 생기는 것을 깨닫는다. 그리고 비행을 할 수 있게 하는 성숙이 그 십오 톤의 물질 속에서 준비되는 것을 느낀다. 조종사는 조종간을 손으로 쥔다. 그러면 오그린 손바닥 안에 이 힘을 어떤 선물처럼 받는다. 조종간의 금속성 기관들은 이 선물이 조종사에게 주어지는 데 비례해서 그 능력의 전달자로 변한다. 그 힘이 무르익으면 열매를 따는 것보다도 더 경쾌한 동작으로 조종사는 비행기를 물에서 분리시켜 공중으로 끌어올린다.

4. 비행기와 지구

1

비행기는 물론 기계이다. 그러나 얼마나 기막힌 분석의 기구인가! 이 기계 덕분에 우리는 지구의 참된 모습을 발견했다. 도로는 몇 세기를 두고 우리를 속여 왔는가! 우리는 마치 신의 백성들을 둘러보고 자신의 통치를 좋아하는가 알고자 하는 여왕과 비슷했다. 신하들은 여왕을 속이기 위해 그녀가 지나가는 길에 보기 좋은 장식을 세우고 광대들에게 돈을 주어 춤을 추게 했다. 여왕은 그 길밖에는 나라의 아무것도 보지 못했고, 먼 평야 쪽의 굶어 죽는 백성들이 그녀를 저주하는 것도 알지 못했다.

이처럼 우리는 오랫동안 구불구불한 도로를 따라 걸어갔다. 도로는 메마른 땅과 바위와 모래밭을 피하고, 사람들의 요구를 받아들여 이 샘물에서 저 샘물로 뻗어 갔다. 그리고 시골 사람들을 곳간에서

59

밀밭으로 데려가고 외양간 문턱에서 가축들을 맞아들여 새벽녘에 거여목 밭에 놓아주었다.

도로들은 이 동네를 저 동네와 맺어 주었다. 이 동네와 저 동네끼리는 서로 혼인하므로. 그리고 그 도로 중에 어떤 것이 광야를 건너가는 모험을 하는 경우에는 오아시스를 즐기기 위해 이리저리 수없이 돌아갔다.

우리는 관대한 거짓말에 속는 것처럼 그 도로의 굴곡 하나하나에 속아 여행하는 동안 그 많은 관계된 토지와 그 숱한 과수원과 그 많은 목장 곁을 스쳐 지나갔기 때문에 우리의 감옥의 모습을 오랫동안 아름답게 보아 왔다. 이 지구를 우리는 축축하게 젖어 있는 부드러운 것으로 알았다.

그러나 우리의 시력이 점점 더 예민해져서 우리는 무자비한 발전을 이룩했다. 우리는 비행기를 통해 직선의 이치를 배웠다. 이륙하자마자 우리는 샘터와 외양간 쪽으로 가는 길 혹은 도시에서 도시로 가는 그 길들을 버렸다. 그때부터 종살이에서 해방된 우리는 우리의 먼 목적을 향해 기수를 돌렸다. 그때 비로소 우리는 직선 탄도 위의 본질적 토대인 바위와 모래와 소금으로 된 지층을 발견했다. 거기에는 가끔 폐허의 웅덩이에 돋아난 약간의 이끼 같은 생명이 여기저기에서 무턱대고 피어났다.

그리하여 우리는 물리학자나 생물학자가 되어 골짜기 속을 꾸미는 저 문명인들을, 어쩌다가 기적적으로 유리한 풍토를 만나 공원처럼 개화하는 그 문명들을 연구한다. 그래서 우리는 인간을 우주의 척도로 판단하며 검사기를 통하듯 우리 뱃전에 낸 창문을 통해 모든 것을 관찰한다. 우리는 우리의 역사를 다시 읽는다.

2

마젤란 해협을 통해 가는 조종사는 리오갈레고스 약간 남쪽에서 예전의 용암 유출로 위를 비행하게 된다. 이 파편들이 이십 미터 두께로 평야를 찍어누른다. 그리고 조종사는 두 번째 분출구와 세 번째 분출구를 만나게 된다. 그 뒤로는 땅이 두드러진 곳마다 이백 미터 되는 야산마다 모조리 산중턱에 분화구가 있다. 그것은 거만한 베수비어스가 아니고, 평야에 그대로 놓인 유탄포의 아가리들이다.

그러나 지금은 정적이 찾아왔다. 정적이 이상하게 느껴지는 그 변한 풍경은, 전에 수천 개의 화산이 불을 뿜을 때 그 웅장한 지하의 파이프 오르간으로 서로 응답했다. 그런데 이제는 잠잠해져서 검은 빙하로 장식된 땅 위를 비행한다.

더 멀리 가면 오래된 화산들이 황금빛 잔디를 입고 있다. 그 우묵하게 패인 곳에는 오래된 화분에 핀 꽃처럼 어쩌다가 나무 한 그루가 자라나고 있다. 황혼빛 광선 아래에서는 평야가 작은 풀들로 가꾸어져 공원처럼 사치스러워지고, 그 거창한 아가리 둘레에서나 겨우 끓어올랐다. 산토끼 한 마리가 껑충거리며 뛰어 달아나고 새 한 마리가 날아가고, 별 위에 마침내 좋은 흙 반죽이 깔린 새로운 지구를 생명이 차지했다.

마침내 푼타아레나스 못 미처 최후의 분화구들이 메워지고 있다. 평평한 잔디밭이 화산의 곡선을 따라 깔려 있다. 이제 그 화산들은 아늑하기만 하다. 그곳은 찢어진 곳마다 그 연한 아마로 꿰매어졌다. 땅은 평평하고 경사는 완만하고, 그리하여 사람들은 그 기원을 잊어버릴 것이다. 이 잔디밭, 이 구릉의 산중턱에서 어두운 상징을 지웠다.

이제 이곳은 원시의 용암과 남쪽 빙산 사이에 우연히, 약간의 진흙이 있음으로써 이루어진 세계 최남단의 도시이다. 시커먼 분출구에서 그렇게도 가까운 곳이고 보니 인간의 기적을 얼마나 잘 깨닫게 하는 곳이랴! 이상야릇한 해후! 어떻게 또는 왜, 이 승객이 수많은 날들 중의 축복을 받은 어느 날에, 아주 짧은 시간밖에는 지낼 수 없는, 잘 가꾸어진 이 정원을, 한 지질학적 시대를 방문하게 되었는지 알 수 없다.

고요한 저녁에 착륙했다. 푼타아레나스! 나는 우물에 기대 서서 처녀들을 바라본다. 그들의 얌전한 모습을 아주 가까이에서 바라보며 인간의 신비를 더욱 절실하게 깨닫는다. 생명이 생명과 그렇게도 잘 합쳐지고, 바람이 몰아치는 가운데에서도 꽃들과 꽃들이 그렇게 잘 어울리고, 백조가 다른 모든 백조들을 아는 이 세상에서 홀로 사람들만이 그들의 고독을 세운다.

얼마만한 공간이 이들 사이에 그들의 정신적인 몫을 남겨 놓고 있는가! 처녀의 꿈은 그와 나 사이를 갈라놓으니, 어떻게 해야 그를 그

꿈속에서 만날 것인가? 눈을 내리깔고 혼자 방실방실 미소 지으며, 이미 귀여운 계교와 거짓말을 가득 품고서 느린 걸음으로 집에 돌아가는 처녀에 대해 무엇을 알 수 있겠는가. 그는 어떤 애인의 생각과 목소리와 침묵으로써 한 왕국을 꾸밀 수 있고, 그러면 그때부터 그에게는 그 애인 말고는 모두가 야만인일 것이다.

다른 어느 별에서보다도 더욱 그 처녀가 자신의 비밀과 자신의 관습과 자신의 기억의 음악적인 메아리 속에 숨어 있는 것을 느낀다. 화산과 잔디밭과 바다의 소금물에서 어제 막 태어난 그 처녀는 벌써 반쯤 신처럼 되지 않았는가.

푼타아레나스! 나는 지금 우물에 기대어 있다.

늙은 여인들이 물을 길러 온다. 그들이 겪은 인생 연극에서 내가 아는 것이란 겨우 이와 같은 하인들의 동작뿐일 것이다. 아이 하나가 벽에 머리를 기대어 가만히 울고 있다. 그에 대한 내 추억은 그저 영원히 위로할 수 없는 예쁜 아이로밖에는 남지 않을 것이다. 나는 외국인이다. 나는 아무것도 모른다. 나는 그들의 제국 안에 들어가지 못한다.

얼마나 초라한 장치 속에서 인간의 증오와 우정과 희열이라는 거대한 연극이 실연되고 있는가! 아직도 뜨거운 용암 위에 위태롭게 서 있고, 이미 엄습할 모래며 눈에 위협당하면서도 사람들은 영원에 대한 취미를 도대체 어디에서 찾아내는가?

그들의 문명은 약한 도금에 지나지 않는다. 화산이나 새로 생긴 바다나 모래 바람이 그것들을 지울 것이다.

이 도시는 보스의 토지처럼 속속들이 풍부하다고 생각되는 비옥한 땅 위에 앉아 있는 것 같다.

생명은 이곳에서나 다른 곳에서나 이미 사치이고, 사람들은 발자국 밑의 땅이 그다지 깊지 않다는 것을 잊고 있다. 그러나 푼타아레나스에서 십 킬로미터 되는 곳에 그것을 증명해주는 늪이 하나 있는 것을 안다. 자라지 못한 나무들과 얕은 집들에 둘러싸인, 어떤 농가의 마당에 있는 웅덩이처럼 보잘것없는 그 늪에는 이상하게도 밀물과 썰물이 있다.

그토록 고요한 모습, 그 갈대와 그 장난하는 아이들 틈에서 밤낮으로 느릿느릿한 호흡을 계속하면서 그 늪은 다음 법칙에 복종했다. 고요한 수면 아래에서, 움직이지 않는 얼음 밑에서, 하나밖에 없는 낡아빠진 나룻배 아래에서 달의 에너지는 작용한다. 바다의 소용돌이가 그 검은 덩어리를 속에서 단련시켰다. 그 호수 주위에서 또 마젤란 해협에 이르기까지 꽃과 풀의 가벼운 이불에 덮여 이상야릇한 소화가 계속되었다. 폭 백 미터 정도 되는 이 웅덩이는 인간의 대지에 튼튼하게 자리 잡고 사람들이 자기 집처럼 생각하는 어떤 도시의 문턱에서 바다의 맥박을 쳤다.

3

우리는 한 유성 위에 살고 있다. 비행기 덕분에 이 유성은 가끔 우리에게 그 기원을 보여 준다. 달과 관계가 있는 조수는 숨은 친척 관계를 드러낸다. 그러나 거기에 대한 다른 표징도 보았다.

나는 쥐비 곶과 시스네로스 사이에 걸친 사하라 해안의 드문드문 원추형 나무토막처럼 생긴 사구 위를 비행했는데, 그 넓이는 몇 백 보에서 한 삼십 킬로미터에 이르기까지 가지각색이었다. 그 고도는 눈에 띄게 한결같이 삼백 미터였다. 그러나 균등한 고도 말고도 그 사구들은 빛깔이 같고, 그 흙 위 알맹이도 같고, 그 절벽의 부조도 같은 모양이었다. 모래에서 홀로 솟아 나와 있는 신전의 기둥들이 무너진 식탁의 그 흔적을 아직도 보여 주듯이 이 외롭게 서 있는 기둥들도 예전에 그들이 하나로 만든 광활한 사구를 표징 한다.

인간의 대지

카사블랑카에서 다카르 항공로가 시작된 후 처음 몇 해 동안 기계와 자재가 빈약하던 시절에 우리는 고장이나 탐색이나 구조 때문에 가끔 불귀순 지역에 착륙하지 않으면 안 되었다.

그런데 모래란 놈은 속이기를 잘한다. 단단하다고 생각했는데 푹푹 빠져 들어간다. 아스팔트처럼 딱딱해 보이는 발뒤꿈치 밑에서, 딱딱한 소리를 낼 것처럼 보이는 오래된 염전 같은 것은 가끔 바퀴의 무게를 감당하지 못했다. 그러면 흰 소금 껍질이 터지면서 시커먼 개흙 바닥의 고약한 냄새를 풍겼다. 그래서 환경이 허락하면 반반한 그 고원의 표면을 골라잡았다. 그것들은 절대로 함정을 숨겨 두지 않으므로.

그곳은 아주 조그마한 조개껍질들이 어마어마하게 쌓여서 된, 알이 굵고 단단한 모래가 있는 데에 있었다. 사구의 표면에서는 그대로 있던 이 조개껍질들이 산등성이를 타고 내려옴에 따라 부서져서 한데 엉기는 것을 볼 수 있었다. 산 밑의 가장 오래된 층에서는 그것들이 벌써 순수한 석회석을 이루었다.

그런데 불귀순 지역 주민들에게 붙들린 동료 레느와 세르가 포로 생활을 하던 시절에, 우리는 모르 인 사자를 내려놓기 위해 이 대피소 중의 하나에 착륙한 다음, 그가 떠나기 전에 그가 내려갈 수 있는 길이 있는가 하고 함께 찾아본 일이 있었다. 그러나 우리가 내렸던 곳은 어느 쪽으로 가든지 심연을 향해 두꺼운 천과 같은 주름살을 지으며 수직으로 곤두박질쳐 내려가는 절벽으로 끝나 있었다. 그래서 절대로 탈출할 수 없었다.

그런데도 나는 다른 데에 가서 착륙지를 찾기 위해 이륙하기 전에 그곳에서 서성거렸다. 짐승이 사람을 막론하고 아무도 일찍이 더럽힌 적이 없는 이 지역에 내 발자취를 남기는 것에 유치하게도 기쁨을 맛보았다. 그 어떤 모르 인도 이 요새를 공격할 생각은 하지 못했을 것이고, 어떤 유럽인도 일찍이 이 지역을 탐사하지 못했을 것이다. 나는 무한히 순결한 모래 위를 이리저리 거닐었다. 그 조개껍질로 된 먼지를 귀중한 황금처럼 이 손에서 저 손으로 흘러내리게 하는 것은 내가 처음이었다. 그 침묵을 깨뜨리기도 내가 처음이었다. 천지 개벽 이래 풀 한 포기 나지 않는 극지의 얼음덩이와도 같은 그곳에서, 나는 바람에 불려 온 씨앗처럼 생명의 첫 증거가 되었다.

벌써 별이 하나 반짝였다. 그 별을 쳐다보았다. 그 흰 지면이 수십만 년째 오직 그 별에게만 바쳐져 있었다고 생각했다. 그것은 맑은 하늘 밑에 깨끗하게 펼쳐진 식탁보였다. 그리고 그 흰 천 위에서, 내가 십오 미터나 이십 미터 가량 떨어진 곳에 있는 검은 조약돌을 하나 발견했을 때 위대한 발견을 한 순간과 같은 충격을 받았다.

나는 조개 껍질이 삼백 미터나 쌓인 곳에 서 있었다. 그 토대 전체가 하나의 절대적인 증거처럼 돌 하나라도 거기에 있는 것을 반대하는 것 같았다. 지구의 완만한 소화 작용에서 생긴 규석들이 저 땅 속 깊이 잠자는지도 모른다.

그러나 어떤 기적으로 그중의 하나가 이 너무도 새로운 지면에까지 올라올 수 있었을까? 그래서 가슴 설레며 그 발견물을 주웠다. 그것은 단단하고 까맣고 크기는 주먹만 하고 금속처럼 무겁고 눈물 모양으로 생긴 조약돌이었다.

사과나무 밑에 펼쳐진 보자기는 사과밖에 받을 수 없고, 별 밑에 펼쳐진 보자기에는 성진밖에는 떨어지지 않는다. 일찍이 아무 운석도 이렇게까지 명백하게 그 기원을 보여 준 적이 없었다.

그리고 머리를 쳐들며 자연스럽게 이 천체의 사과나무에서 다른 사과나무들도 떨어졌을 것이라고 생각했다. 수십만 년 전부터 그 어떤 것도 그것들을 건드리지 않았을 것이므로 그것들이 떨어진 그 자리에서 그것들을 발견할 것이다. 그것들은 다른 재료들과 조금도 섞이지 않았으므로. 그래서 내 가설을 증명하기 위해 탐사를 시작했다.

내 가설은 증명되었다. 일 헥타르에 돌 하나 꼴로 내 발견물을 수집했다. 언제나 옹골진 용암의 그 형상, 언제나 검은 다이아몬드의 그 경도. 이러한 하나의 축도 속에서, 내 별의 우량계 위에서, 그 느린 불비.

4

그러나 가장 놀라운 것은 지구의 둥근 등마루 위에, 자기를 품은 보자기와 별들 사이에 서 있는 인간의 의식이 이 별들의 비가 거울에 비치듯 거기에 비쳤다는 점이다. 광물의 토대 위에서 꿈은 기적의 일종이다. 그러고 보니 하나의 꿈이 생각된다.

이처럼 또 한 번은 모래가 두껍게 쌓여 있는 지방에 불시착해서 날이 새기를 기다렸다. 황금빛 모래 언덕은 그 환한 비탈을 달 쪽으로 향해 있었고, 그늘에 잠긴 비탈들은 빛과 어둠의 분할 선까지 올라왔다. 그 그늘과 달의 적막한 작업장 위에는 공사의 중단에서 오는 평화와 침묵의 함정이 군림했다. 그 속에서 잠이 들었다. 잠이 깨었을 때 밤하늘의 수조밖에는 아무것도 보지 못했다. 그것은 내가 팔짱을 끼고 그 별들의 못을 향하고 누워 있었기 때문이다. 내 눈앞의 이 깊이가 무엇인지 미처 깨닫기도 전에 현기증에 사로잡혔다. 이 깊이와 나와의 사이에 몸을 의지할 뿌리도 없었으며 지붕 하나, 나뭇가지 하나 없어 몸을 기댈 곳을 잃은 채 마치 다이빙하는 사람처럼 추락에 내 몸을 내맡겼다.

그러나 떨어지지 않았다. 머리끝에서부터 발뒤꿈치까지 내가 대지에 매어져 있다는 것을 깨달았다. 내 몸무게를 대지에 맡기는 데에서 일종의 위안을 느꼈다. 인력이 내게는 사랑만큼 더할 수 없는 것으로 생각되었다.

대지가 내 허리를 받쳐 주고, 나를 지탱하고, 나를 들어올리고, 나를 밤의 공간 속으로 실어다 주는 것 같은 기분을 느꼈다. 커브를 돌 때 수레에 우리가 달라붙는 것과 같은 중력으로 내가 지구에 달라붙는 것을 발견했고, 놀랄 만한 그 산등성이의 견고함과 안전함을 즐겼고, 내 육체 밑에 내가 탄 배의 그 휘어진 갑판을 느꼈다.

힘들여 다시 맞추어지는 재료들의 신음 소리와, 잠자리를 찾아가는 옛날 범선들의 그 삐걱거리는 소리와, 역풍을 만난 작은 범선들이 내는 그 길고도 날카로운 소리가 땅 저 밑에서 울려 오는 것을 들어도 놀라지 않을 만큼 나는 업혀 간다는 사실을 생생하게 의식했다. 땅속 깊은 곳에서는 침묵이 계속되었다. 그러나 이 중력은 내 어깨에 조화를 이루어 영원히 변함없고, 고른 것으로 느껴졌다. 죽은 죄인들의 시체가 납덩이를 달고 바다 밑에 가라앉는 것처럼 나는 분명히 이곳에 살고 있었다.

나는 사막 가운데에 홀로 떨어져서 위협당하고, 모래와 별들 사이에서 알몸으로, 그 많은 침묵으로 생명의 극점에서 분리되어 있는 내 처지를 곰곰이 생각했다. 만약에 아무 비행기도 나를 발견하지 못하고 모르 인들이 내일도 나를 학살하지 않는다면, 내 생명의 극점을 다시 찾아가기에 여러 날, 여러 주일, 여러 달을 소비하리라는 것을 알고 있었다. 지금 여기 있는 나는 이 세상에 가진 물건이라고는 아무 것도 없다. 나는 오직 숨 쉬는 것의 아늑함만을 의식할 뿐 모래와 별들 사이에서 길 잃은, 죽은 인생에 지나지 않았다.

그러면서도 내 마음속에 꿈이 가득 차 있는 것을 발견했다. 꿈은 샘물처럼 소리 없이 내게 왔다. 그러나 처음에는 기분 좋게 내 마음을 채우는 것이 무엇인지를 깨닫지 못했다. 거기에는 목소리도 영상도 없었지만, 사람이 있는 것 같은 인기척이 몸 가까이에 느껴졌다. 이윽고 그것을 깨닫고 눈을 감은 채 내 기억의 환희에 몸을 내맡겼다.

어디엔가 검은 전나무와 보리수가 들어찬 정원이 있고 내가 좋아하는 집이 한 채 있었다. 그 집 있는 곳이 이곳에서 멀든 가깝든, 또한 그 집에 지금의 내 육체를 따뜻하게 품어 줄, 지켜 줄 힘이 있든 없든 그것은 중요하지 않았다. 여기에서는 다만 꿈의 역할만을 맡아 그것이 있어 주는 것만으로, 그의 존재만으로도 내가 지내는 밤을 가득 채워 주기에 족했다. 그 집 덕분에 이미 모래밭 위에 떨어진 육체가 아닌 나는 나 자신을 알고 있었다. 나는 그 집의 냄새가 가득하게 밴, 그 현관의 서늘한 기운이 가득하게 숨어 있는, 그 쟁쟁 울리는 목소리가 몸에 가득히 밴, 그 집의 아이였다. 그리고 웅덩이 속에서 노래하던 개구리까지도 이곳에 있는 나를 찾아왔다. 나 자신을 인식하기 위해, 그 광야의 맛이 어떤 부재들로 이루어졌는지 발견하기 위해, 개구리조차도 노래하지 않는 천 가지의 침묵으로 이루어진 그 침묵에서 어떤 의의를 발견하기 위해 이 천 가지의 표시가 필요했다.

아니다. 나는 이미 모래들과 별들 사이에 머무는 것이 아니었다. 이미 그 무대 장치에서 차디찬 메시지밖에 받는 것이 없었다. 그에게서 받는 줄로 생각했던 영원에 대한 흥미조차도 이제 그것이 어디에서 오는지를 발견했다. 집안의 으리으리한 큰 장롱을 눈앞에 다시 그렸다. 장롱 문이 빠끔히 열리며 눈처럼 흰 홑이불이 차곡차곡 개켜진 것이 보였다. 다시 장롱 문이 빠끔히 열리며 눈처럼 찬 피륙들도 보였다. 늙은 가정부는 이 장롱에서 저 장롱으로 생쥐처럼 종종걸음을 치며, 빨아 둔 마직 옷감들을 늘 검사하고 펴 보고 다시 세어 보며 집의 영원성을 위협하는 소모의 징조가 보일 때마다 소리쳤다.

"아이고머니, 이를 어쩌나?"

그리고는 램프 밑으로 달려가 눈을 상해 가며 그 제단보의 씨실을 고치기도 하고, 삼장 범선의 돛만큼 큰 천을 꿰매어 마치 자기보다 위대한 그 무엇, 즉 한 신(神)이나 한 배에라도 봉사하려는 것처럼 보였다. 아! 그대에 대해서도 한 장쯤은 글을 써야겠다. 할머니, 내가 처음 몇 번 여행하고 돌아왔을 때, 할머니는 손에 바늘을 쥐고 무릎까지 하얀색 천 속에 파묻혀 해마다 주름살이 조금 더 늘고 백발이 조금 더 생긴 얼굴로, 우리의 잠을 마련해 줄 구김살 없는 그 홑이불이며, 우리의 저녁 식사를 차려 줄 그 식탁보며, 그 화려한 수종 그릇과 등불들을 언제나 당신의 손으로 마련했지. 나는 할머니의 바느질 방을 찾아가서 할머니 앞에 앉아 내가 겪은 위험을 이야기해 주며 할머니를 감격하게 하고, 세상에 대해 눈을 뜨게 하며 할머니를 농락하려고 했지. 어릴 적에 나는 셔츠도 뚫어 놓고 무릎에 상처를 내곤 했지. 오늘 저녁처럼 집으로 돌아와서 붕대로 매어 달라곤 했지.

"아니야, 아니라니까 할머니. 이번에는 정원에서 돌아오는 것이 아니라 지구 끝에서 돌아오는 길이야. 광야의 괴로운 고독의 냄새와 모래 회오리바람과 열대 지방의 아름다운 달그림자를 갖고 돌아오는 길이야!"

71

그러면 할머니는 말했지.

"암, 사내아이들은 뛰고 뼈를 다치면서 저희들이 아주 힘이 세다고 생각하지."

그렇지만 나는 말했다.

"아니야, 아니라니까 할머니. 나는 그 정원보다 더 먼 데를 가 봤어! 할머니는 그 정원의 나무 그늘이 얼마나 하찮은 건지 도무지 모를 거야! 그 나무 그늘은 사막이나 화강석이나 처녀림이나 흙의 밀물 가운데에 갖다 놓으면 어느 구석에 처박혀 있는지도 몰라! 그리고 사람들이 우리를 만나기만 하면 이내 카빈총을 겨누는 지방에 있다는 것을 할머니는 알기나 해? 얼어붙은 밤하늘 아래 지붕도 없이, 침대도 없이, 이불도 없이 잠을 자는 사막이 있다는 것까지도 할머니는 알아?"

그러자 할머니는 말했지.

"아! 야만인."

나는 성당 하녀의 믿음에 대한 신념을 움직이지 못하는 것과 마찬가지로 할머니의 신앙도 움직이지 못했다. 그래서 그를 장님으로, 귀머거리로 만드는 미천한 운명을 가엾게 생각했다.

그러나 그날 밤 사하라의, 모래와 별들 사이에서 헐벗은 몸으로 지내면서 할머니를 옳다고 생각했다.

내 안에서 무슨 일이 벌어지는지 모른다. 그처럼 많은 별들이 자기를 지니고 있건만 이 무게는 나를 땅에 붙잡아 매어 놓는다. 또 다른 무게는 나를 나 자신에게로 다시 데려온다. 내 무게가 나를 그 많은 물건 쪽으로 끌어당기는 것을 느낀다. 내 꿈이 이 언덕, 저 달, 이 실재들보다도 더 현실적이다. 아아! 집이 기묘하다는 것은 우리를 거두거나 우리의 몸을 더 베게 해준다는 그것도 아니고, 그 벽들을 소요한다는 그것도 아니다. 그것은 그 집이 우리 안에 아늑한 느낌을 마련해 주었다는 점이고, 마음속 깊이 샘에서 물이 솟아나듯 꿈들이 생겨나는 그 희미한 덩어리를 만들어 놓았다는 점이다.

내 사하라, 내 사하라, 너는 이제 온전히 털실을 잣는 할멈의 요술에 걸려 있다.

5. 오아시스

사막에 관한 이야기를 너무 많이 했기 때문에 그 이야기를 다시 하기 전에 오아시스 하나를 묘사했으면 한다. 지금 그 모습이 내 머리에 떠오르는 오아시스는 사하라 저 안쪽에도 없다. 그러나 비행기의 또 다른 하나의 기적은 사람을 신비의 품 속에 직접 안겨 준다. 사람은 비행기 위에서 인간의 개미집을 생물학자 같은 기분으로 내려다보고 있다.

평야에 별처럼 열려져 동맥처럼 전원의 양분을 전해 주는, 도로망의 중심지에 자리 잡고 앉은 눈 아래의 도시들을 사람은 냉정한 마음으로 관찰하고 있다. 그러나 어떤 압력계 위에서 바늘이 한 번 떨리자 저 밑에 있던 푸른 숲이 하나의 우주가 되고 사람은 잠든 정원 안 잔디밭의 포로가 되었다.

멀리 떨어져 있는 것을 재는 것은 물질적인 거리가 아니다. 우리나라의 어떤 정원의 담이 중국의 만리장성보다도 더 많은 비밀을 간직할 수 있고, 사하라 오아시스들이 두꺼운 모래층으로 보호되는 것보다도 한 소녀의 영혼이 침묵으로 더 잘 보호되는 경우도 있다.

이 세상 어디엔가 잠깐 기항했던 이야기를 하련다. 그것은 아르헨티나의 콩코르디아 근방이었고 다른 어느 곳에서도 있을 수 있는 일이었다. 신비로움은 이렇게 널리 퍼져 있다.

어느 밭에 착륙했는데, 내가 동화를 체험하리라고는 꿈에도 생각하지 못했다. 내가 타고 달리는 그 낡은 포드도, 나를 받아 준 그 조용한 가정도 별다른 점이 보이지 않았다.

"오늘 밤 재워 드리지요."

그런데 어떤 길모퉁이에 이르자 달빛 아래 숲이 하나 나타났다. 그리고 숲 뒤에 집이 전개되었는데, 참으로 이상한 집이었다. 그것은 우람하고 탄탄해서 성과 같았다. 문에 들어서자 수도원처럼 조용하고 아늑한, 임시 숙소를 제공해 주는 전설 속의 성관이었다.

그리고 두 처녀가 나타났다. 그들은 입국이 금지된 왕국의 관문에 배치된 두 재판관처럼 점잖게 나를 위아래로 훑어보았다. 동생은 입을 뾰족이 내밀고 푸른 나뭇가지로 땅을 두드렸다. 이어 소개가 끝나자 내게 도전적인 태도로 말없이 악수하고는 사라졌다.

나는 재미도 나고 우습기도 했다. 그 모든 것은 비밀의 첫 마디를 속삭이는 것처럼 순진하고 조용하고 은밀했다.

"아이들이 예절을 몰라서 원……."

그 아버지는 이렇게만 말했다.

우리는 집 안으로 들어갔다.

언젠가 파라과이에서 본, 수도의 포석들 틈바귀에 코끝을 빠끔히 내민 그 풍자적인 풀, 보이지는 않지만 근처 어딘가에 있는 처녀림에서 파견되어, 사람들이 아직도 도시를 차지하고 있는지, 그 돌들을 모두 뒤집어 놓으려 할 때가 되지 않았는지 보러 나오는 그 풀을 좋아했다. 나는 많은 재물을 표시하는 데에 지나지 않는 그 퇴락한 모습을 좋아했다. 그러나 이곳에서는 감탄했다.

왜냐하면 이곳은 모든 것은 퇴락하되, 그것도 아주 매력 있게 퇴락한 까닭이었다. 또한 나이를 먹어서 껍질이 갈라지고 이끼가 긴 늙은 나무처럼, 한 십 대째 내려오며 애인들이 와서 앉는 나무 벤치처럼 퇴락한 까닭이었다. 널빤지들은 낡고 덧문들은 부식했으며, 의자들은 건들거렸다. 그러나 아무것도 고치지 않는다고 해도 열심히 쓸고 닦았다. 모든 것이 깨끗하고 밀초를 먹여 반짝반짝했다.

응접실은 주름살 잡힌 노파의 얼굴처럼 말할 수 없는 퇴락의 모습을 보여 주었던 벽이 갈라지고 천장이 찢겨진 것이 내게는 모두 좋았다. 그러나 그 모든 것보다도, 여기는 거져 들어가고 저기는 보교처럼 휘청거리기는 했지만 그래도 문지르고 약칠을 해서 반들반들한 마루가 특히 좋았다. 이상한 집, 그것도 조금도 소홀히 하거나 태만하다는 느낌을 주지 않고, 오히려 그지없이 존경심을 느끼게 해주었다. 해마다 그 집은 그 매력에, 그 복잡한 모습에, 그 친밀한 분위기의 열성에 무엇인가 더 보태는 것이 있었을 것이며, 응접실에서 식당으로 건너가기 위해 당해야 하는 여행의 위험 역시 가중되었을 것이다.

"조심하시오!"

76

그것이 구멍이었다. 그런 구멍은 내 다리쯤이야 쉽사리 분지를 수 있으리라는 말을 들려주는 사람이 있었다. 그 구멍에 대해서는 아무도 책임이 없었다. 그것은 시간이 만들어 놓은 것이었으므로. 집주인에게는 애써 핑계를 대지 않으려는 도도한 신사의 태도가 엿보였다.

"우리는 부자이니까 이 구멍을 막을 수도 있을 겁니다. 하지만……."

이런 말을 나는 듣지 못했다. 이런 말도 듣지 못했다. 그것은 틀림없는 사실이었는데도.

"우리는 이것을 삼십 년 기한으로 시에 세를 주었습니다. 수리하는 것은 시의 책임입니다. 서로 고집을 부리는 거지요."

이런 변명조차 애써 하려 들지 않는 대범한 태도도 내 마음에 들었다. 집주인은 다만 이런 말만을 내게 들려주었다.

"집이 좀 퇴락했지요."

그러나 그것도 아주 가벼운 말투여서, 내 벗들이 그 때문에 조금도 슬퍼하지 않는다는 것도 짐작할 수 있었다. 미장이, 목수, 혹은 세공사, 석고 세공사들의 무리가, 이러한 과거 안에 그들의 불경스러운 연장들을 벌여 놓고 그대가 일찍이 안 일이 없는 집, 그대가 손님으로 찾아온 듯한 느낌을 줄 집을 여드레 안에 다시 만드는 것을 그대는 정말 보려는가? 그것은 신비도, 아취도, 발밑의 함정도, 숨을 구석도 없는, 시청의 응접실 같은 그런 집을.

그 마술의 집에서 처녀들이 사라진 것은 극히 자연스러운 일이었다. 응접실이 벌써 곳간만큼이나 풍부하므로, 곳간들은 어떠했겠는가! 응접실의 열린 아주 조그마한 장에서는 싯누래진 편지 묶음이며,

인간의 대지

증조부의 영수증들이며, 집에 있는 자물쇠 수보다 더 많고 또 그 자물쇠에는 하나도 맞지 않는 열쇠 꾸러미가 쏟아져 나올 것 같은 생각이 들었다. 이성을 혼란하게 하고, 지하실과 거기에 감추어 놓은 궤짝과 금화를 연상시키는, 묘하게도 쓸데없는 그런 열쇠를 말이다.

"식당으로 가실까요?"

우리는 식탁으로 옮겨 갔다. 이 방에서 저 방으로 옮겨 가면서 향처럼 퍼져 있는, 세상의 어떤 향료보다 향기로운 묵은 서재의 냄새를 들이마셨다. 무엇보다도 램프를 들고 다니는 것이 나는 좋았다. 내가 아주 어렸을 때처럼 이 방에서 저 방으로 들고 다니는 매우 무거운 램프, 벽에 이상한 그림자를 움직여 주는 그런 램프들……. 그 램프와 함께 빛과 검은 종려나무 가지 다발도 떠올랐다. 그리고 램프가 자리를 잡자 밝은 부분과 나무들이 삐걱 소리를 내는 그 둘레에 밤의 넓은 장막이 고정되었다.

두 처녀는 그들이 사라질 때와 마찬가지로 몰래 조용히 다시 나타났다. 그들은 얌전하게 식탁에 자리 잡았다. 그들은 틀림없이 그들의 개들과 새들에게 먹이를 주고, 밝은 밤을 향해 창문을 열어 놓고 저녁 바람 가운데서 풀 냄새를 맡았을 것이다. 지금은 냅킨을 펼치며 곁눈질로 조심스럽게 나를 살펴보곤 그들의 가축에 나를 끼워 줄까 말까를 생각했다. 그들에게는 갈퀴도마뱀도 있고, 망구스, 여우, 원숭이, 벌들도 있었다. 그것들은 모두 한데 어울려 살면서도 매우 화목해서 새로운 지상 낙원을 이루었다. 그 처녀들은 우주의 모든 짐승을 다스리고, 그들의 조그마한 손으로 짐승들을 즐겁게 해주고 먹고 마시게

하고, 망구스에서 벌에 이르기까지 모두 귀를 기울여 듣는 이야기들
을 들려주곤 했다.

　그렇게도 예민한 두 처녀가 그들의 온 비판 정신과 모든 섬세함을
움직여, 그들과 마주 앉은 남성에 대해 신속하고 비밀스러운 결정적
인 판단을 내리는 것을 보는가 했다. 내가 어렸을 때에 누이들은 처
음으로 우리 식탁을 빛내 주는 손님들에게 이렇게 점수를 주었다.

　"십일 점!"

　그래서 대화가 끊어지는 경우에는 조용한 가운데에서 별안간 이런
소리가 들렸다. 그 매력은 누이들과 나밖에는 아무도 맛보지 못했다.

　이런 장난의 경험이 있었으므로 나는 약간 거북했다. 더구나 거북
하게 생각한 것은 내 재판관들이 몹시 영리하다는 것을 깨달은 때문
이었다. 속임수를 쓰는 짐승들과 천진한 짐승들을 구별할 줄 알고,
여우의 발소리를 듣고서 그놈이 기분이 좋은지 나쁜지를 알아내고,
마음속 움직임에 대해 그렇게도 깊은 지식을 가지고 있는 재판관들
이라는 것을 깨달았으니 말이다.

　나는 날카로운 그 눈들이며 그 곧은 조그마한 마음들을 좋아했다.
그러므로 그들이 다른 장난을 했더라면 더 얼마나 좋아했을지 모르
겠다. 그러면서도 나는 비열하게 또 '십일 점' 하는 소리가 무서워 그
들에게 소금을 건네주기도 하고, 포도주를 따라 주기도 했다. 그러나
눈을 들면 매수할 수 없는 그들의 재판관다운 부드러운 점잔이 눈에
띄었다.

　아부도 소용이 없었을 것이니, 그들은 허영이라는 것을 알지 못했

다. 허영을 모른다는 것일 뿐 아름다운 자연성을 모른다는 것은 아니었고, 그들은 내가 도와주지 않아도 그들의 힘으로 내가 말할 것보다도 더 많은 좋은 생각을 가지고 있었다. 내 직업으로 위신을 세울 생각조차 하지 못했다. 왜냐하면 플라타너스의 윗가지까지 올라간다는 것은, 그것도 그저 새 새끼들의 깃이 잘 나는지 살펴보기 위해, 친구들에게 인사나 하기 위해 올라간다는 것과 마찬가지로 대담한 행동이기 때문이다.

그리고 그 두 천사들이 내 식사하는 양을 줄곧 살펴보고 있어, 힐끗힐끗 훔쳐보는 그들의 시선이 자주 눈에 띄는 바람에 나는 말을 그치고 말았다. 말이 끊어졌다. 그리고 침묵이 흐르는 동안에 무엇인가 마루 위에서 가벼운 휘파람 소리를 내더니 잠잠해졌다. 나는 이상하다는 눈짓을 했다.

그러자 아마 자신의 시험 결과에 만족했는지, 그러나 마지막 시금석을 사용할 셈인 듯, 그 야성적인 건강한 이로 빵을 베어 물며 동생이 내게, 내가 야만인이라면 그 야만인을 놀래 줄 양으로 이렇게 말했다.

"살무사들이에요."

그리고는 어리석은 사람이 아니라면 그 설명으로 족하다는 듯이 만족해하면서 입을 다물었다.

그의 언니는 나의 첫 반응이 어떤지 판단하려고 번갯불처럼 힐끔 살폈고, 둘 다 더할 수 없이 상냥하고 천진한 얼굴을 접시 위에 수그렸다.

"아, 살무사들이군요."

자연 이런 말이 내 입에서 새어 나왔다. 그것이 내 다리 사이로 미끄러져 가고 내 종아리를 스쳤는데, 그놈들이 살무사들이라니.

나는 다행하게도 싱긋 웃었다. 그것이 억지로 웃는 것이 아니었음을 그녀들은 느꼈을 것이다. 내가 웃은 것은 기쁘기 때문이었고, 그집이 더욱 분명하게 내 마음에 들기 때문이다.

그리고 살무사들에 대해 더 자세히 알고 싶은 욕망을 느꼈기 때문이기도 했다. 언니가 나를 도우러 나섰다.

"식탁 밑에 있는 구멍에 그 살무사들의 집이 있답니다."

이 말에 동생이 덧붙였다.

"밤 열 시쯤 해서 집으로 돌아온답니다."

"낮에는 사냥을 하거든요."

이번에는 내가 그 처녀들을 훔쳐보았다. 온화한 얼굴 뒤에 숨은 그들의 섬세한 꾀와 조용한 웃음을. 그리고 그들이 갖추고 있는 그 훌륭한 태도에 감탄했다.

오늘 나는 꿈처럼 회상한다. 이 모든 것은 몹시 아득한 이야기이다.

그 두 천사는 어떻게 되었을까? 아마 결혼했겠지. 그렇다면 그녀들은 변했을까? 처녀의 지위에서 여인의 지위로 옮아간다는 것은 매우 중대한 일이다.

그들은 새 집에서 무엇을 하고 있을까? 잡초들과 뱀들과 하던 그들의 교제는 어찌 되었을까? 그들은 어떤 우주적인 것과 섞여 있었다. 그러나 처녀 안에서 여인이 눈을 뜨는 날이 온다. 드디어 '십구

점'을 줄 생각이 들게 된다. '십구 점'을 마음속 깊이 찍어 누른다. 그 때에 어떤 못난이가 나타난다.

그렇게도 날카로운 눈들이 처음으로 잘못보고 그 못난이를 아름다운 빛깔로 비춘다. 그 못난이가 만일 시를 읊으면 그를 시인으로 안다. 그리고 그가 구멍 뚫린 마루들을 이해하고 망구스를 좋아하는 줄로 믿는다. 테이블 밑에서 그의 다리 사이로 흔들거리며 돌아다니는 살무사의 그 신임이 그의 기분을 좋게 하는 줄로 생각한다.

그래서 그에게 자신의 마음을 준다. 잘 가꾼 정원밖에는 좋아하지 않는 그에게 야성적인 정원인 자신의 마음을 준다는 말이다.

그러면 그 바보는 공주를 다만 종으로 데리고 간다.

6. 사막에서

1

사하라 항공로의 조종사가 모래밭의 포로가 되어 여러 주일, 여러 달, 여러 해를 귀국하지 않고, 이 작은 보루에서 저 보루로 비행하고 다닐 때는 이런 즐거움을 맛보지 못했다. 이 사막은 그와 같은 오아시스를 우리에게 주지 않았다. 정원과 처녀라니, 그 무슨 옛이야기 같은 말인가! 물론 저 멀리, 우리의 일이 끝난 다음 다시 가서 살 수 있을 거기에는 수많은 처녀들이 우리를 기다리고 있을 것이다. 물론 거기에는 그들의 망구스와 책들 틈에서 처녀들이 참을성 있게 달콤한 마음씨를 꾸미고 있을 것이다. 물론 그들은 예뻐졌을 것이다.

그러나 나는 고독을 안다. 삼 년 동안 사막에서 산 덕분으로 그 맛을 잘 안다. 거기에서는 광물성 풍경 속으로 스러져 가는 청춘이 도무지 겁나지 않았다. 오히려 거기에서는 자신으로부터 저 멀리 떨어

83

진 온 세상이 늙어 가는 것처럼 보였다. 나무들은 열매를 맺고 땅은 밀을 싹트게 하고 여인들은 벌써 아름다워졌다. 세월은 흘러가니 빨리 서둘러 돌아가야 할 텐데……. 그러나 세월은 흘러가도 먼 곳에 붙들려 있었다. 그리고 세상의 재화가 언덕의 모래알처럼 손가락 사이로 새어 나갔다.

세월의 흐름을 보통 우리는 깨닫지 못한다. 우리는 일시적인 평온 가운데에 살고 있다. 그러나 기항지 비행장에 도착해서 끊임없이 불어오는 그 무역풍이 우리를 덮쳐 누를 때에 우리는 그것을 느낀다. 우리는 마치 밤하늘에 요란스럽게 울리는 차축의 소음에 귀를 먹먹한 특급 열차의 손님과 같다. 우리는 창밖으로 휙휙 던져지듯 지나가는 한줌의 빛을 보고 농촌과 자기 동네의 흘러감을, 여행 중이기 때문에 아무것도 붙잡을 수 없는 아름다운 터전들의 흘러감을 아쉬워하는 특급 열차의 손님과 비슷하다. 우리는 가벼운 열기를 띤 채, 비행의 소음으로 인해 아직도 귀가 윙윙거리는 채 기항지 비행장의 고요 가운데에 있으면서도 아직 비행을 계속하는 것 같은 느낌을 가졌다. 우리는 바람의 중력을 뚫고 우리 심장의 고동을 거쳐 미지의 세계로 끌려가는 것을 깨달았다.

사막에다가 불귀순 분자들까지 겹쳐 온다. 쥐비 곶의 밤은 십오 분마다 큰 시계의 종소리 같은 것으로 중단되었다. 보초들이 차례차례로 규정되어 있는 큰 군호로써 경계했다. 불귀순 지구에 외로이 떨어져 있는 쥐비 곶의 스페인 식 보루는 모습을 나타내지 않는 위협을 이렇게 경계했다. 그리고 눈먼 배의 승객 같은 우리는 그 군호가 커져 우리 위에서 바닷새가 원을 그리며 날아다니는 것 같은 소리를 내듯 차례차례 퍼져 가는 것을 들었다.

그러면서도 우리는 사막을 좋아했다. 사막이 언뜻 보기에 비어 있고 오직 침묵하는 것으로밖에 보이지 않는 것은, 잠시 동안의 애인들에게 몸을 바치지 않는 까닭이었다. 우리네 고향의 아무렇지도 않은 마음조차 자신의 몸을 지키려고 한다. 만약에 우리가 그 마을을 위해 세계의 나머지 다른 부분을 단념하지 않고서는, 만일 우리가 그 마을의 전통과 관습과 경쟁 속으로 뛰어들지 않고서는, 끝내 우리는 그 마을이 어째서 사람들의 마음의 고향이 되었는지를 모르고 말 것이다. 쉽게 말해, 우리 주변의 수도원 같은 자기 방에 틀어박혀 우리가 알지 못하는 규율에 따라 살고 있는 사람이 있다면, 그는 티베트의 오지에 있는 것 같은 고독과, 어떤 비행기도 우리를 데려다 주지 못할 것 같은 격절 속에 떠 있다고 할 수 있을 것이다. 그러한 그의 독방을 우리는 무엇 때문에 찾으려고 하는가! 그의 독방은 텅 비었다. 인간의 왕국은 내적인 것이다. 이처럼 사막은 모래로 된 것도 아니고, 투아렉 인이나 소총으로 무장한 모르 인으로 이루어진 것도 아니었다.

그러나 오늘 우리는 갈증을 겪었다. 그리고 우리가 알고 있던 그 우물이 넓은 지역에 뻗쳐 있는 것을 오늘에야 비로소 발견했다. 눈에 보이지 않는 여인이 온 집안을 즐겁게 해주는 것과 같은 이치이다. 우물도 멀리 뻗칠 수 있다. 사막은 처음에는 황량하다. 그러다가 유격대가 접근하지 않는가 걱정되어 그것을 싸고 있는 크나큰 망토의 주름들을 판별하는 날이 온다. 유격대도 사막을 변형시킨다.

우리는 사막이라는 이 경기 규칙을 받아들였고, 경기는 우리를 제 모습에 맞추어 만들어 준다. 사하라 사막이 그 모습을 보여 주는 것은 우리의 내부에서이다. 사막에 가까이 간다는 것은 오아시스를 찾아가는 것이 아니라, 하나의 샘을 우리의 종교로 삼는다는 것이다.

2

나는 첫 번째 비행에서부터 사막의 맛을 알았다. 리겔과 기요메와 나는 누아쵸트 작은 보루 근처에 불시착했다. 그때 이 초소는 바다 가운데 외로이 떨어져 있는 작은 섬이나 다름없이 모든 인간이 사는 곳에서 멀리 떨어져 있었다. 거기에는 나이 먹은 중사가 세네갈 인 병사 열다섯 명과 함께 유폐 생활을 했다. 그는 우리를 하늘의 사자 처럼 영접했다.

"아아! 당신들과 이야기를 하니 기분이 뭐라 말할 수 없습니다. 아 아! 기분이 뭐라 말할 수 없어요!"

그의 기분이 뭐라 말할 수 없다는 것은 사실이었고, 그는 울었다.

"여섯 달 만에 당신네들이 처음 온 사람들이오. 여섯 달에 한 번씩 보급을 해주지요. 어떤 때는 중위가 오고 어떤 때는 대위가 오고. 지 난번에는 대위였지요."

우리는 아직도 어리둥절했다. 아침 식사가 준비되고, 아지랑이가 끼어 있던 다카르에서 단지 두 시간밖에 날아오지 않았는데 여기에서는 사람의 운명이 바뀌어 있었다. 우리는 울고 있는 늙은 중사를 위해 유령의 구실을 했다.

"자, 드세요. 포도주를 대접하는 것이 기쁩니다! 생각 좀 해보십쇼! 대위가 다녀갔을 적에는 그분에게 대접할 포도주조차 없었습니다그려."

나는 이것은 《남방 우편기》에 썼다. 그러나 그것은 절대로 조작이 아니다. 그는 우리에게 이렇게 말했다.

"전번에는 건배조차 할 수 없었단 말입니다. 나는 하도 창피해서 전출을 청하기까지 했답니다."

건배하는 것, 땀을 흘리며 낙타 등에서 뛰어내리는 다른 사람과 건배하는 것, 반 년 동안을 이 순간을 위해 살아 온 것이다. 벌써 한 달째 무기에 광을 내고, 초소를 탄약고에서 곳간에 이르기까지 닦곤 했다. 그리고 벌써 이, 삼 일 전부터 그는 이 축복받는 날이 가까이 다가옴을 깨닫고, 망대 위에서 끊임없이 지평선을 살펴보면서 아타르의 이동 기병 소대가 나타날 때에 뒤집어쓰고 올 그 먼지를 발견하려고 했다.

그러나 포도주가 떨어졌다. 그러므로 잔치를 할 수가 없다. 건배를 하지 못한다. 그래서 창피를 당했다고 생각한다.

"대위님이 다시 오는 것이 한시가 바쁩니다. 그를 고대합니다."

"대위는 어디 있습니까, 중사?"

그러자 중사는 모래밭을 가리킨다.

인간의 대지

"알 수 있어요? 대위님은 어디엔가 있겠지요!"

보루의 망대 위에서 별들 이야기를 하며 지낸 그 밤도 실화였다. 별 이외에는 살펴볼 것이 아무것도 없었다. 별들은 비행기에서 볼 때처럼 거기에 하나도 빠지지 않고 다 있었다. 그러나 그 자리에 붙박여 있었다.

비행기에서 밤이 너무도 아름다울 때에는 조종을 그만두고 제멋대로 가게 내버려둔다. 그러면 비행기는 왼편으로 기울어진다. 아직 수평을 유지하고 있다고 생각하는데 오른쪽 날개 밑에 동네가 하나 나타난다. 사막에 동네가 있을 리 없다. 그러면 바다에 떠 있는 어선의 무리이겠지. 그러나 사하라 바다에는 어선의 무리가 없다. 그러면? 그때야 착오를 깨닫고 웃게 된다. 천천히 비행기를 바로잡는다. 그러면 동네도 제자리로 돌아간다. 잘못 떨어뜨린 그 성좌를 본래의 액자에 도로 걸어 놓는다. 동네? 그렇다. 별들의 동네이다. 그러나 보루위에서 보면 얼어붙은 듯한 사막밖에, 움직이지 않는 모래의 물결밖에 없다. 성좌는 단정하게 걸려 있다. 중사는 우리에게 별 이야기를 들려준다.

"자, 보세요! 나는 방향을 잘 압니다. 저 별을 향해 기수를 두면 곧장 튀니스로!"

"당신은 튀니스에서 왔소?"

"아니요, 내 사촌 여동생이 거기 있지요."

오랜 침묵이 흐른다. 그러나 중사는 우리에게 아무것도 숨기지 못한다.

"언제고 나는 튀니스에 갑니다."

물론 그 별을 향해 곧장 걸어가는 것과는 다른 길로 해서일 것이다. 원정하러 가는 어느 날, 우물이 말라서 그가 정신 착란의 감상에 붙잡히기 전에는⋯⋯. 그렇게만 되면 별도, 사촌 여동생도 튀니스도 모두 뒤범벅이 될 것이다. 그러면 속인들이 괴로운 것으로 생각하는, 그 영감을 받은 행진이 시작될 것이다.

"한번은 대위님에게 튀니스에 갈 휴가를 청했지요. 그 사촌 여동생 때문이었지요. 그랬더니 대위님 대답이⋯⋯."

"그래, 대위님 대답이?"

"그랬더니 그는 '세상에는 사촌 여동생이 가득 찼는데'라고 대답했어요. 그리고 좀 멀다고 해서 대위님은 나를 다카르로 보냈답니다."

"그래, 당신 사촌 여동생이 예쁩니까?"

"튀니스의 동생 말이요? 물론이지요. 금발이지요."

"아니, 다카르에 있는 여동생 말이요."

"그 여동생은⋯⋯ 흑인이에요."

중사, 우리는 그대의 약간 분한 듯한 우울한 대답을 듣고는 그대를 껴안기라도 할 뻔했다.

중사, 그대에게 사하라는 무엇인가? 그것은 항상 그대를 향해 걸어오는 하나의 신이었다. 그것은 또한 오천 킬로미터 사막 저편에 있는 금발의 사촌 누이동생의 상냥함이기도 했지.

우리에게 사막은 무엇인가? 그것은 우리 속에 태어나는 그것이었다. 그것은 우리가 우리 자신에 대해 배우는 그것이었다. 우리는 그날 밤, 한 사촌 누이동생과 한 대위에게 사랑을 느꼈다.

3

불귀순 지구와 접경해 있는 포르에티엔은 도시가 아니다. 거기에
는 보루와 격납고와 우리 회사의 승무원들을 위한 바라크가 있을 뿐
이다. 그 둘레로 포르에티엔은 난공불락이다. 그곳을 공격하려면 굉
장한 모래와 불의 지대를 넘어야 하므로, 유격대들은 기진맥진해서
나 혹은 준비한 물이 다 떨어져서야 그곳에 이를 수 있다. 그런데도
사람들이 기억하는 북쪽의 어딘가에는 언제나 포르에티엔을 향해 걸
어오는 유격대가 있었다. 대위 사령관이 우리에게 와서 차를 마실 때
에는, 어떤 아름다운 왕녀의 전설을 이야기하듯 지도 위에서 그 유격
대의 진로를 우리에게 보여 준다. 그러나 그 유격대는 강처럼 모래로
잦아들어 거기까지 오지 못한다. 그래서 우리는 유령 유격대라고 부
른다. 정부에서 저녁때 우리에게 분배해 주는 수류탄과 탄환은 우리
침대 밑의 상자 속에서 잠자고 있다. 그리고 우리는 무엇보다도 우리
의 비참함에 보호되어 침묵 외에 다른 적과 싸울 필요가 없다. 그래
서 비행장 주임인 뤼카는 밤낮없이 전축을 틀어 놓는다. 이 전축 소
리는 사람 사는 곳에서 까마득하게 떨어져 있는 우리에게 거의 잃어
버린 말을 들려주고, 갈증과 비슷한 대상 없는 우울증을 일으킨다.

그날 저녁 우리는 초소에서 저녁을 먹었고, 대위 사령관은 우리에게 그의 정원을 구경시켜 주었다. 그는 프랑스에서 진짜 흙을 세 상자 가득 받았는데, 그것은 이렇게 사천 킬로미터를 건너왔다. 거기에는 파란 잎사귀 셋이 자랐는데, 우리는 그것을 무슨 보석이나 되는 듯이 손가락으로 어루만졌다. 대위는 말했다.

"그게 내 정원이지요."

그리고 모든 것을 말리는 모래 바람이 불 때 사람들은 그 정원을 갖고 지하실로 내려갔다.

우리는 보루에서 일 킬로미터 떨어진 곳에 사는 까닭에 저녁을 먹은 뒤에는 달빛을 이고 우리 처소로 돌아온다. 달빛을 받으면 모래는 분홍빛이 돈다. 우리는 우리의 빈곤을 느끼지만 모래는 분홍빛이다. 그리고 보초의 수하 소리가 세상의 온갖 감동을 다시 회복시켜 준다. 한 유격대가 전진하는 중인 까닭에 온 사하라가 우리의 그림자에 놀라고 우리에게 수하를 한다.

보초의 부르짖음 속에 사막의 모든 목소리가 울린다. 사막은 이제 빈집이 아니다. 모르인들의 대상이 밤을 자성을 띠게 한다. 우리는 안전하게 있다고 믿을 수도 있을 것이다. 그러나 병, 사고, 유격대 등 얼마나 많은 위협이 걸어오느냐! 사람은 비밀 사수들을 위한 땅 위의 과녁이다. 그러나 세네갈 인 보초는 예언자처럼 그것을 우리에게 일깨워 준다.

"프랑스 사람!"

우리는 이렇게 대답하며 검은 천사 앞을 지나간다. 그러면 숨쉬기가 더 편해진다. 이 위협이 우리에게 얼마만한 고귀함을 태워 주었는가. 오오! 그 위협이란 아직 몹시도 멀리 떨어져 있고, 별로 급박하지도 않고, 그 숱한 모래로 몹시 희박해진 것이다. 그러나 세상이 바로 전과는 딴판이다. 그 사막이 다시 장엄해진다. 어디에선가 전진하면서 언제까지나 목적지에는 도달하지 못할 유격대는 그의 신성함을 만들어 놓는다.

지금은 밤 열한 시이다. 뤼카가 무전국에서 돌아와 자정에 다카르에서 오는 비행기가 도착하리라고 일러 준다. 기내에는 이상이 없다고 한다. 오전 영 시 십 분이면 우편물을 비행기에 옮겨 싣고 나는 북쪽을 향해 이륙할 것이다. 금이 간 거울을 들여다보며 조심조심 수염을 깎는다. 이따금 타월을 목에 건 채 문에까지 가서 굴곡 없는 모래밭을 내다본다. 날씨는 좋다. 그러나 바람이 잔다. 거울 앞으로 다시 돌아와서 생각한다. 몇 달째 계속되던 바람이 자면 온 하늘을 흔들어 놓는 경우가 있다. 그런데 지금 준비하고 있다. 신호등을 허리띠에 달고 고도계와 연필을 챙긴다. 오늘 밤 기내 무전사가 될 네리한테 간다. 그도 수염을 깎는다. 나는 물어 본다.

"괜찮소?"

지금 같아서는 별일 없다. 이 예비 작전은 비행하는 데 별로 힘들지 않은 일이다. 그러나 푸드덕거리는 소리가 들린다. 잠자리 한 마리가 내 램프에 와서 부딪친 것이다. 잠자리를 보니 왠지 가슴이 조여든다.

나는 다시 나가서 밤하늘을 쳐다본다. 모두가 맑다. 비행장 경계선을 이루는 절벽이 대낮인 양 하늘에 분명히 드러나 보인다. 사막 위에는 질서가 잡힌 집처럼 깊은 침묵이 흐르고 있다. 그러나 램프에는 푸른 나비 한 마리와 잠자리 두 마리가 날아와서 부딪친다. 다시금 은은한 감정을 느낀다. 그것이 기쁨인지도 겁인지도 모르겠지만, 어떻든 나 자신의 저 속에서 오므로 아직은 희미하지만 이제 예고되는 정도의 그런 감정이다. 누군가 아주 멀리서 내게 말한다. 그것은 본능인가? 떠나가 본다. 바람은 이제 너무 약하다. 아직 선선하다. 그러나 나는 경고를 받았다. 나는 무엇이 나를 기다리고 있는지 짐작한다. 아니 짐작한다고 생각한다. 내 생각은 옳은가? 하늘도 모래도 내게 아무 신호도 보내지 않았다. 그러나 잠자리 두 마리가 내게 말해 주었고 푸른 나비도 그랬다.

인간의 대지

나는 한 모래 언덕에 올라가 동쪽을 향해 앉는다. 내 생각이 옳다면 '그것'이 오래지 않아 올 것이다. 오지의 오아시스에서 수백 킬로미터나 떨어진 이곳에 그 잠자리들은 무엇을 위해 찾아왔는가? 바닷가에 밀려온 표류물들은 바다에 태풍이 불고 있음을 증명해 준다. 이와 같이 곤충들은 모래 바람이 진행중임을 말해 준다. 동쪽에서 불어오는 폭풍, 멀리 있는 종려나무 숲의 푸른 나비들을 짓밟은 폭풍이……. 그 거품이 벌써 내 몸에 와 닿았다. 그것이 하나의 증거인만큼 장엄하게, 그것이 폭풍을 품는 만큼 장엄하게 돌풍이 일기 시작한다. 바람의 약한 숨결이 내게 와서 살짝 스친다. 나는 물결이 겨우 핥은 경계석이다. 내 이십 미터 뒤에서는 그 어떤 천막도 움직이지 않앉을 것이다. 그 뜨거운 기운은 한 번, 꼭 한 번 죽은 듯싶은 손길로 나를 쓰다듬어 주었을 뿐이다. 그러나 몇 초 뒤에 사하라가 숨을 돌려 두 번째 입김을 뿜으리라는 것을 안다. 그리고 삼 분 후에는 우리 격납고의 통풍통이 부르르 떨리리라는 것도 안다. 그리고 십 분이 채 되지 못해서 모래가 하늘을 뒤덮으리라는 것도 잘 안다. 얼마 있지 않아 우리는 이 불 속에서, 이 사막의 불꽃이 돌아오는 가운데에서 이륙할 것이다.

그러나 이로 인해 가슴이 설레는 것은 아니다. 내가 잔인한 기쁨을 가슴 뿌듯하게 느끼는 것은, 첫 마디 말을 듣기가 무섭게 이 은밀한 언어를 알아들었다는 것이고, 희미한 소리에서도 모든 모래에 대한 예고를 받는 원시인처럼 어떤 자취를 냄새 맡았다는 것이고, 그 격렬하게 성내는 것을 잠자리의 날개가 푸덕이는 데에서 알아냈다는 것이다.

4

거기에서 우리는 불귀순 모르인들과 접촉했다. 그들은 출입 금지 구역에서, 우리가 비행할 때에 넘어 다니는 그 구역에서 불쑥 나타나곤 했다. 그들은 빵이나 설탕이나 홍차를 사러 쥐비나 시스네로스 보루에 오기도 했는데, 그러고는 다시 그들의 비밀 속으로 깊숙이 사라지곤 했다. 우리는 그들이 지나갈 때 그중 몇을 길들여 보려고 했다.

세력 있는 두목인 경우에는 항공 회사 사무 소장의 승낙을 얻어 그들을 비행기에 태워서 세상 구경을 시켰다. 그들의 오만을 꺾어 놓자는 의도였다. 왜냐하면 그들이 포로들을 죽이는 것은 증오에서라기보다는 오히려 우리에 대한 멸시 때문이었다. 그들은 보루 근방에서 우리와 마주치면 욕설조차 하지 않았다. 우리에게서 얼굴을 돌리고 침을 뱉었다. 그런데 이 오만은, 그들이 자기네들의 세력을 과신하는 데에서 왔다. 소총 삼백 정의 군대를 전투 준비시켜 놓고는, 그들 중 대부분이 뇌까렸다.

"당신들은 도보로 백 일 이상이나 떨어진 프랑스에 있다는 게 운이 좋소."

그래서 우리는 그들을 태워 이리저리 데리고 다녔다. 그리고 그중 세 사람이 이렇게 해서 그 미지의 프랑스를 가 보게 되었다. 그들은 나와 함께 세네갈에 가서 나무들을 처음 보고 운 일이 있는 그런 종류의 사람들이었다.

내가 그들을 그 텐트 속에서 다시 만났을 때, 그들은 나체의 여인들이 꽃 가운데에서 춤을 추는 음악 홀을 찬양하는 중이었다. 나무 한 그루, 장미꽃 한 송이조차 구경하지 못한 사람들, 코란에 의해서만 그들이 낙원이라 부르는, 냇물이 흐르는 동산들이 있다는 것을, 그 코란으로나 알고 있는 그런 사람들이었다. 그 낙원과 거기에 붙잡혀 있는 아름다운 여인들은 비참함 속에서 삼십 년 동안을 산 뒤에 모래 위에서 이교도의 총 한 방으로 쓰라린 죽음에 이른다. 그러나 이 모든 보화를 태워주는 프랑스 사람들에게, 갈증이나 죽음의 배상을 요구하지 않는 것을 보면 신은 그들을 속인다. 그래서 이 늙은 두목들은 지금 곰곰이 생각한다. 그렇기 때문에 그들의 텐트 둘레로 황량하게 뻗어 나가, 그들에게 죽을 때까지 그 메마른 즐거움을 제공해 줄 사하라를 바라보며 그들은 가슴을 열고 얘기하고 만다.

"이것 봐, 프랑스 사람들의 신은 말이야. 모르 사람들의 신이 모르 사람에게 하는 것보다 그들의 신이 프랑스 사람에게 하는 것이 더 관대하단 말이야!"

몇 주일 전 그들에게 사보아를 구경시킨 일이 있었다. 안내원은 그들을 포효하는 육중한 폭포 앞으로 데리고 가서 말했다.

"맛을 보시오."

단물이었다. 물! 여기에서는 가장 가까이 있는 우물을 찾아가려고 해도 며칠이나 걸어야 하는가! 그리고 그것을 찾아내면 낙타 오줌이 섞인 흙탕물이 나올 때까지 그 우물에 가득 찬 모래를 파내는 데에 또 얼마만큼 시간이 걸려야 하는가! 물! 쥐비 곳이나 시스네로스, 포르에티엔에서는 모르의 어린아이들이 돈을 동냥하지 않고 깡통을 들고 와서 물을 동냥한다.

"물 좀 줘요, 물……."

"얌전하게 굴면 주지."

몹시도 귀한 물, 조그만 한 방울만 있어도 새싹의 파란 광채를 모래에서 끌어내는 물이다. 어딘가에 비가 오면 커다란 이주민의 행렬로 사하라가 더 번화해진다. 부족들은 삼백 킬로미터 저쪽에 돋아날 풀을 찾아간다. 그런데 그 인색한 물, 포르에티엔에는 십 년째 한 방울도 떨어지지 않은 그 물이 그곳에서는 마치 터진 수조에서 세상의 모든 물들이 흘러나오듯 요란한 소리를 내며 흐른다.

"돌아갑시다."

안내원이 말했다.

그러나 그들은 움직이지 않았다.

"좀 더 있어요."

그들은 침묵을 지켰다. 말없이 침통하게 한 장엄한 신비가 전개되는 것을 지켜보았다. 산 속에서 이렇게 쏟아져 나오는 것은 생명이요, 바로 그 사람들의 피였다. 일 초 동안 쏟아지는 물만 가지고도, 갈증에 마비되어 소금 못과 신기루의 무한대 속으로 영원히 잦아든 여러 무리의 대상을 소생시킬 수 있을 것이다. 신은 여기에서 자신을 드러냈다. 그에게 등을 돌릴 수는 없었다. 신은 그의 수문을 열고 그의 능력을 보여 주었다. 그새 모르인들은 꼼짝하지 않았다.

"무엇을 또 보시렵니까? 갑시다."

"기다려야지요."

"무엇을 기다려요?"

"끝을."

그들은 신이 그의 지나친 장난에 싫증이 날 그 시간을 기다리고자 했다. 신은 이내 후회한다. 그는 인색하다.

"그렇지만 이 물은 천 년째나 계속 흘러 내려오는걸요!"

이날 저녁 그들은 폭포 이야기를 다시 하려고 하지 않았다. 어떤 기적에 대해서는 이야기하지 않는 편이 낫다. 그보다도 그들은 너무 생각하지 않는 편이 더 낫다. 그렇지 않으면 아무것도 이해하지 못하고 또한 신을 의심하므로.

"프랑스 사람들의 신은 말이야……."

그러나 내 미개인 친구들을 잘 안다. 그들은 신앙이 흔들리고 당황해서 이제부터는 귀순할 생각을 가지고 있다. 그들은 프랑스 군 경리대를 통해 보리를 보급받고 사하라 부대들에 의해 그들의 안전이 보장되기를 바라고 있다. 그리고 귀순만 하면 그들의 물질적 재물이 더 나아지리라는 것도 사실이다.

그들은 셋 다 트라르자 인들의 도독 엘 맘문의 혈통이다. 이 이름은 잘못 기억한 것 같다.

엘 맘문이 우리의 부하 노릇을 했을 때 알았다. 봉사를 했기 때문에 공식적인 예식에 참석할 수 있고, 총독들에 의해 재산을 많이 얻고, 부족들에게 존경받는 그는, 눈에 보이는 재물에는 부족한 것이 없었던 모양이다. 그러나 어느 날 밤에 아무도 그것을 미리 알아차리지 못했는데, 그는 그와 동행하던 장교들을 학살하고 낙타들과 소총들을 빼앗아 불귀순 부족들에게 돌아갔다.

그 뒤로는 사막 가운데에 추방된 한 두목의 영웅적이고도 절망적인 이 반란과 도망을, 오래지 않아 아타르의 이동 기병 소대의 탄막 앞에서 불붙은 화살처럼 사라질, 이 잠시 동안의 영광을 사람들은 배반이라고 불렀다. 그리고 이 급작스러운 광증을 이상하게 여겼다.

그러나 엘 맘문의 이야기는 다른 아라비아 사람들의 이야기이기도 했다. 그는 늙어 갔다. 사람은 늙으면 명상하게 된다. 이렇게 해서 그는 하루 저녁, 자신이 이슬람의 신을 배반했다는 것과 자신에게는 손해밖에 되지 않는 교환을 그리스도 교인들의 손에 서명함으로써 자신의 손이 더럽혀졌다는 것을 깨달았다.

그런데 사실 보리와 평화가 그에게 무슨 소용이 있었던가? 타락한 무사로 목자가 된 그는, 전에 사하라에서 살았다는 것을 추억하고 있다. 그곳에는 모래 굽이굽이에 수많은 위협이 숨어 있었고, 밤 속에 깊이 잠긴 야영지에서 목표지에 야경들을 파견했고, 또한 적들의 동태를 이야기하는 소식을 들으며 화톳불 둘레에서 가슴을 두근거렸는데……. 그는 사람이 한 번 맛보기만 하면 영원히 잊혀지지 않는 넓은 바다의 맛을 회상한다.

오늘날 그는 영광을 잃은 채 아무 위엄도 없는 평정된 지역에서 헤매고 있다. 오늘에야 비로소 그에게 사하라는 사막이었다.

그는 아마 그가 암살한 장교들을 존경했을 것이다. 그러나 알라 사람이 무엇보다도 중한 것이다.

"엘 맘문, 잘 가게."

"당신에게 신의 가호가 내리시기를!"

장교들은 담요 속에 기어 들어가 뗏목 위에서처럼 별들을 쳐다보며 모래 위에 눕는다. 뭇별들이, 모든 것이 조용히 돌며 하늘 전체가 시간을 새겨 간다. 달이 모래밭 위로 기울어 신의 지혜에 의해 아무 것도 없는 상태로 돌아간다. 그리스도 교인들은 오래지 않아 잠이 들 것이다. 이제 몇 분만 더 있으면 별들만이 반짝일 것이다. 그러면 타락한 부족들이 지난날의 영광을 회복하기 위해서는, 모래를 빛나게 해주는 그 추격이 다시 시작되기 위해서는 잠 속에 잠겨 들어가며 소리를 지르는 이 그리스도 교인들의 조그마한 부르짖음만 있으면 된다. 이제 몇 초만 더 있으면 회복할 수 없는 것으로부터 한 세상이 태어날 것이다.

그리하여 잠이 든 아름다운 중위들은 학살당할 것이다.

5

쥐비에서는 오늘 케말과 그의 동생 무얀이 나를 초대해 그들의 텐트 속에서 나는 차를 마시고 있다. 무얀은 아무 말 없이 나를 바라보며 푸른 보자기를 입술에까지 올려 걸치고는 미개인의 겸양을 지켰다. 케말 혼자만이 내게 말을 하고 인사를 차린다.

"내 텐트며, 낙타며, 아내들이며, 종들은 다 당신 것이오."

무얀은 그저 내게서 눈길을 돌리지 않고 자기 형에게로 몸을 기울여 몇 마디 말을 하고는 다시 입을 다문다.

"무어라고 그럽니까?"

"보나푸가 르게이바트 네 낙타 천 마리를 훔쳤다고 하오."

아타르 기병 소대의 낙타 기병인 이 보나푸 대위를 알지 못한다. 그러나 모르인들의 입을 거쳐 그의 전설은 알고 있다. 그들은 성이 나서 그의 이야기를 한다. 그러나 그가 무슨 신이기라도 한 것처럼 이야기한다. 그의 존재가 사막에 가치를 주고 있다. 오늘도 그는 어떻게 해서인지 남쪽으로 행진하는 유격대의 후방에 나타나 그들의 낙타를 수백 마리 훔쳤다. 그들은 안전하다고 믿던 재화를 구하기 위해 그에 대항해서 방향을 돌리지 않을 수 없게 되었다. 그리고 지금은 이 위대한 천사와 같은 출현으로 아타를 구하고, 석회암 고대 위에 야영을 치고 뺏어야 할 담보라도 있는 양 당당하게 자리 잡고 있다. 그리고 이러한 그의 발현은 부족들이 그의 군도를 향해 진격하지 않을 수 없게 했다.

무얀은 더욱 험한 눈으로 나를 쳐다보며 말한다.

"뭐라고 합니까?"

"그는 '우리는 내일 유격대로 보나푸를 향해 진격하겠소. 소총수 삼백 명이 말이오'라고 합니다."

나는 무엇인가를 눈치챘다. 사흘 전부터 우물로 몰고 가는 그 낙타들, 그 연설들, 그 영광…… . 보이지 않는 범선을 하나 장만한다는 느낌이다. 그리고 그 배를 이제 몰고 갈 바닷바람이 벌써 일고 있다. 보나푸 때문에 남쪽을 향해 옮겨 놓은 걸음 하나하나가 영광으로 가득 찬 걸음이 된다. 이러한 출격들이 증오나 사랑을 얼마나 포함하고 있는지 분별할 수가 없었다.

암살해야 할 그렇게도 훌륭한 적을 이 세상에 가졌다는 것은 참으로 근사한 일이다. 그가 나타나는 곳에 가까이 있는 부족들은, 그를 면대할까 봐 벌벌 떨면서 그들의 텐트를 걷고 도망가는가 하면, 더 멀리 떨어져 있는 부족들은 사람 속에서 느끼는 그런 현기증에 빠진다.

그들은 평화로운 텐트에서, 여인들의 포옹에서, 행복한 잠에서 빠져 나와 두 달 동안을 남쪽을 향해 기운 빠지는 행군을 하고, 타는 듯한 갈증을 겪고 모래 바람 밑에 쭈그리고 앉아 기다리고 한 뒤에, 새벽녘 의 기습으로 아타르의 이동 기병 소대와 맞부딪치고, 거기에서 만약 에 신이 허락하신다면 보나푸 대위를 죽이는 것보다 더 값진 일이 세 상에는 아무것도 없다는 것을 깨닫는다.

"보나푸는 강하지요."

케말을 내게 자백한다.

나는 이제 이들의 비밀을 안다. 한 여인을 사모하는 사람들이 여자 가 평온하게 거니는 걸음을 꿈꾸며 그들 꿈에서 계속되는 그 여자의 냉정한 소요에 상심하고 속이 타듯이, 보나푸의 멀리 떨어진 발걸음 은 그들을 괴롭힌다. 모르인 옷을 입은 이 그리스도 교인은 모르인 비적 이백 명을 거느리고 그를 공격하러 나선 유격 대대들을 비켜서 불귀순 지구로 침투했다. 그가 거느리는 부하들은 프랑스 세력을 이 탈하고 아무 탈 없이 자기 속박에서 깨어나, 석상 위의 자기 상관을 신께 제사 지낼 수 있을 그곳에, 오직 그의 권위만이 그들을 억제하는 그곳에, 그의 약점마저 저들을 무섭게 만드는 그곳에 침투한 것이다. 그리고 오늘 이들의 숨막히는 꿈 가운데서 그는 아무렇지도 않게 지 나오고 지나가며, 그의 발걸음을 사막의 심장에까지 울린다.

무얀은 텐트 안쪽에 푸른 화강암 부조같이 꼼짝하지 않고 그냥 골 똘히 생각에 잠겨 있다. 그의 눈과, 그리고 이제는 장난감이 아닌 그 의 단도만이 반짝인다. 그는 유격대 속에 들어간 뒤로는 몹시도 변했다. 그는 어느 때보다도 자신의 고귀함을 깨닫고 나를 멸시로 덮어 누른다. 왜냐하면 그는 보나푸를 향해 진격할 참이고, 사랑의 모든 조짐을 지닌 증오에 자극되어 새벽녘에 행진을 시작할 참이므로.

다시 한 번 그는 형에게로 몸을 기울이고 나직한 목소리로 말을 하고 나를 쳐다본다.

"뭐랍디까?"

"당신을 보루에서 멀리 떨어진 데서 만난다면 쏘겠다고 했소."

"왜?"

"당신은 비행기와 무전기가 있고 보나푸가 있지만, 진리를 가지지는 못했다고 했소."

무얀은 조각의 옷 주름 같은 푸른 베일에 싸여 부동자세로 내게 판결을 내린다.

"당신들은 염소처럼 샐러드를 먹고, 돼지들처럼 돼지고기를 먹고, 당신네 나라 여자들은 뻔뻔스럽게 얼굴을 드러낸다. 당신네 나라 여자들은 본 일이 있다고 말했소. 당신네는 도무지 기도하는 일이 없다고 말했소. 진리를 가지고 있지 않으면 당신네 비행기와 무전기가, 그리고 당신네 보나푸가 무슨 소용이 있느냐고 말했소."

사막에서는 사람이 언제나 자유로우므로 자신의 자유를 방위하지 않으며, 사막에는 아무것도 없으므로 눈에 보이는 재화를 지키지 않지만, 비밀의 왕국을 수호하는 이 모르인들에게 나는 감탄한다. 모래 물결의 적막 속에서 보나푸는 늙은 해적 선장같이 그의 기병 소대를

103

끌고 다녀, 그의 덕택으로 쥐비 곶의 야영지는 이제 한가한 목자들의 고향은 아니었다. 보나푸 폭풍이 그 옆구리를 세차게 덮치는 바람에 사람들은 저녁에 텐트들을 바싹 붙여 친다. 침묵이 남쪽에서는 얼마나 가슴 조이게 하는 것인가! 그것은 보나푸의 침묵이기 때문이다. 그리고 늙은 사냥꾼 무얀은 바람을 타고 걸어오는 그의 발자취를 엿듣는다.

보나푸가 프랑스로 귀국하면, 그의 적들은 그것을 좋아하기는 고사하고 그의 출발이 그들의 사막에서의 목표 중의 하나를 잃는 것처럼, 그들의 생활에서 약간의 권위를 채인 것처럼 그것을 슬퍼하며 내게 이렇게 말할 것이다.

"당신네 보나푸가 왜 떠나가는 거요?"

"모르지요……."

그는 이들의 생명이며 자신의 생명을 걸고 지냈다. 그것도 여러 해 동안이나. 그는 이들의 규칙을 자신의 규칙으로 삼았다. 그는 이들의 돌에 머리를 기대고 잤다. 끊임없는 추격이 계속되는 동안 그도 이 사람들과 마찬가지로 별과 바람으로 이루어진 성서에 나오는 밤들을 체험했다. 그런데 그는 이곳을 떠남으로써 긴요한 도박을 하지 않았다는 것을 보여 준다. 그는 노름판을 날쌔게 떠난다. 그리고 그가 노름판에 홀로 남겨 둔 모르인들은 이제 인간들의 목숨까지 걸지 않게 된 인생의 뜻에 대해 믿음을 잃어버릴 것이다. 이들은 그래도 그를 믿고자 한다.

"그 보나푸 말이오. 그 사람 다시 오겠지요?"

"모르지요."

그가 돌아올 것이라고 모르인들은 생각한다. 유럽의 노름은 이제 그를 흡족하게 해주지 못할 것이다. 병영의 브리지도, 승급도, 여인들도 그의 마음을 흡족하게는 하지 못할 것이다.

그의 잃어버린 고귀함이 머리에서 떠나지 않아, 그는 발걸음 하나하나가 사람을 향해 떼어놓는 발걸음처럼 가슴을 뛰놀게 하는 이곳으로 다시 올 것이다. 그는 이곳에서는 오직 모험을 했을 뿐이고, 그곳에 가야만 요긴한 것을 얻으리라고 생각했을 것이다. 그리고 모래밭의 이 매력과 이 적막과 바람과 별들의 고향 따위의 유일한 참다운 재물은 이곳 사막에서 소유했다는 것을 환멸 속에서 깨달을 것이다.

그리고 보나푸가 어느 날 돌아오면 그 소식은 첫날밤부터 불귀순 지구에 퍼질 것이다. 사하라 어디에, 그가 거느리는 비적 이백 명 속에서 그가 자고 있다는 것을 모르인들은 알 것이다. 그러면 낙타들을 아무 말 없이 우물로 끌고 갈 것이고, 보리를 준비할 것이고, 총개머리를 검사할 것이다. 그 증오나 그 사랑에 자극되어…….

6

"마라케슈로 가는 비행기에 나를 숨겨 주어요."

쥐비에서는 매일 저녁 모르인들의 그 노예가 짧은 기도를 내게 드렸다. 그러고는 살기 위해 할 수 있는 일을 다 했다는 듯이 책상다리를 하고 앉아 내 차를 준비하곤 했다. 그리고 자신을 낫게 해줄 유일한 의사에게 몸을 맡겼다고 생각하고, 자신을 구해 줄 유일한 하느님에게 은혜를 빌었다고 생각해서 그는 하루 동안은 조용히 있었다. 그러고 나서는 주전자 위에 몸을 굽히고, 그의 생애의 단순한 영상들과 마라케슈의 검은 토지들과 붉은 집들과 그가 잃은 간소한 재산을 되씹어 보았다. 그는 내가 아무 말도 하지 않는 것도, 생명을 빨리 주지 않는 것도 원망하지 않았다. 그는 내가 자신과 같은 사람이 아니고 작동시켜야 하는 무슨 동력이라고, 자신의 운명 위에 어느 날이고 일어날 순풍 같은 그 무엇이라고 생각했다.

그렇지만 일개 조종사요, 쥐비 곶에서 몇 달 동안 비행장 주임 노릇을 한 나요, 재산이라고는 스페인 식 보루에 기대앉은 바라크와 짠물 담은 그릇 하나에 너무 짧은 침대 하나밖에 가진 것이 없는 나는 내 능력에 대해 별로 자신을 가질 수가 없었다.

"바륵 영감, 두고 봅시다."

모든 노예들이 바륵이라고 불린다. 그러니까 그도 바륵이라는 이름을 가졌다. 사 년 동안 포로 생활을 했는데도 그는 아직까지 단념하지 않았다. 그는 임금이었던 것을 기억하고 있다.

"바륵 영감, 자네는 마라케슈에서 무엇을 했나?"

그의 아내와 아이 셋이 아직 살고 있을 마라케슈에서 그는 훌륭한 직업을 가졌다.

"짐승 떼를 몰고 다녔지요. 그리고 내 이름은 모하메드였답니다."

거기에서는 재판관들이 그를 불러서 말했다.

"모하메드, 나는 소를 팔아야겠으니 산에 가서 그놈들을 찾아오시오."

그렇지 않으면 이렇게 말했다.

"들판에 양 천 마리가 있는데, 그놈들을 좀 더 높이 있는 풀밭으로 데려가시오."

그러면 바룩은 감람나무 지팡이를 들고 그 짐승들의 이동을 다스렸다. 많은 양 떼 백성의 유일한 책임자로서 그는 새끼 가진 어미 양들 때문에, 그중에서 빠른 놈들은 천천히 걷게 하고 게으른 놈들은 재촉해 모든 양들이 믿고 복종하는 가운데에 걸음을 옮기게 했다. 어떤 언약된 땅을 향해 올라가는지를 혼자서 알고, 천체를 보고 제 길을 혼자 찾을 줄을 알고, 양들에게는 나누어 줄 수 없는 지식을 담뿍 지닌 그는 자신의 지혜로 홀로 쉬는 때와 샘터로 가는 때를 정했다. 그리고 밤이면 양들이 자는 동안 일어나서 그 많은 무지와 약함을 측은히 생각하며 무릎까지 양털 속에 파묻혀 의사요, 예언자이자 왕인 바룩은 자기 백성을 위해 기도를 드렸다.

어느 날 아라비아 인들이 그에게 이런 제의를 했다.

"남쪽으로 짐승들을 구하러 같이 갑시다."

그들은 그를 오랫동안 걸리게 하고 나서 사흘이 지난 뒤, 산 속 우묵한 길에 접어들자 그의 어깨를 움켜잡고 바룩이라는 이름을 지어 그를 팔아먹었다.

다른 노예들도 알고 있었다. 나는 매일 차를 마시러 텐트를 찾아갔다. 거기에서 맨발로 푹신한 양탄자 위에 누워 그날의 비행을 음미했

107

다. 아 푹신한 양탄자는 유목민의 사치품으로 그들은 거기에 몇 시간 동안의 처소를 마련한다. 사막에서는 시간의 흐름을 느낄 수 있다. 그것은 내리쬐는 뙤약볕 아래에서 저녁을 향해, 내 다리와 몸을 쉬게 해주고 땀을 모조리 씻어 줄 시원한 바람을 향해 가는 것만큼이나 확실하게 크나큰 이 물 구유를 향해 나아간다. 이와 같이 한가함이 헛된 적이 없다. 그리고 하루하루가 바다로 가는 그 길들처럼 아름다워 보인다.

그 노예들을 안다. 주인이, 보물 상자의 열쇠 없는 자물통, 꽃 없는 화분, 서푼 짜리 거울, 낡은 무구 같은 어처구니없는 물건들이 가득 찬 사막 한가운데에 밀려와서는, 난파선의 조각 같은 느낌을 주는 그런 물건들이 묵직하게 들어 있는 그 상자에서 풍로며 주전자와 잔들을 꺼내 오면 노예들은 텐트 속으로 들어온다.

그러면 노예는 묵묵히 풍로에 마른 풀잎을 얹고 불똥을 불어 일으키고 주전자를 채워, 어린 계집애의 노력이면 될 일이 삼송이라도 뽑을 수 있을 근육을 놀린다. 그는 온화하다. 그는 차를 만들고 낙타를 손질하고 먹고 하는 이 연극에 젖었다. 그는 대낮의 뙤약볕을 그리워한다. 계절들이 여름에는 눈 이야기를 꾸며 주고 겨울에는 해 이야기를 지어 주는 북쪽 나라들은 얼마나 행복한가! 한증막 속에서 별로 변하는 것이 없는 열대 지방은 얼마나 불운한가! 그러나 낮과 밤이 사람들을 이 희망에서 저 희망으로 그렇게도 간단하게 옮겨 주는 이 사하라 역시 행복한 곳이다.

어떤 때 흑인 노예는 문 앞에 쭈그리고 앉아 저녁 바람을 맛본다.

그 둔중한 포로의 몸에는 이제 추억도 솟아나지 않는다. 납치되던 시간, 그때그때의 그 부르짖음, 그를 지금의 암흑 속에 쓰러뜨린 사람의 그 팔들을 기억하는 것이 고작이다. 그 시간 이후의 그는 소경같이 세네갈의 느릿한 강물이나 남쪽 모로코의 하얀 도시들을 보지 못하고, 귀머거리처럼 귀에 익은 목소리도 듣지 못한 채 이상야릇한 잠 속으로 잦아 들어간다. 이 흑인은 불행하지는 않다. 다만 병이 들었을 뿐이다. 어느 날 유목민들의 생활환경 안에 떨어져 그들의 이동에 이끌려 다니고, 그들이 사막 안에서 그리는 궤도에 일생을 두고 붙잡혀 있을 매인 몸인 그는, 죽은 것이나 다름없는 과거와 가정과 아내와 아이들과 함께 이제 무슨 공통된 것을 보존하고 있겠는가.

오랫동안 큰사랑으로 살다가 그것을 잃은 사람들은 흔히 그들의 고독한 숭고함에 싫증나는 경우가 있다. 그들은 겸손하게 삶을 가까이 해 평범한 사랑을 가지고 그들의 행복을 삼는다. 그들은 체념하고 비굴해져서 사물의 평화 속에 들어가는 것이 마음 편함을 깨달았다. 노예는 주인의 숯불로써 자신의 자랑을 삼는다.

"자, 마셔라."

어떤 때는 주인이 종에게 이렇게 말한다.

그것은 모든 피로와 모든 불볕에서 놓여나는 곁에, 나란히 접어드는 서늘한 기운 때문에 주인이 노예에게 선심을 쓰는 것과 같다. 그래서 주인은 노예에게 한 잔을 준다. 그러면 포로는 그 차 한 잔으로 인한 감격에 머리를 굽실대며 주인의 무릎에 입이라도 맞출 지경이 된다. 노예는 쇠사슬에 매어 있는 일은 없다. 그것은 소용없는 일이다! 얼마나 충실한가 말이다! 그는 탈위된 흑인 왕을 자기 안에서 얼마나 온순하게 배척하느냔 말이다. 그는 이제 오직 행복한 포로일 뿐이다.

그러나 어느 날 그는 해방될 것이다. 그가 먹는 양식이나 입는 옷에 알맞은 값어치가 없을 만큼 너무 늙으면 그는 분에 넘치는 자유를 받을 것이다. 사흘 동안 그는 이 텐트에서 저 텐트로 더욱 약해진 몸을 끌고 다니며 거두어 달라고 청하지만 헛일일 것이다. 그리하여 사흘째 날이 저물어 갈 무렵 그는 얌전하게 모래밭에 누울 것이다. 쥐비에서 이렇게 노예들이 죽는 것을 보았다. 모르인들은 그의 긴 임종의 곁을 스치고 지나다니지만 잔학한 마음이 없었고, 모르인들의 어린 아이들은 그 꺼먼 표류물 곁에서 놀며 새벽마다 그것이 아직도 꾸물거리지만 장난삼아 보기 위해 달려간다. 그러나 늙은 종을 조롱하는 일은 없었다. 그것은 자연적인 질서를 따른다. 그것은 그대는 일을 잘했으니 잠을 잘 권리가 있으니 이제 가서 편안하게 자라고 그에게 말한 것이나 마찬가지였다. 그는 그저 누워서 현기증에 지나지 않는 주림을 겪지만 유일한 괴로움인 불만은 느끼지 않는다. 그는 차차 땅과 섞였다. 그것은 햇볕에 마르고 대지의 품에 안기고 삼십 년 동안의 노동 뒤에 잠과 땅에 대한 권리를 얻는다.

내가 처음 본 노예는 신음하는 소리조차 내지 않았다. 하기야 그는 누구 하나 원망할 사람도 없었다. 그에게서 일종의 희미한 동의를 짐작했다. 나는 그의 고통으로 인해 괴로워하지는 않았다. 그가 고통을 느낀다고는 생각하지 않았다. 그러나 사랑의 죽음과 함께 미지의 세

110

계가 하나 죽으므로 나는 그의 안에서 꺼져 가는 영상들이 어떤 것인가 하고 생각해 보았다. 세네갈의 어느 대농원이, 남쪽 모로코의 어떤 하얀 도시들이 차차 망각 속에 파묻혀 들어가는 것이었을까? 그 검은 덩어리 안에서 차를 만들어야 하고, 짐승들을 우물로 몰고 가야 하는 따위의 하찮은 걱정만이 사라져 가는지, 노예의 영혼의 잠드는 것인지, 혹은 추억의 소생으로 다시 살아난 사람이 그 본래의 위대함 속에서 죽어 가는 것인지 알 수가 없었다. 그 단단한 해골이 내게는 오랜 보물 상자처럼 보였다. 어떤 빛깔이 고운 비단들이, 어떤 잔치의 영상이 이곳에서는 아무 쓸모없이 되고, 이 사막에서 아무 소용이 없는 잔해들이 상자 속에서 어떻게 파선을 모면했는지 알지 못했다. 그 상자는 거기 동여매어진 채 육중하게 놓여 있었다. 마지막 날들의 거창한 잠을 자는 동안, 세상의 얼마만한 부분이 사람 안에서 얼마만큼 분해되고 밤과 뿌리로 되돌아가는 그 양심과 육체 안에서 분해되는지를 알지 못했다.

인간의 대지

"나는 짐승 떼를 몰고 다녔고, 이름은 모하메드라고 했소."

내가 알기에 항거한 사람은 흑인 포로 바륵이 처음이었다. 모르인들이 그의 자유를 침범하고 하루 사이에 그를 갓난아기보다도 더 헐벗은 자로 만들었다. 이와 같이 한 사람의 추수를 한 시간 사이에 짓밟을 수 있는 신의 폭풍우는 있다. 그러나 그의 재산보다도 모르인들이 그의 인격을 더 심각하게 위협했다. 그런데 그렇게도 많은 다른 포로들이 먹을거리를 벌기 위해 일 년 내내 고생하던 가엾은 목자가 자신들 안에서 죽어 가게 내버려두었는데도 바륵만은 단념하지 않았다.

바륵은 기다리다 지쳐 평범한 행복 안에 자리 잡은 것처럼 노예살이에 자리 잡지는 않았다. 그는 주인의 선심을 노예로서의 기쁨으로 삼기를 원하지 않았다. 그는 집을 나간 모하메들에게, 그 모하메드가 자신의 가슴속에서 살던 그 집을 그대로 보존해 두었다. 비어 있는 것이 애처롭기는 하지만 다른 사람은 아무도 살지 못하는 그 집이다. 바륵은 정원을 지나는 길의 풀과 적막의 권태 속에서 충실하게 죽는 그 백발의 문지기와 비슷했다.

그는 "나는 모하메드 벤 라홋신이오"라고 하지 않은 채 "나는 모하메드라고 불렸소"라고 말하며, 그 잊어버린 인물이 부활해 그 부활만으로 벌써 노예의 모습을 쫓아낼 날을 꿈꾸었다. 때로는 밤의 적막 속에서 그의 모든 추억이 어렸을 적의 노래같이 완전하게 되살아났다. 한밤중에 우리의 모르인 통역은 이러한 이야기를 했다.

"한밤중에 그는 마라케슈 이야기를 하고 울었습니다."

고독 속에서는 아무도 이런 집착에서 벗어나지 못한다. 그의 안에 있는 또 한 사람이 예고 없이 깨어나 그의 지체 안에서 기지개를 켜고, 일찍이 아무 여인도 바륵을 가까이한 적이 없는 이 사막에서 그는 자기 곁의 여인을 찾았다. 바륵은 아무 샘물도 일찍이 흐른 적이 없는 그곳에서 샘물의 노래를 들었다. 그리고 바륵은 눈을 감으면 사람들이 천으로 만든 집에 살며 바람을 쫓아다니는 그곳에서, 매일 밤 같은 별 밑에 자리 잡고 앉은 하얀 집에 사는 것 같은 생각이 들었다. 그 목표가 지척에 있기라도 한 듯이 신비롭고 생생하게 되살아난 옛 애정을 가득 품고 바륵은 내게로 왔다. 그는 준비가 다 되었다고, 그의 모든 애정이 준비가 되었고 그것을 나누어주기 위해서는 제 고향으로 돌아가기만 하면 된다고 내게 말하려고 했다. 그래서 내 편에서 무슨 눈짓만 있으면 그만일 것이었다. 바룩은 웃으며 그것을 내게 가리켰다. 아마 내가 그것을 아직 깨닫지 못하는 줄 아는 모양이다.

"내일이 우편기가 떠나는 날이지요. 아가디르로 가는 비행기에 나를 숨겨 주세요."

"가엾은 바룩."

왜냐하면 우리가 불귀순 지구에 살고 있었으니, 어떻게 그가 도망가는 것을 도와줄 수 있었겠느냐. 이튿날만 되면 모르인들은 그 도둑질과 욕을 무서운 학살로 보복할 것이다. 나는 로베르그, 마르샬, 압그랄 같은 기항지 비행장 안의 비행 기공들의 도움을 받아 그를 사려고 하기는 했다. 그러나 모르인들은 노예를 구하는 유럽인들을 매일같이 만나는 것이 아니므로 배짱만 부렸다.

"이만 프랑이오."

"우리를 놀리는 거야?"

"그 사람 팔이 얼마나 튼튼한가 좀 봐요."

이렇게 해서 몇 달이 지나갔다.

마침내 모르인들의 요구하는 값이 내려갔다. 그래서 나는 편지로 연락했던 프랑스에 있는 친구들의 도움을 얻어 늙은 바룩을 살 수 있을 만큼 되었다.

그것은 굉장한 협상이었다. 그 협상은 여드레나 걸렸다. 모르인

열다섯 명과 나는 모래밭 위에 빙 둘러앉아 이 협상을 진행시켰다. 주인의 친구이자 내 친구이기도 한 진 울드 랏다리 비적이 은근히 내게 조력을 해주었다.

"그놈을 팔게. 아무래도 자네는 그놈을 잃을 거야."

내 의견을 들어 그는 이렇게 말했다.

"그놈은 병이 들었어. 병이 처음에는 나타나지 않지만, 속이 들어 있단 말이야. 언제고 별안간 불거져 나올 날이 오네. 어서 프랑스 사람에게 팔아요."

나는 또 다른 도둑 랏지에게 나를 도와 매매 계약을 맺게 하면 구전을 주겠노라고 약속했다. 그래서 랏지는 주인을 열심히 설득했다.

"그 돈으로 낙타도 사고 총과 탄환도 사게나. 그렇게 되면 자네는 유격대가 되어 프랑스 사람들과 전쟁을 할 수 있을 거야. 그렇게 되면 자네는 아타르에서 새 노예를 서너 명 데려올 거야. 이 늙은 것은 처분해요."

이리하여 바룩은 내게 팔려 왔다. 나는 그를 우리 바라크 속에 엿새 동안 자물쇠를 채우고 가두었다. 만일 비행기가 떠나가기 전에 그가 밖에서 방황한다면 모르인들은 그를 다시 잡아다 먼 곳으로 팔 것이기 때문이다.

그리고 나는 그를 노예 지위에서 해방시켰다. 그것은 아름다운 예식이었다. 회교의 교직자가 오고 이전 주인과 이브라함과 쥐비의 재판관이 왔다. 보루에서 이십 미터 떨어진 곳에서라면 그저 나를 곯려 준다는 쾌락 때문에 서슴지 않고 그의 목을 잘랐을 이 세 비적들은 그

114

를 열렬히 포옹해 주고 공식 증서에 서명했다.

"이제 너는 우리 아들이다."

법적으로 따져서 내 아들이기도 했다.

그리하여 바륵은 그의 여러 아버지들에게 키스했다.

그는 출발 시간까지 우리 바라크에서 평온한 포로 생활을 했다. 그는 하루에 수십 번씩이나 그 쉬운 길을 일러 달라고 했다. 아가디르에 가서 비행기에서 내리면, 나는 그에게 이 기항지 비행장에서 마라케슈로 가는 관광버스표를 줄 것이다. 바륵은 어린아이가 탐험가 놀이를 하듯 자유인 놀이를 했다. 삶을 향하는 그 걸음. 그 관광버스, 그 군중들, 그가 다시 볼 그 도시들…….

로베르그가 마르샬과 압그랄의 심부름으로 나를 찾아왔다. 바륵이 비행기에서 내려 배를 곯으면 안 된다는 것이다. 그들은 바륵에게 주라고 내게 천 프랑을 주었다. 이렇게 하면 그는 일거리를 찾을 수 있을 것이다.

나는 이십 프랑을 주고 사례를 요구하는 '자선을 하는' 사회 사업체의 그 늙은 부인들을 생각했다. 기관사인 베르그와 마르샬과 압그랄은 천 프랑을 주면서 자선을 하지는 않았고, 더구나 사례도 요구하지 않았다. 그들은 행복을 꿈꾸는 그 부인들처럼 동정심으로 그렇게 하는 것이 아니었다. 그들은 단지 한 사람의 인간의 존엄성을 회복시키는 데에 이바지하는 것뿐이었다. 귀향의 흥분이 가라앉기가 무섭게 바륵을 제일 먼저 맞이할 가장 충실한 벗은 곤궁일 것이고, 석 달이 지나지 않아 그는 철로 위 어딘가에서 침목을 뽑느라고 애쓰리라는 것을, 그들이나 나나 분명하게 알고 있었다. 그는 사막에서보다 우리 사이에서 덜 행복할 것이다. 그러나 자기 동족들 사이에서 자기 자신이 되는 권리는 가지고 있었다.

"자, 바륵 영감, 가서 사람이 되시오."

비행기는 떠나려고 부르릉거렸다. 바륵은 몸을 내밀어 마지막으로 한 번 더 쥐비 곶의 광활한 황야를 바라보았다. 비행기 앞에는 모르인 이백 명이, 한 노예가 생명으로 들어가는 문 어귀에서 어떤 표정을 짓는지 보려고 모여 있었다. 비행기가 고장 나면 좀 더 멀리 떨어진 곳에서 그를 다시 붙잡을 작정이다.

우리는 쉰 살 먹은 우리의 갓난아이에게 작별 인사를 보내며 그를 세상에 내보내는 것에 약간 가슴이 설렜다.

"바륵, 잘 가오."

"아닙니다."

"아니라니?"

"아니에요. 나는 모하메드 벤 라훗신입니다."

우리는 아가디르에서 우리의 청으로 바륵을 돌봐 준 아라비아 사람 압달라에게서 마지막으로 그의 소식을 들었다.

관광버스는 저녁에야 떠났다. 그래서 바륵은 낮 동안 마음대로 보낼 수 있었다. 그는 우선 그 조그마한 도시를 아무 말 없이 몹시도 오랫동안 방황했다. 그래서 압달라가 불안을 느끼고 걱정할 지경이었다.

"무슨 일이야?"

"아무것도……."

바륵은 급격한 휴가에 너무도 깊이 파묻혀 아직 자신의 재생을 느끼지 못했다. 은근한 행복을 맛보기는 했다. 그러나 이 행복을 빼놓고는 어제의 바륵과 오늘의 바륵이 별로 다를 것이 없었다. 그렇지만 이제는 그도 다른 사람들과 평등하게 그 햇볕을 나누어 받고 여기 아라비아 카페의 정자 밑에 앉을 권리를 가지고 있었다. 그는 거기에 가서 앉았다. 압달라와 자기에게 차를 가져오라고 시켰다. 그것은 최초의 귀족 행세였다. 그의 권리로 인해 그의 얼굴 모습은 달라졌을 것이다. 보이는 예사로운 행동이 그에게 차를 따라 주었다. 그는 그 차를 따름으로써 한 장인을 축복한다는 것을 깨닫지 못했다.

"다른 데로 갑시다."

바륵이 말했다.

그들은 아가디르가 내려다보이는 카스바 쪽으로 올라갔다.

어린 베르베르 기생들이 그들에게로 왔다. 그 여자들은 길들여진 애교를 얼마나 잘 부렸는지 바륵은 다시 살 것같이 생각되었다. 그 기생들이야말로 알지 못하는 사이에 바륵을 생명 속으로 맞아들였다고 할 것이다. 여자들은 그의 손을 잡고 얌전하게 그러나 다른 아무에게라도 권했을 태도로 그에게 차를 권했다. 바륵은 자신의 재생을 이야기하려고 했다. 여자들은 조용히 웃었다. 그가 좋아하므로 그 여자들도 그를 위해 좋아했다. 그는 여자들을 놀라게 할 것처럼 말했다.

"나는 모하메드 벤 라훗신이다."

그러나 여자들은 이 말에 놀라지 않았다. 모든 사람이 이름이 있고, 많은 사람들이 대단히 먼 곳에서 돌아오는 것이므로.

그는 다시 압달라를 끌고 시내 쪽으로 갔다. 그는 유대인이 운영하는 상점 앞에서 서성거리고 바다를 내려다보고, 작가 어떤 방향으로든지 마음이 내키는 곳으로 걸을 수 있다는 것을, 자신이 자유를 가지고 있다는 것을 생각했다. 그러나 이 자유가 그에게는 괴로운 것으로 생각되었다. 그 자유는 무엇보다도 그가 얼마나 세상과 관련이 없는지를 깨닫게 했다.

그래서 어떤 아이가 지나가자 바륵은 그 아이의 뺨을 다정하게 쓰다듬어 주었다. 아이는 웃었다. 그 아이는 아첨으로 귀여워해 주는 주인 아들이 아니었다. 지금 바륵이 쓰다듬어 준 아이는 약한 아이였다. 그리고 그 아이는 싱긋 웃었다. 그리고 그 아이는 바륵을 일깨워 주었고, 바륵은 자신에게 웃어 보였던 한 약한 아이 때문에 이 세상에서 자신이 좀 더 중요한 사람이라는 생각이 들었다. 그는 무엇인가를 예감하기 시작한 그제야 성큼성큼 걸었다.

"뭘 찾는 거야?"

압달라가 물었다. 그러자 바륵은 대답했다.

"아무것도 아니야."

그리고 어떤 길모퉁이에서 놀고 있는 어린아이들 한 떼와 부딪치자 그는 걸음을 멈추었다. 여기였다. 그는 잠자코 아이들을 바라보았다. 그러고는 유대인 상점 쪽으로 사라졌다가 선물을 한아름 안고 돌아왔다. 압달라는 화냈다.

"바보, 돈을 간직해 두지 않고!"

그러나 바륵은 이미 그의 말을 듣지 않았다. 그는 점잖게 아이 하나 하나에게 손짓했다. 그러자 장난감과 팔찌와 금실로 꿰맨 슬리퍼를 향해 조그만 손들이 몰려들었다. 아이들은 각각 제 보물을 꼭 쥐고서 는 염치없이 달아났다.

아가디르의 다른 아이들도 이 소식을 듣고 그에게로 달려왔다. 바 륵은 그들에게 금실 슬리퍼를 신겨 주었다. 그리고 아가디르 부근의 다른 아이들이 소문을 듣고 일어나서 환성을 울리며 검은 하느님한 테로 올라와서는, 그의 낡은 노예 복장에 매달려 저희들의 몫을 요구 했다. 바륵은 파산했다.

압달라는 그가 '좋아서 미친' 줄로 알았다. 그러나 나는 바륵의 경 우에, 넘치는 기쁨을 그가 모든 사람들에게 나누어 줌으로써 함께 그 것을 누리게 하자는 것이 아니었을까 하고 생각한다.

그는 자유인인만큼 실질적인 재산을 소유했다. 남에게 사랑을 받 을 권리도, 북쪽으로나 남쪽으로 걸어갈 권리도, 먹을거리를 벌 권 리도, 모든 중요한 재산을 전부 소유했다. 이 돈이 무슨 소용이 있단 말이야. 그는 사람이 심한 시장기를 느끼는 것처럼 사람들 사이에 있는 사람, 사람들과 관련이 있는 사람이 될 필요를 느꼈다. 아가디 르의 기생들이 늙은 바륵에게 정답게 굴었다. 그러나 그는 왔을 때 처럼 힘들이지 않고 그들과 헤어질 수 있었다. 그 여자들은 바륵이 없어도 괜찮았기 때문이다. 아라비아 인 상점의 그 보이나 길을 오가는 그 행인들도 모두 그의 안에 있는 자유인에게 경의를 표하고 그들의 태양을 바룩과 고르게 나누어 가졌으나, 그가 필요하다고 표명한 사람은 역시 아무도 없었다. 그는 자유로웠다. 이제는 땅을 밟고 있다는 것조차 느껴지지 않을 정도로 무한히 자유로웠다. 그러나 걸음을 부여잡는 인간관계의 그 무게며 그 눈물, 그 작별, 그 비난, 그 기쁨이 그에게는 없었다. 그에게는, 그를 다른 사람들과 붙잡아 매어 그를 무겁게 만드는 그 무수한 관련이 없었다. 그러나 지금 바룩의 위에는 벌써 어린아이들의 천 가지 희망이 묵직하게 내려앉았다.

그리고 바룩의 치세는, 아가디르 위에 지는 해의 그 영광 속에서, 그다지도 오랫동안 그에게 오직 하나 기다려지는 기쁨이고 유일한 외양간인 그 서늘한 기운 속에서 시작되었다. 그리고 떠날 시간이 가까이 다가오자 바룩은 전에 자신이 양떼 속에 파묻혔던 것처럼 밀물같이 몰려드는 그 아이들 속에 파묻혀, 세상으로 첫 이랑을 파며 걸었다. 내일 그는 자기 가족의 빈궁 속으로 돌아가 그 늙어빠진 팔을 가지고 먹여 살릴 수 없을 정도인 생명의 책임을 질 것이다. 그러나 그는 벌써 여기에서 그의 참된 무게를 가지게 되었다. 마치 사람들처럼 살기에는 너무 가벼운, 그러나 속임수를 써서 허리띠에 납을 꿰매 놓기라도 했을 천사처럼 바룩은 금실 슬리퍼가 그렇게도 필요한 수많은 어린아이들에 의해 땅으로 끌려 힘든 걸음을 옮겨 놓기 시작했다.

7

사막은 이런 것이다. 도박 규칙에 지나지 않는 코란은 그 사막의 모래를 제국으로 변화시킨다. 텅 비었을 사하라 저 안쪽에서는 사람들의 정열을 자극시키는 은밀한 연극이 진행된다. 사막의 진정한 생명은 짐승들에게 뜯길 풀을 찾아 이주하는 부족들의 힘으로 이루어진 것이 아니고, 거기에서 지금도 진행되는 연극으로 이루어진다. 정복된 사막과 정복되지 않은 사막과의 사이에는 얼마나 큰 물적 차이가 있는가! 그것은 모든 사람들에게 있어서도 마찬가지이다. 변형된 이 사막을 눈앞에 보며, 나는 어릴 때 하던 장난과 여러 마귀가 산다고 생각한 컴컴하고 금빛 도는 그 동산, 일찍이 전부 알아보지도 못하고 속속들이 뒤져 보지도 못한, 그 일 킬로미터 평방에서 우리가 만들던 끝없는 왕국이 생각났다. 우리는 발걸음에 어떤 의미가 있는, 사물이 다른 어떤 문명에서도 가질 수 없는 뜻을 가지고 있는 어떤 밀폐된 문명을 만들었다. 어른이 되어 다른 법률 밑에서 살면, 어릴 때 추억이 가득 차 있는 기묘하고 얼음장 같고 몹시 덥고 한 그 동산에, 이제는 일종의 절망감을 가지고 밖으로 그 작은 회색 돌담을 끼고 돌며, 그의 무한을 끌어냈던 한 지방이 그렇게도 좁은 울 안에 갇혀 있는 것을 보고 이상하게 생각하며, 그가 돌아가야 할 곳이 동산이 아니라 유희 속이란 것 때문에, 이제 다시는 그 무한 속에 절대로 들어가지 못하리라는 것을 깨달을 때에 과연 그 동산에 남아 있는 것은 무엇이겠는가!

인간의 대지

121

그러나 이제는 불귀순 지구는 없어졌다. 쥐비 곶, 시스네로스, 푸에르토카산도, 사겟 엘 함라, 도라, 스마라 등도 이제는 신비가 아니다. 우리가 그곳으로 향해 달리던 지평선들은 마치 따뜻한 손의 함정에 붙잡히기만 하면 그 빛깔을 잃어버리는 곤충들처럼 차례차례 사라진다. 그렇다고 그것을 쫓아다니던 사람이 어떤 환상에 사로잡힌 것은 아니었다. 우리가 이 발견을 하려고 뛰어다닐 때에도 그릇된 것은 없었다. 손에 닿기가 무섭게 그 아름다운 여자 포로들이 날개의 금빛 광채를 잃고, 그의 품 안에서 새벽이면 차례차례 꺼질 만큼 미묘한 문제를 열심히 추구하던 아라비안 나이트의 왕도 잘못 생각하지는 않았다. 우리는 모래밭의 매력으로 양식을 삼았다. 다른 사람들은 거기에 유정을 파서 그 상품을 팔아 부자가 될지도 모른다. 그러나 그들은 너무 늦게 도착할 것이다. 왜냐하면 출입 금지가 된 종려나무 숲이나 사람의 손이 가지 않는 조개껍질 가루는 그들의 가장 귀중한 몫을 이미 우리에게 넘겨주었기 때문이다. 그것들은 잠시 동안의 열정밖에 보여 주지 않았는데, 그 시간을 체험한 것은 우리이다.

사막은? 나는 어느 날, 그것을 마음으로 접촉할 기회를 가졌다. 천구백삼십오 년에 인도차이나를 향해 비행하던 중 나는 리비아와의 접경지대의 이 집에서 끈끈이가 붙잡히듯 사막에 붙잡혀 그로 인해 죽을 뻔한 일을 체험했다. 그 경위는 바로 이러하다.

7. 사막 한가운데서

1

지중해로 들어서며 얇은 구름을 만났다. 이십 미터까지 내려갔다. 소나기가 유리창을 휘몰아 때리고 바다는 연기를 뿜는 것 같다. 나는 무엇이든 발견해서 배의 돛대에 부딪치지 않으려고 무척 애쓴다.

기관사 앙드레 프레보는 내게 담뱃불을 붙여 준다.

"커피……."

그는 비행기 뒤쪽으로 사라졌다가 보온병을 가지고 온다. 나는 마신다. 이천백 회전을 유지시키기 위해 가끔 가스 손잡이를 튀겨 준다. 미터들을 한 번 훑어본다. 내 부하들은 잘 복종한다. 바늘 하나하나가 모두 제자리에 있다. 바다를 한 번 힐끗 내려다본다. 그놈은 비를 맞아 커다란 냄비처럼 김이 무럭무럭 피어오른다. 내가 만일 수상 비행기를 타고 있다면 바다가 그 지경으로 거칠어져 있는 것을 유감으로 생각했을 것이다. 그러나 나는 보통 비행기를 타고 있다. 바다가 거칠건 말건 거기 내려앉을 수는 없다. 그리고 왠지 모르지만 이것은 이치에 닿지 않는 안전감을 자아낸다. 바다는 내 것이 아닌 세계에 딸린 것이다. 여기에서 고장이 생긴다면 그것은 나와는 상관이 없고, 내게 위협조차 주지 못한다. 바다에 대비한 장비를 갖추지 않은 것이다.

한 시간 삼십 분을 비행하고 나니 비가 뜸해진다. 구름들은 그대로 매우 얕다. 그러나 벌써 햇빛이 큰 미소로 구름을 뚫고 비친다. 이렇게 서서히 좋은 날씨가 준비되어 가는 것을 구경한다. 머리 위에 흰 선이 그다지 두껍지 않게 덮여 있음을 짐작한다. 나는 돌풍 운을 피하기 위해 서행한다. 그 돌풍 운의 중심을 꿰뚫고 지나갈 필요는 없다. 그리고 이제 처음으로 구름이 갈라진 틈이 나타난다.

나는 이것을 보지 않고도 예감했다. 내 전면으로 바다 위에 풀밭 빛깔이 길게 뻗쳐 있는, 삼천 킬로미터나 사막을 난 뒤에 세네갈에서 올라올 때, 남쪽 모로코에서 내 가슴을 찌르르하게 했던, 그 보리밭 빛깔 같은 밝은 초록색의 깊은 오아시스 같은 것이 눈앞에 보였기 때문이다. 여기에서도 나는 사람 사는 지방에 가까이 간다는 느낌을 가지게 되어 가벼운 기쁨을 맛본다. 나는 프레보를 돌아본다.

"끝났어, 이제 됐어!"

"네, 됐어요."

튀니스. 휘발유를 채우는 동안 나는 서류에 서명한다. 그러나 사무실을 나오려는 순간 다이빙할 때와 같은 '퍽!' 소리가 들린다. 반향 없는 어렴풋한 소리가. 그 순간 그와 비슷한 소리, 즉 차고 안에서 일어난 폭발 소리를 들은 생각이 난다. 이 목쉰 기침 소리로 두 사람이 죽었다. 활주로를 끼고 뚫린 도로 쪽을 돌아다본다. 먼지가 피어오른다. 고속도로의 두 자동차가 충돌해서 얼음에 처박힌 듯 별안간 꼼짝하지 못하게 되었다. 사람들이 자동차 쪽으로 달려가고, 또 다른 사람들은 우리에게 뛰어온다.

"전화해요…… 의사를…… 머리가……."

나는 가슴이 졸아드는 느낌을 맛본다. 운명은 고요한 저녁 햇살 속에서 기습에 막 성공한 길이다. 아마 한 아름다움이 짓밟혔거나, 한 지력 혹은 한 생명이 짓밟혔을 것이다. 비적들도 이렇게 사막을 걷지만 아무도 모래 위를 걷는 그들의 사뿐사뿐한 발소리를 듣지 못했다. 그것은 캠프 안에서 약탈하는 짤막한 웅성거림이었다. 그런 다음 모든 것은 다시 황금빛 침묵 속에 잠겼다. 같은 평온, 같은 침묵……. 내 옆에 있는 누군가가 두개골이 깨졌다고 말한다. 나는 그 움직이지 않는 피에 젖은 머리에 대해 아무것도 알고 싶지 않아 도로를 등지고 내 비행기 쪽으로 간다. 그러나 나는 가슴속에 위협감을 간직한다. 그리고 조금 뒤에 그 소리를 다시 들을 것이다. 검은 고원을 시속 백칠십 킬로미터로 스칠 때에 똑같은 쉰 기침 소리를 다시 들을 것이다. 약속 장소에서 우리를 기다리던 운명과 같은 '퍽' 소리를 다시 들을 것이다.

벵가지를 향해 출발.

2

도중. 아직 해가 두 시간 남아 있다. 내가 흑색 안경을 벗었을 때에는 트리폴리타니아에 접어든다. 모래를 금 빛깔이 돈다. 아아! 이 평야는 얼마나 황량한가! 여기에서는 강들과 녹음과 사람 사는 집들이 어떤 다행스러운 우연의 결합에서 이루어진 것 같은 생각이 다시 한번 들게 된다. 바위와 모래가 얼마나 많이 이곳을 차지해 왔는가!

그러나 이 모든 것이 나와는 상관없다. 비행의 세계에 있으니 말이다. 신전에 갇히듯 하는 밤이 오는 것을 느낀다. 실질적인 예식의 비밀 속에, 구원될 길 없는 명상으로 빠져 들어가는 밤이 오는 것을 느낀다. 이 속된 세상은 이미 모두 지워지고 이제 곧 사라질 것이다. 아직은 황금빛을 지닌 이 모든 풍경, 그러나 무엇인지 벌써 거기에서 사라졌다. 그런데 이 시간만큼 값나가는 것을 아무것도 모른다. 정말 아무것도.

그러자 나는 점점 해를 단념한다. 고장났을 경우에 나를 받아 주었을 금빛 도는 넓은 들판을 나는 버린다. 내게 방향을 일러주었을 목표물들을 떠난다. 내게 암초를 피하게 해주었을, 하늘에 우뚝 솟은 산들의 옆모습을 포기한다. 나는 밤 속으로 들어간다. 나는 비행을 계속한다. 이제 내 편이라고는 별들밖에 없다.

세상에 이 죽음은 천천히 이루어진다. 그리고 나는 조금씩 조금씩 빛을 잃어 간다. 하늘과 땅이 점점 혼동된다. 저 땅이 수증기처럼 올

라와 퍼지는 것 같다. 이른 별들이 푸른 물속에서처럼 흔들린다. 그
것들이 단단한 금강석으로 변할 때까지는 아직 오래 기다려야 할 것
이다. 별똥들의 무언의 유희를 구경하려면 아직은 오래 기다려야 할
것이다. 어느 날 밤중에는 별똥이 날아다니는 것을 얼마나 많이 보았
는지 별들 사이에 세찬 바람이 부는 듯한 느낌이 들었다.

프레보는 고정 램프와 보조 램프를 시험한다. 우리는 빨간 종이로
전구들을 싼다.

"한 겹 더 쌀까……."

그는 한 겹을 더 입히고, 스위치를 넣는다. 불빛이 아직도 매우 밝
다. 그 불빛은 사진사처럼 외부 세계의 희미한 영상을 가릴 것이다.
그것은 밤이 되어도 어떤 때는 아직 물결이 감도는 가벼운 무리[暈]
를 흩어버릴 것이다. 그 밤이 이루어지기는 했다. 그러나 그것은 아
직 진정한 밤은 아니다. 초승달이 아직 남아 있다. 프레보는 뒤쪽으
로 사라졌다가 샌드위치를 가지고 온다. 포도를 한 송이 먹는다. 배
가 고프지 않다. 배도 고프지 않고 목도 마르지 않다. 피로를 조금도
느끼지 않는다. 이렇게 십 년 동안이라도 조종할 수 있을 것 같다.

달이 죽었다.

벵가지가 캄캄한 밤 속에 모습을 드러낸다. 벵가지는 너무 깊은 어
둠 속에 쉬고 있어 아무 무리도 두르지 않았다. 거기 다 가서야 그 도
시를 보았다. 내가 비행장을 찾고 있는, 그 빨간 공항 표지등에 불이
켜졌다. 불빛들은 검은 구형을 그려 놓는다. 나는 선회한다. 화재의
불길처럼 곧장 하늘로 뻗친 표지등 불빛이 빙 돌아 비행장에 황금빛

길을 그려 놓는다. 장애물을 잘 살피려고 또 선회한다. 이 기항지 비행장의 야간 시설은 훌륭하다. 속력을 줄이고 시꺼먼 물을 향해 다이빙하듯 급강하를 시작한다.

내가 착륙한 때는 현지 시간으로 이십삼 시이다. 나는 표지등을 향해 굴러간다. 세상에서 제일 친절한 장교와 사병 들이 어둠 속에서 광선 투사기의 강한 광선속으로 들어오고, 보였다가 보이지 않았다 한다. 그들은 내 서류를 받아 가고 휘발유를 채우기 시작한다. 통과는 이십 분 동안에 처리될 것이다.

"한 번 선회해서 우리 위를 지나가시오. 그렇지 않으면 이륙이 잘 끝났는지 모를 테니까요."

출발.

나는 장애물 없는 통로를 향해 이 황금빛 길 위를 굴러간다. '시문' 모양의 내 비행기는 달릴 수 있는 활주로를 다 가기 훨씬 전에 그 무거운 짐을 들어올린다. 투사광이 나를 쫓아와서 선회하기가 거북하다. 이윽고 그 광선이 내게서 물러간다. 그것 때문에 내가 눈이 부신 줄을 짐작한 것이다. 내가 수직으로 반 회전을 하는데 투사광이 다시 내 얼굴에 와서 부딪친다. 그러나 내게 닿기가 무섭게 나를 피해 다른 곳으로 그 길다란 금빛 피리를 돌린다. 이렇게 마음을 쓰는 것에서 나는 한없는 친절을 느낀다. 그리고 이제는 사막을 향해 다시 선회한다.

파리의 튀니스와 벵가지의 기상대들은 시속 삼십 내지 사십 킬로미터의 뒷바람〔秋風〕을 내게 통보했다. 나는 순항 시속 삼백 킬로미터를 믿는다. 알렉산드리아와 카이로를 연결하는 우측 부분의 중간을 향해 기수를 돌린다. 이렇게 하면 해안의 비행 금지 구역을 피할 것이고, 내가 알지 못하는 사이에 표류하더라도 오른편이나 왼편에 이들 도시 중 하나의 등불을 붙잡을 수 있을 것이고, 그렇지 않으면 더 일반적으로 말해 나일 계곡의 등불을 붙잡을 수 있을 것이다. 바람이 아직도 계속되면 세 시간 이십 분 동안을 비행할 것이고, 바람이 약해지면 세 시간 사십오 분 동안을 비행할 것이다. 이리하여 천사백 킬로미터의 사막을 집어삼키기 시작한다.

이제는 달도 없다. 다만 별에까지 부풀어 오른 시커먼 역청뿐이다. 나는 불빛 하나 발견하지 못할 것이고, 목표물의 도움도 받지 못할 것이고, 무전사가 없으니 나일강까지는 사람의 어떤 신호도 받지 못할 것이다. 컴퍼스와 스페리밖에는 아무것도 살펴볼 생각조차 하지 않는다. 이제 계기의 컴컴한 스크린 위에, 라듐의 가는 줄의 완만한 호흡 주기를 살펴보는 것 이외에는 아무것에도 관심이 없다. 프레보는 자리를 뜨고, 가만히 수평 비행의 편차를 수정한다. 나는 이천 미터까지 상승한다. 바람이 유리하다고 알려 준 그곳으로. 한참 있다가 환하지 않은 지침면을 살펴보기 위해 램프를 켠다. 그러나 대부분의 시간을 나는, 별들처럼 광물질 빛을 내고 소멸되지 않고 은밀한 빛을 퍼뜨리는, 같은 언어를 말하는 차디찬 내 성좌들 사이의 암흑 속에 깊숙하게 파묻힌다. 나도 천문학자들처럼 천체 역학 책을 읽고 있다. 나는 근면하고 청순하다는 느낌을 갖는다. 견딜 대로 견디다가 프레보는 잠이 든다. 그래서 나는 고독을 더욱 음미한다. 엔진의 조용한 음향이 있고 내 앞에는 지침반 위에 그 조용한 뭇별들이 있다.

그러나 나는 명상한다. 우리는 도무지 달의 도움도 보지 못하고 무전 연락도 받지 못한다. 우리는 조개껍질의 번쩍이는 물줄기에 이마를 마주치기 전까지는 그 어떤 가냘픈 줄로도 세상과 연결되어 있지 않을 것이다. 우리는 모든 것의 밖에 있고 오직 우리 엔진만이 우리를 매달아 이 역청 속에 계속 있게 해준다. 우리는 캄캄한 골짜기, 시련의 골짜기를 지나간다. 여기에는 구조가 없다. 여기에는 잘못에 대한 용서가 없다. 우리는 신의 자유 의사에 맡겨진 것이다.

광선 한 줄기가 전등 시설 틈바퀴로 새어 들어온다. 나는 프레보를 깨워 그것을 막게 한다. 프레보는 어둠 속에서 곰처럼 뒤뚱거리고 재채기를 하며 나온다. 나는 손수건과 검은 종이로 무엇을 만드는지 골몰한다. 그 광선 줄기가 없어졌다. 그것이 이 세계 안에 틈을 만들었다. 그것은 결코 라듐의 창백하고 먼빛과 같은 성질의 것이 아니었다. 그것은 밤의 유흥장 빛이었을 뿐 별빛은 아니었다. 그러나 그것은 무엇보다도 내 눈을 부시게 하고 다른 광선들을 지운다.

비행한 지 세 시간. 내게는 환한 듯이 보이는 빛이 오른편에 솟아오른다. 나는 자세히 본다. 지금까지는 보이지 않던 익단등에 길다란 광선 줄기가 매달려 있다. 그것은 환해졌다 꺼졌다 하는 단속적인 광선이다. 나는 구름 속으로 들어간다. 그 구름에 내 램프가 반사된다. 내 목표를 지적에 두었을 때 하늘이 맑았으면 더 좋았을 것이다. 비행기 날개가 무리 속에서 환해진다. 광선은 제자리에서 움직이지 않고 퍼져 나가 저만치에 분홍빛 꽃다발을 만들어 놓는다. 깊은 소용돌이가 나를 뒤흔든다. 나는 얼마나 두꺼운지도 알 수 없는 층운의 바람 속 어딘가를 비행하고 있다. 이천오백 미터까지 상승한다. 그래도 구름 위로 솟아나지는 못한다. 다시 천 미터로 내려온다. 꽃다발은 꼼짝하지 않고 점점 더 반짝인다. 그래, 좋다. 할 수 없지. 나는 다른 것을 생각한다. 언제 거기에서 나오게 되는지 두고 보자. 그러나 나는 그 기분 나쁜 주막집 불빛과 같은 그 불빛이 싫다.

인간의 대지

나는 계산한다. 여기에서 나는 약간 흔들리는데 이것은 정상이다. 그러나 하늘은 맑고, 고도를 유지했는데도 비행하는 동안 격동을 겪었다. 바람이 조금도 자지 않는다. 그래서 아마 시속 삼백 킬로미터를 초과하고 있을 것이다. 나는 아무것도 정화하게 알지 못한다. 구름에서 빠져나간 뒤에 방위를 잡아 보리라.

과연 구름에서 빠져나왔다. 꽃다발이 별안간 없어졌다. 그것이 없어지는 것으로 나는 사건을 알게 되었다. 앞을 바라보니, 눈 닿는 곳까지 하늘의 좁은 계곡과 다음 층운의 벽이 보인다. 꽃다발이 어느새 다시 나타났다.

나는 이 끈끈이에서 몇 초밖에는 더 벗어나지 못할 것이다. 세 시간 삼십 분 동안 비행한 뒤였으므로 그것은 나를 불안에 몰아넣기 시작한다. 왜냐하면 내가 생각하는 대로 전진한다면 조개껍질에 접근할 것이기 때문이다. 운이 조금만 좋으면 구름 틈으로 그것을 볼 수 있을지도 모른다. 그러나 구름 사이가 벌어진 곳은 그다지 많지 않다. 감히 더 강하하지 못한다. 만일 어떻게 되어 내가 생각하는 것보다 속력이 느리다면 나는 아직도 놓은 지대 위를 비행하고 있을 것이다.

131

나는 여전히 아무런 불안도 느끼지 않는다. 다만 시간을 허비하지 않을까 겁날 뿐이다. 그러나 나는 내 평정에 한계를 정해 놓는다. 네 시간 십오 분 동안의 비행. 이만한 시간이 지나면 무풍 상태라 하더라도, 무풍 상태는 개연성이 없지만, 나일 계곡은 지나쳤을 것이다.

내가 구름 가장자리에 이르면 꽃다발은 더 자주 꺼졌다 켜졌다 하는 불빛을 내다가 갑자기 꺼진다. 나는 야귀들과의 이 암호 통신을 좋아하지 않는다.

푸른 별이 하나 내 앞에 나타나 등대처럼 비친다. 저것이 별인가 혹은 등대인가? 그 초자연적인 광명, 그 마왕의 별, 그 위험한 초대도 좋아하지 않는다.

프레보가 잠을 깨서 엔진 지침 반을 비춘다. 나는 그와 그의 램프를 모두 밀어낸다. 나는 지금 두 구름 사이에 난 이 단층에 다다른 길이므로, 그것을 이용해서 아래를 내려다본다. 프레보는 다시 잠이 든다.

그것은 그렇게 아무것도 내다볼 것이 없다.

비행시간 네 시간 십오 분. 프레보가 내 곁에 와서 앉는다.

"카이로에 도착할 시간인데……."

"누가 아니래."

"저건 별인가, 등대인가?"

엔진을 좀 줄였다. 아마 이 때문에 프레보가 잠을 깬 모양이다. 그는 비행하는 소리의 모든 변화에 민감하다. 나는 구름 덩어리 밑으로 빠지려고 천천히 내려가기 시작한다.

나는 지도를 살펴보고 난 길이다. 어떻든 나는 표고 영에 접근했으니 아무 위험이 없다. 계속해서 내려가며 북쪽으로 바짝 선회한다. 이러면 유리창은 도시들의 불빛을 받을 것이다. 그 도시들을 지나쳤을 것이 틀림없으니 그러면 그것들이 왼편에 나타날 것이다. 나는 지금 층운들 밑을 날고 있다. 그러나 내 왼편으로 더 앝게 내려가는 다른 구름이 스친다. 그 그물에 걸려들지 않으려고 북북동으로 방향을 잡는다.

이 구름은 틀림없이 더 밑으로 내려가 내 시야를 모두 가릴 것이다. 이제는 더 이상 고도를 낮출 생각을 하지 못한다. 고도계의 사백 미터까지 내려온다. 그러나 여기에서는 압력이 어떤지를 모른다. 프레보가 들여다본다. 나는 그에게 소리친다.

"바다로 달려야겠어, 땅을 들이받지 않게 바다에 내려앉아야겠어."

하기는 내가 바다 쪽으로 표류하지 않았다는 증거는 아무것도 없다. 이 구름 밑에 있는 암흑은 정확하게 말해 꿰뚫을 수가 없다. 나는 유리창에 몸을 바짝 갖다 붙인다. 나는 밑을 내려다보려고 애쓴다. 불빛이나 신호를 발견하려고 해본다. 나는 재를 뒤지는 사람, 아궁이 밑에서 생명의 불똥을 찾아내려고 애쓰는 사람 같다.

"해안 등대다!"

우리는 동시에 이 명멸하는 함정을 발견했다. 얼마나 미친 수작인가! 그 도깨비 등대는, 그 밤의 초대는 대체 어디에 있더란 말인가? 프레보와 내가 우리 기억에서 삼백 미터쯤의 그 등대를 다시 찾아내려고 몸을 구부리는 순간에 별안간,

"악!"

나는 다른 아무 소리도 지르지 않았다고 생각한다. 나는 우리의 세계인 그 기체를 밑바닥에서부터 흔들 무서운 음향밖에는 아무것도 깨닫지 못했다고 생각한다. 시속 이백칠십 킬로미터로 우리는 땅을 들이받은 것이다.

그 다음 백 분의 일 초 동안, 우리가 다 한 덩어리로 뭉칠 폭발의 붉은 큰 별밖에 아무것도 기다리지 않았다고 생각되었다. 프로보도 나도 전혀 동요하지 않았다. 내 안에는 엄청난 기다림, 우리가 순식간에 그 속에서 소멸해야 할 그 찬란한 별을 기다리는 마음밖에 없었다. 그러나 붉은 별은 없었다. 다만 우리 조종실을 짓이기고 유리창들을 잡아 빼고 함석을 백 미터 밖으로 날려 보내고 그 요란한 음향으로 우리 창자까지 꽉 채운 지진 같은 것이 있었다. 멀리서 딱딱한 나무에 던져 꽂은 칼처럼 비행기는 부르르 떨었다. 그리고 우리는 이 격렬한 몸짓에 뒤흔들렸다. 일 초, 이 초…… 비행기는 여전히 떨었고, 나는 그 에너지의 축적이 비행기를 수류탄처럼 폭발시키기를 조급하게 기다렸다. 그러나 지진은 여전히 계속되며 결정적인 분화에 이르지 않았다. 그래서 그 보이지 않는 작용을 도무지 이해할 수가 없었다. 그 동요도, 그 분노도, 그 무한정한 유예도 이해하지 못했다. 오 초, 육 초……. 그런데 별안간 우리는 회전한다는 느낌을 받았고, 담배가 또 창문 밖으로 내팽개쳐지고, 우익이 산산조각이 나는 듯한 충격을 느꼈다. 그러고는 그만이었다. 냉담한 부동밖에는 아무것도 없었다. 나는 프레보에게 소리 질렀다.

"빨리 뛰어내려요!"

그도 동시에 부르짖었다.

"불!"

그러면서 우리는 문이 떨어져 나간 창틀로 해서 밖으로 곤두박질쳐졌다. 우리는 이십 미터 밖에 서 있었다.

나는 프레보에게 말했다.

"다친 데 없소?"

그는 대답했다.

"없어요!"

그러나 그는 무릎을 비볐다.

나는 그에게 말했다.

"몸을 만져 봐요. 움직여 봐요. 어느 곳도 다치지 않았다고 맹세해요."

그는 이렇게 대답했다.

"아무것도 아니에요. 보조 소화기이군요."

그가 머리에서 배꼽까지 갈라져 별안간 푹 고꾸라질 것이라고 생각했다. 그러나 그는 눈을 똑바로 뜬 채 되뇐다.

"보조 소화기라니까요!"

나는 그가 미쳤구나, 이제 춤을 덩실덩실 출 것이라고 생각했다.

그러나 그는 불길에서 구출된 비행기에서 눈을 돌려 나를 보고 다시 말했다.

"아무것도 아니에요, 보조 소화기가 무릎에 걸린 거지요."

135

3

우리가 살아 있다는 것을 이해할 수 없었다. 회중전등을 들고 땅 위에 난 비행기 흔적을 더듬어 올라갔다. 비행기가 정지한 지점에서 이백오십 미터 되는 곳에 이미 뒤틀린 쇳조각과 함석 들이 발견되었다. 그것들은 비행기가 굴러가는 동안 모래 위에 흩어진 것이다. 날이 밝은 뒤에 우리는 황막한 고원 꼭대기에 있는 비스듬한 언덕을 거의 접선 적으로 들이받았다는 것을 알게 되었다. 충돌 점의 머리에 난 구멍이 마치 쟁기로 판 구멍 같았다. 비행기는 재주넘기를 하지 않고 성난 날짐승이 꼬리를 휘두르듯 배밀이를 하며 나아간 것이다. 시속 이백칠십 킬로미터로 비행기는 기었다. 우리가 살아난 것은, 모래밭 위에서 제멋대로 굴러다니며 당구대를 이루어 놓는 동그란 검은 돌들 덕택일 것이다.

프레보는 전기 저항으로 인한 뒤늦은 화재를 피하기 위해 축전지들을 떼어 낸다. 엔진에 기대어 곰곰이 생각해 본다. 고공에서 네 시간 십오 분 동안 시속 오십 킬로미터의 바람에 불렸을 성싶다. 과연 나는 흔들렸다. 그러나 바람이 예상한 것보다 더 바뀌었더라도 그것이 어떤 방향을 잡았는지는 도무지 알 길이 없다. 그러므로 나는 옆으로 사백 평방 킬로미터 벗어난 곳에 있다고 여겨진다.

프레보가 내 곁에 와 앉으며 말한다.

"살아 있다는 것이 참 이상하군요……."

그에게 아무 대답도 하지 않는다. 그리고 아무 기쁨도 느끼지 않는다. 어떤 하찮은 생각이 나서 내 머리를 번거롭게 하며 나를 괴롭힌다.

나는 프레보에게 램프를 켜서 표지를 만들라고 이르고 회중전등을 들고 앞으로 곧장 간다. 주의해서 땅을 들여다본다. 천천히 전진하며 널따란 반원을, 그리고 여러 번 방향을 바꾼다. 잃어버린 반지를 찾기라도 하듯이 여전히 땅을 본다. 나는 조금 전에 불씨를 이렇게 찾았다. 내가 끌고 다니는 하얀 원 위에 몸을 굽히며 여전히 암흑 가운데를 전진한다. 역시 그렇다. 역시 그래. 비행기 쪽으로 천천히 다시 올라간다. 나는 조종실 옆에 앉아서 골똘히 생각한다. 희망을 걸 수 있는 증거를 찾다가 그것을 도저히 발견하지 못한다. 나는 생명이 주는 어떤 표지를 찾는데, 생명은 내게 아무 신호도 하지 않는다.

"프레보, 나는 풀을 단 한 포기도 보지 못했소."

프레보는 말이 없다. 내 말을 알아들었는지 모르겠다. 우리는 날이 밝아 장막이 걷히면 그 이야기를 다시 할 것이다. 나는 단지 심한 피로를 느낄 뿐이다. 나는 이렇게 생각한다. 사막에서 사백 킬로미터 떨어진 것쯤이야……. 별안간 나는 벌떡 일어선다.

"물!"

휘발유 탱크, 오일 탱크가 터졌다. 우리의 물 저장은 그렇게 되었다. 모래가 전부 마셨다. 우리는 부서진 보온병 밑창에서 커피 반 리터와 다른 보온병 밑창에서 포도주 사 분의 일 리터를 찾아낸다. 그리고 그 액체들을 걸러서 섞는다. 우리는 포도 조금과 오렌지 한 개도 발견한다. 그러나 나는 계산한다. 사막의 햇볕 아래서 다섯 시간만 걸으면 이것은 다 없어지고 만다. 우리는 조종실에 자리 잡고 날이 새기를 기다리기로 한다. 나는 드러눕는다. 잠을 잘 참이다. 자면서 우리 모험의 대차 관계를 따져 본다. 우리는 우리의 위치를 도무지 모른다. 우리는 마실 것이 일 리터도 없다. 만약 우리가 거의 정항로 상에 위치했다면 우리는 여드레는 걸려서야 발견될 것이다. 그보다 나은 희망은 거의 가질 수가 없으니, 때는 너무 늦을 것이다. 우리가 만일 기류 때문에 밀려 항로에서 벗어났으면 여섯 달은 걸려야 발견될 것이다. 비행기는 믿을 것이 못 된다. 아마 우리를 삼천 킬로미터나 되는 지역에서 찾을 테니 말이다.

"아! 분하다."

프레보가 내게 말한다.

"왜?"

"대번에 요절날 수 있었는데……."

그러나 그렇게 빨리 단념할 필요는 없다. 프레보와 나는 생각을 돌린다. 아무리 가냘픈 것일지라도 비행기에 의한 기적적인 구조의 기회를 잃어서는 안 된다. 또 앉은 자리에 눌어붙어 어쩌면 가까이 있을지도 모르는 오아시스를 놓쳐서도 안 된다. 오늘은 하루 종일 걷자. 그리고 비행기로 돌아오자. 길을 떠나기 전에 우리의 할 일을 대문자로 커다랗게 모래 위에 써 놓자.

그런 후에 나는 몸을 오그리고 누워서 새벽까지 잘 터이다. 잠이 드는 것이 무척 기쁘다. 내 피로는 내 주위에 많은 존재들을 둘러놓아

준다. 나는 사막에 홀로 있지 않다. 내 어렴풋한 잠에는 사람들의 목소리와 추억의 속삭임, 속 이야기가 가득 차 있다. 아직 목이 마르지 않다. 몸이 편안하다. 모험을 떠나듯 몸을 잠에 내맡긴다. 꿈 앞에서 현실이 자꾸자꾸 후퇴한다.

아아, 날이 밝았을 때에는 사정이 달라졌다.

4

나는 사하라를 무척 사랑했다. 나는 불귀순 지구에서 여러 밤을 지냈다. 바람이 바다에서처럼 파도를 새겨 놓은 것 같은 그 금빛 벌판에서 잠을 깼다. 그리고 나는 기익 밑에서 잠을 자며 구조를 기다렸다.

우리는 굽은 구릉의 비탈로 걸어갔다. 땅은 반짝반짝하는 검은 조약돌이 단 한 겹 깔린 모래로 되어 있다. 그것은 금속으로 된 비늘이라고도 할 수 있을 것들이다. 그리고 우리를 둘러싼 모든 둔덕은 갑옷인 양 번쩍인다. 우리는 광물질 세계에 떨어졌다. 우리는 강철 풍경 속에 갇혀 있다.

첫 번째 봉우리를 넘자 저쪽에 빛나는 검은 봉우리가 또 나타났다. 우리는 나중에 다시 오기 위해 길잡이 줄을 그려 놓으려고 발로 땅을 긁으며 걸었다. 우리는 해를 향해 나아갔다. 기상 통보도 그렇고, 내 비행시간도 그렇고, 모든 것이 조개껍질을 넘어섰다는 생각이 들게 하였으니, 정동 쪽으로 방향을 잡기로 결정한 것은 논리에 맞지 않는다. 서쪽으로 잠깐 가 보았는데, 도무지 뭐라 말할 수 없는 불안을 느꼈다. 그래서 서쪽은 내일로 미루었다. 그리고 바다 쪽으로 가는 길이기는 했지만 북쪽은 당분간 가지 않기도 했다. 사흘이 지난 뒤 반실신 상태에서 우리 비행기를 포기하고 쓰러질 때까지 곧장 앞으로 걸어가기로 결정했을 때에도 역시 우리는 동쪽을 향해 떠난 것이다. 더 정확하게 말하면 동북동쪽이었다. 이것은 아무 이유도 없고, 동시에 아무 희망도 없다. 그런데 구원된 뒤에 우리는 다른 어떤 방향도 우리를 다시는 돌아오게 하지 못했으리라는 것을 알았다. 왜냐하면 북쪽으로 가면 너무 지쳐서 바다까지 이르지 못했을 것이기 때문이다. 그것이 아무리 이치에 닿지 않아 보인다 하더라도 우리의 선택에 영향을 미칠 만한 아무런 표지도 없었다. 우리가 그 방향을 골라잡은 것은 내가 그렇게도 찾아 헤맨 내 친구 기요메가, 안데스 산맥 속에서 구원받은 것이 그 방향이었다는 이유 하나 때문이라고 생각된다. 그 방향이 내게는 어렴풋하게 삶의 방향이 되었을 것이다.

다섯 시간을 걸으니 풍경이 바뀐다. 모래가 골짜기로 흘려 내려오는 것 같다. 우리는 그 골짜기 속으로 접었고 성큼성큼 걷는다. 할 수 있는 만큼 멀리 갔다가 아무것도 발견하지 못하면 밤이 되기 전에 돌아와야 한다. 그러다가 나는 별안간 걸음을 멈춘다.

"프레보."

"왜?"

"발자국……."

언제부터 우리는 우리 뒤에 자취를 남기는 것을 잊었던가. 그것을 도로 찾아내지 못한다면 죽음뿐이다.

우리는 되돌아섰다. 그러나 약간 오른쪽으로 비켜났다. 충분히 멀리 갔을 때 우리는 처음으로 방향이 갈리는 쪽에서 수직으로 돌아 우리가 흔적을 남겨 놓았던 거기에서 우리 발자국을 확인할 것이다.

이 연결을 지어 놓고 우리는 다시 출발한다. 더위가 점점 심해지고 그와 함께 신기루가 생긴다. 그러나 그것은 아직 초보적인 신기루에 지나지 않는다. 큰 호수들이 이루어졌다가 우리가 전진하면 사라진다. 우리는 모래 골짜기를 건너가 제일 높은 봉우리에 올라 지평선을 살펴보기로 결정한다. 우리는 벌써 여섯 시간째 걷고 있다. 우리는 이 시커먼 산마루에 이르러 아무 말 없이 앉는다. 우리 발밑에 있는 모래 골짜기는 돌 없는 사막으로 빠져나갔는데, 그 사막의 반짝이는 흰빛은 눈을 태우는 듯하다. 시야에 닿는 곳까지는 아무것도 없다. 그러나 지평선 위에는 광선의 장난으로 더욱 마음에 걸리는 신기루가 생긴다. 그것은 요새와 회교 교당의 첨탑과 수직선으로 된 규칙적인 건물 집단들이다. 나는 또 식물 행세를 하는 커다란 검은 점도 발견한다. 그러나 그것은 낮에 흩어졌다가 저녁에 다시 생겨날 구름 중 마지막에 남은 구름에 덮여 있다. 그것은 층운의 그림자에 지나지 않는다.

더 나아가도 소용없다. 어떻게 해본대도 아무데도 갈 수가 없다. 우리는 비행기로 돌아가야 한다. 동료들에게 발견될지도 모르는 그 빨갛고 하얀 항공 표지를 다시 찾아가야 한다. 그 탐색에 조금도 희

인간의 대지

망을 걸고 있지는 않지만 그것들이 우리에게는 유일한 구원의 기회로 생각된다. 그러나 무엇보다도 우리가 마실 마지막 몇 방울을 거기 남겨 두고 왔는데, 우리는 벌써 그것을 꼭 마셔야 할 지경이다.

살기 위해서는 돌아가야 한다. 우리는 갈증의 짧은 자율이라는 이 강철 테두리에 갇혔다.

그러나 어쩌면 이 길이 삶을 향해 걸어가는 길인지도 모르는데, 발길을 돌이킨다는 것은 얼마나 어려운 일인가! 신기루 저편 지평선에는 정말 단물이 흐르는 운하와 풀밭이 꽉 들어찼는지도 모른다. 발길을 돌이키는 것이 옳다고 생각한다. 그러면서도 이 무서운 방향 전환을 할 때 빠져드는 듯한 느낌을 받는다.

우리는 비행기 옆에 누웠다. 우리는 육십 킬로미터 이상을 돌아다녔다. 우리는 마실 것이 떨어졌다. 우리는 동쪽에서 아무것도 발견하지 못했다. 어느 동료도 그 지역 위를 비행하지 않았다. 우리는 얼마 동안을 버틸 것인가? 벌써 이렇게 목이 마른데…….

우리는 산산 조각난 날개에서 파편을 주워 커다란 나뭇더미로 쌓아 올렸다. 우리는 휘발유와 강한 하얀빛을 내는 마그네슘 판을 준비했다. 우리는 밤이 짙어지기를 기다려 불을 지르기로 했다. 그러나 사람들은 어디에 있는가?

지금 불꽃은 올라간다. 우리는 사막에서 우리의 신호 불이 타오르는 것을 경건히 지켜본다. 우리는 밤중에 우리의 조용한 광선의 메시지가 빛나는 것을 지켜본다. 그리고 이 메시지가 감상적인 호소를 가지고 떠나기도 하지만, 더불어 많은 사랑도 가지고 올라간다고 생각한다. 우리는 물을 청한다. 그러나 통신하기를 청하기도 한다. 밤하늘에 다른 불이 하나 켜지기를…… 사람들만이 불을 이용한다. 그들이 우리에게 대답했으면!

내 아내의 눈이 보인다. 나는 이 눈들밖에는 아무것도 다시 보지 못할 것이다. 그 눈들이 물어 본다. 어쩌면 나를 중히 여길 그 모든 이들의 눈을 본다. 그런데 이 눈들이 물어 본다. 수많은 눈길들이 모여서 침묵을 지킨다고 나를 책망한다. 나는 대답한다. 있는 힘을 다해 대답해도 밤하늘에, 빛나는 불꽃을 더는 올려 보낼 수 없다.

나는 내가 할 수 있는 일을 다 했다. 우리는 우리가 할 수 있는 일을 다 했다. 육십 킬로미터를 물을 마시지 않고 걸었으니까. 이제 우리는 물을 마시지 못할 것이다. 우리가 아주 오랫동안 기다리지 못한다고 그것이 우리의 탓이겠는가? 우리는 거기에 주저앉아 아주 얌전히 물통을 빨고 있었을 것이다. 그러나 주석통의 밑창을 들이마신 그 순간부터 초침은 가기 시작했다. 마지막 물방울을 빨아들인 그 순간부터 나는 언덕을 내려가기 시작했다. 시간이 나를 강물처럼 붙들어 가는데, 내가 어떻게 당해낼 수 있단 말인가? 프레보는 운다. 나는 그의 어깨를 두드려 준다. 나는 그를 위하려고 말한다.

"다 틀려먹었으면 다 틀려먹은 거지 뭐."

그는 대답한다.

"내가 나 때문에 우는 줄 압니까?"

아 물론! 나는 벌써 이 명백한 사실을 깨달았다. 견디지 못할 것은 아무것도 없다. 내일 또 모레, 나는 역시 견디지 못할 것이란 아무것도 없다는 것을 알게 될 것이다. 고통이라는 것을 반쯤밖에 믿지 않는다. 나는 벌써 이런 생각을 혼자서 해보았다. 어느 날 조종실에 갇힌 채 물에 빠져 죽을 뻔했다. 그런데 그다지 괴로워하지 않았다. 나는 또한 어느 때 머리가 깨질 뻔했는데 그것도 도무지 큰 사건처럼 여겨지지 않았다. 여기에서도 나는 별로 고민을 맛보지 않을 것이다. 내일 나는 더 이상한 일들을 경험할 것이다. 그래서 큰 불길을 올리면서도 사람들에게 내 말소리를 들리게 한다는 것을 단념하고 말았다.

"나 때문인 줄 안다면……."

암 그렇고말고, 이것이야말로 견딜 수 없는 일이다. 기다리는 눈들이 다시 보일 때마다 눈을 데는 것 같은 느낌을 받는다. 갑자기 벌떡 일어나 앞으로 곧장 달려가고 싶은 충동을 느낀다. 그곳에서 '사람 살려'라고 부른다.

이것은 이상야릇한 주객전도다. 그러나 늘 그렇다고 생각했다. 이것에 확신을 가지기 위해 프레보는 내게 필요했다. 프레보 역시, 우리가 귀에 못이 박히도록 들어 온 죽음 앞에서의 그 고민은 경험하지 않을 것이다. 하지만 그도 견디지 못하고 나도 참지 못하는 그 무엇이 있다.

아아! 잠들 용의가 있기는 하다. 하룻밤 동안이거나 여러 세기 동안이거나 잠들 용의가 있다. 잠이 들면 나는 그 차이를 도무지 모른다. 그것이 얼마나 평안한가를. 그러나 거기에서 울릴 그 부르짖음, 그 크나큰 절망의 불길……. 이런 영상을 견딜 수 없다. 그 파선들을 눈앞에 보며 팔짱을 끼고 우두커니 있을 수가 없다. 침묵의 일 초, 일 초가 내가 사랑하는 사람들을 조금씩 죽인다. 그리고 내 안에서는 큰 분노가 부글부글 끓는다. 늦기 전에 가서 빠져나가는 저 사람들을 구해야 하는데 왜 이 사슬들은 나를 방해하는가? 왜 우리의 불은 우리의 부르짖음을 세계의 끝까지 가져가지 못하는가? 조금만 기다려요! 곧 갑니다. 곧 가요. 우리는 구조원들이다.

마그네슘이 다 타고 불빛으로 온통 벌게진다. 이제 여기에는 숯불 무기밖에 없다. 그 위에 우리는 몸을 굽히고 불을 쬔다. 우리의 위대한 불빛 메시지는 끝이 났다. 그것은 이 세상에서 무엇을 움직이게 했는가? 아, 나는 그것이 아무것도 움직이게 하지 못한 것을 잘 안다. 그것은 들리지 않는 기도였다.

좋다. 나는 가서 자겠다.

5

날이 샐 때 우리는 비행기 날개를 헝겊으로 훔쳐서 페인트와 기름이 섞인 이슬을 컵 밑바닥에 깔릴 만큼 받았다. 구역질이 났으나 우리는 그것을 마셨다. 적어도 우리 입술은 축인 셈이다. 이 잔치를 치르고 나자 프레보가 내게 말했다.

"다행히 권총이 있군요."

갑자기 대들고 싶은 생각이 들어 험상궂은 적의를 품고 그에게로 몸을 돌렸다. 나는 이 순간 감상을 토로하는 것을 가장 미워한 것이다. 모든 것이 간단하다고 생각할 필요를 느낀다. 나는 것도 간단하고, 크는 것도 간단하고, 갈증으로 죽는 것도 간단하다.

나는 프레보가 입을 다무는 데에 필요하다면 그에게 모욕이라도 줄 작정을 하고 곁눈질로 그를 살펴본다. 그러나 프레보는 내게 조용히 말했다. 그는 위생 문제를 취급한 것이다. 그는 "손을 씻어야 할 텐데요" 하고 말했을 정도로 이 문제를 다룬 것이다. 그렇다면 우리는 의견이 같다. 어제 가죽 주머니를 보며 곰곰이 생각했다. 내 명상은 합리적인 것이지 감상적인 것은 아니었다. 사회적인 것만이 감상적이다. 우리가 책임지는 그들을 안심시키지 못하는 우리의 무능이 감상적이지 권총은 그런 것이 아니다.

사람들은 여전히 우리를 찾지 않는다. 그보다도 더 정확하게 말하면 다른 곳에서 찾고 있을 것이다. 아마 아라비아에서 찾을 것이다. 그것은 그렇다치고 우리는 내일까지는 아무 비행기 소리도 듣지 못할 것인데, 그때는 이미 우리가 비행기를 버렸을 때일 것이다. 그때 우리는 저 먼데로 지나가는 그 유일한 통과에 무관심할 것이다. 사막의 수많은 검은 점 속에 섞인 우리가 발견되기를 기대할 수는 없을 것이다. 이 괴로움에 대해 사람들이 내가 갖고 있는 줄로 알고 있을 그 생각은 아무것도 정확하지 않다. 나는 아무 고통도 겪지 않을 것이다. 내게는 구조 대원들이 다른 세계에서 돌아다니는 것으로 생각된다.

146

그들은 삼천 킬로미터 안에 있다는 것밖에는 어떻게 되었는지 조금도 모르는 비행기를 사막에서 발견하기 위해서는 이 주일 동안을 찾아야 한다. 사람들은 아마도 우리를 트리폴리타니아에서 페르시아까지 이르는 사이에서 찾고 있을 것이다. 다른 행운을 바랄 수 없어서 오늘도 이 가냘픈 행운을 기다린다. 그리고 전략을 바꿔 나 혼자 탐험을 나서기로 결정한다. 프레보는 불을 준비해서 누가 찾아오는 경우에는 그것을 피울 것이다. 하지만 우리를 찾아오는 사람은 없을 것이다.

그래서 나는 떠난다. 내게 돌아올 기운이 있을지조차 알 수 없다. 리비아 사막에 관해 내가 아는 것이 머리에 떠오른다. 여기 습도가 십팔 퍼센트로 떨어질 때 사하라에는 사십 퍼센트의 습기가 있다. 그리고 생명은 수증기처럼 증발한다. 베두인 사람들과 여행자들과 식민지 군 장교들은 열아홉 시간을 물을 마시지 않고 견딜 수 있다고 일러준다. 스무 시간이 지난 후에는 눈 속이 환해지고 임종이 시작된다. 갈증의 전진이 급격해지는 것이다.

그러나 이 북동풍, 우리를 그르치게 하고 모든 예상을 깨뜨리고 우리를 이 고원에 못박아 놓은 이 이상한 바람은 지금도 우리 생명을 늘리는 것임에 틀림없다. 이 바람은 첫 번째 불빛이 환하게 보일 때까지 얼마만한 여유를 우리에게 줄 것인가.

그래서 나는 떠난다. 그러나 대양에 카누를 타고 들어서는 것처럼 생각된다.

하지만 새벽 덕택으로 이 풍경이 덜 을씨년스럽게 보인다. 처음에는 손을 주머니에 찌르고 좀도둑처럼 걷는다. 어제 저녁 우리는 몇몇 구멍 어구에 올무를 해 놓았다. 그러자 내 안에서는 밀렵자의 습성이 되살아났다. 나는 우선 올무들을 살펴보러 간다. 그러나 아무것도 걸리지 않았다.

그러므로 피를 마시지 못할 것이다. 사실 나는 그것을 바라지도 않았다.

낙담하지 않았지만 그 대신 이상한 생각이 들었다. 그 동물들은 사막에서 무엇을 먹고 살까? 그것들은 아마 토끼 크기만하고 아주 큰 귀가 달린 페넥이라는 사막의 여우일 것이다. 나는 내 욕망을 억제하지 못하고 그들 중 한 놈의 발자취를 따라간다. 그 발자취는 나를 어떤 좁은 모래 속으로 끌고 가는데, 거기에는 발자국이 더욱 분명히 새겨져 있다. 나는 세 발가락으로 이루어진 부챗살 꼴의 예쁜 발자국을 감상한다. 이 친구가 새벽이 살금살금 뛰어다니며 돌 위의 이슬을 핥아먹는 것을 상상해 본다. 여기는 발자국이 뛰엄뛰엄하다. 페넥이 뛴 것이다. 여기에 동무가 하나 쫓아와서 둘이 나란히 깡충깡충 뛴 것 같다. 나는 이상한 기쁨을 느끼며, 그 아침 소풍을 구경한다. 이 생명의 징후가 좋다. 그리고 목이 마르다는 것을 잠시 잊는다.

드디어 그 여우들의 찬장에 이른다. 여기에는 백 미터씩 떨어진, 키가 수프 그릇만하고 줄기에는 조그마한 금빛 달팽이가 딸린 작은 관목이 모래 속에서 빠끔히 솟아 나와 있다. 페넥은 새벽에 먹이를 장만하러 간다. 그런데 나는 여기에서 자연의 큰 신비와 부딪쳤다.

그 페넥은 나무마다 멈추지 않는다. 달팽이들이 달렸는데도 본체만

체하는 나무들이 있다. 눈에 띌 만큼 신중하게 그 주위를 돌기만 하는 나무도 있다. 가까이 가기는 하면서도 마구 해치우지 않는 나무도 있다. 그놈은 거기에서 달팽이 두세 마리를 따고는 다른 식당으로 간다.

그놈은 아침 산보를 좀 더 오랫동안 즐기기 위해 대번에 배를 불리지 않는 장난을 하는 것일까? 그렇게는 생각되지 않는다. 그놈의 장난은 불가결한 전술과 확실히 잘 부합된다. 만약에 페넥이 첫 번째 나무의 산물을 배부르게 먹는다면 두세 번 식사로 그 나무의 산 열매는 없어진다. 이렇게 하면 한 나무, 한 나무 목축 농장을 휩쓸고 말 것이다. 그러나 페넥은 번식을 방해하지 않도록 조심한다. 그놈은 한 번 식사하는 데 이 갈색 포기를 한 백 그루 가량 찾아갈 뿐 아니라, 같은 가지에 나란히 붙어 있는 달팽이 두 마리를 따는 일은 절대로 없다. 모든 것은 마치 그놈이 위험을 의식하는 듯이 진행된다. 만일 페넥이 조심성 없이 배불리 먹는다면 달팽이는 다 없어질 것이다. 달팽이가 없어지면 페넥도 없어질 것이다. 발자국을 따라 가자 다시 굴에 이른다. 페넥은 아마 거기에서 내 발소리를 들으며 그 요란한 소리에 겁을 집어먹고 있을 것이다. 나는 페넥에게 이렇게 말한다.

"내 조그만 여우야, 나는 다 틀려먹었다. 그러나 이상한 건, 그렇다고 해서 네 기질에 흥미를 잃은 것은 아니다."

그리고 거기에 서서 공상에 잠긴다. 사람은 무엇에든 자신을 적응시키는 것처럼 생각된다. 삼십 년 후면 죽으리라는 생각이 사람의 기쁨을 망치지는 않는다. 삼십 년이나 사흘이나 이것은 멀고 가까움의 문제일 뿐이다.

그러나 어떤 영상은 잊어야 한다.

이제 길을 계속 가는데, 피로가 몰려옴에 따라 벌써 내 안에서 무엇인가 변화를 일으킨다. 신기루가 없으면 나는 그것을 만들어 낸다.

"여어!"

나는 팔을 쳐들며 소리쳤다. 그러나 손짓하던 그 사람은 시커먼 바위에 지나지 않았다. 벌써 사막 안의 모든 것이 웅성거린다. 나는 잠자는 저 베두인 사람을 깨우려고 한다. 그러자 그는 검은 나무토막으로 변했다. 나무토막이라! 이 존재가 이상하게 생각되어 몸을 굽힌다. 부러진 가지를 주우려고 했더니 그것은 대리석이었다. 다시 일어나 주위를 휘둘러본다. 다른 검은 대리석들이 보인다. 역사가 시작되기 이전 시대의 수풀이, 그 구부러진 줄기를 땅 위에 깔아 놓았다. 그 수풀은 지금으로부터 십만 년 전에 천지 개벽을 하는 대폭풍에 불려 대성당처럼 무너진 것이다. 그리고 세기들은 강철 덩어리처럼 닦이고, 화석이 되고, 유리처럼 되고, 잉크 빛깔이 된 이 어마어마한 기둥통들을 내게까지 굴린 것이다. 아직 가지의 마디를 구별할 수 있고, 생명의 뒤틀림을 볼 수 있고, 나무통의 연륜을 셀 수 있다. 새와 음악으로 가득 찼던 이 수풀은 저주를 받아 소금이 되었다. 그리고 이 풍경이 내게 적의를 가지고 있다고 느낀다. 구릉들의 저무쇠 갑옷보다도 더 검은, 이 젠체하는 표착물들은 나를 거부한다. 살아 있는 내가 썩지 않는 이 대리석 틈에서 무슨 볼일이 있는가? 죽음에 가까이 가는 나, 분해될 육체를 가진 내가 여기 영원 속에서 무슨 볼일이 있단 말인가?

어제부터 나는 거의 팔십 킬로미터를 돌아다녔다. 현기증이 나는

것은 목이 마른 때문이리라. 아니면 태양 때문이든지. 태양은 기름이
얼어붙은 것처럼 줄기에 쨍쨍 내리쬔다. 태양은 이 넓은 껍질을 내리
쬔다. 여기는 모래도 없고 여유도 없다. 여기는 오직 엄청나게 큰 모
루가 있을 뿐이다. 나는 이 모루 위를 걷고 있다. 그리고 내 머릿속에
태양이 울리는 것 같다. 아! 저기…….

'여어, 여어!'

'저기는 아무것도 없다. 흥분하지 마라, 그것은 정신 착란이다.'

내 이성에 호소할 필요를 느껴 나 자신에게 이렇게 말한다. 눈에 보
이는 것을 거부하기가 몹시 어렵다. 저기 걸어가는 저 대상들을 향해
뛰어가는 것을 참기가 몹시 어렵다. 저기…… 보이지 않아!

'바보, 네가 그걸 생각하는 줄은 너 또한 알지 않아.'

'그럼, 이 세상에는 진실된 것이라곤 아무것도 없어.'

내게서 이십 킬로미터 떨어진 저 언덕 위에 십자가 외에는 아무것
도 참된 것이 없다. 저 십자가 혹은 저 등대…….

그러나 그것은 바다가 아니고 십자가 쪽이다. 밤새도록 나는 지도
를 연구했다. 내 위치를 알지 못하는만큼 내 연구는 쓸모가 없었다.
그러나 사람의 존재를 가리키는 표지는 모두 들여다보았다. 그리고
어디엔가 십자가 비슷한 것 위에 달린 조그마한 동그라미를 발견했
다. 범례를 참고하자 이런 말이 있었다. '수도원' 십자가 옆에는 검은
점이 하나 있었다. 다시 범례를 참고하자 '마르지 않는 우물'이라고
쓰여 있었다. 마음에 크나큰 충격을 받아 큰 소리로 읽었다.

"마르지 않는 우물…… 마르지 않는 우물…… 마르지 않는 우물!"

알리바바와 그의 보물들은 마르지 않는 우물에 비하면 무슨 값어치가 있겠는가? 조금 더 떨어진 곳에서 흰 동그라미 두 개를 발견했다. 일러두기에는 '일시적 우물'이라고 쓰여 있었다. 그것은 이미 그다지 대단하지도 않았다. 그리고 그 둘레에는 아무것도 없었다. 아무것도……

저기 그 수도원이 있다. 수사들이 파선된 사람들을 부르기 위해 둔덕 위에 커다란 십자가를 세웠다. 그래 그 십자가를 향해 걷기만 하면 그만이다. 그 도미니크 회 수사들에게 뛰어가기만 하면 된다.

'그러나 리비아에는 콥트파 수도원들밖에 없다.'

그 근면한 도미니크 회 수사들에게로……. 그들은 붉은 기와가 깔린 서늘한 예쁜 부엌을 가지고 있고, 마당에는 녹이 슨 기묘한 펌프를 가지고 있다. 녹슨 펌프 밑에는, 그대도 그것을 짐작했으리라. 녹슨 펌프 밑에는 마르지 않는 우물이다. 아아! 내가 문에 가서 초인종을 누르고, 큰 종을 잡아당기면 거기에서는 큰 잔치가 벌어져 있을 것이다.

'이 바보야, 너는 프로방스의 어떤 집을 묘사하고 있다. 하긴 거기에는 종은 없지만.'

커다란 종을 잡아당기면 문지기는 팔을 하늘로 쳐들며 "당신은 주께서 보내신 분입니다" 하고 내게 소리치면서 모든 수사들을 부를 것이다. 그러면 그 수사들은 곤두박질치며 달려나올 것이다. 그리고 나를 가난한 아이처럼 반갑게 맞을 것이다. 나를 부엌으로 데리고 갈 것이다. 그리고 "잠깐만 내 아들아, 잠깐만…… 마르지 않는 우물까지 달려갈 테니……" 하고 내게 말할 것이다.

그러면 나는 행복에 몸을 떨 것이다. 아니다. 울지 않으련다. 단지 언덕 위에 십자가 없어졌다는 그 이유로 해서.

서쪽의 약속은 오직 거짓말뿐이다. 정북 방향을 바꾸었다. 북쪽은 적어도 바다의 노래가 가득 차 있다.

아, 이 등성이를 넘으면 지평선이 펼쳐진다. 보자! 세상에서 가장 아름다운 도시가 저기에 있다.

'그것은 신기루이니까.'

신기루라는 것을 잘 안다. 아무도 나를 속이지 못한다. 그러나 신기루 속으로 빠져들어가는 것이 내 마음에 든다면! 희망을 가지는 것이 싫지 않다면! 웅긋쭝긋하고 햇볕으로 장식된 저 도시를 사랑하는 것이 내 마음에 든다면! 이제는 행복함으로 피로를 느끼지 않고, 빠른 걸음으로 곧장 걸어가는 것이 내 마음에 든다면! 프레보와 그의 권총, 우스운 일이다! 나는 내 취기가 더 좋다. 나는 취했다. 나는 목이 말라 죽는다.

황혼이 내 술을 깨웠다. 나는 이렇게 멀리 왔다는 것을 깨닫자 겁이 나서 갑자기 발을 멈춘다. 황혼에는 신기루가 사라진다. 지평선은 그 호사로움과 궁궐과 제의를 벗었다. 그것은 황량한 지평선이다.

'너, 꽤 멀리 왔구나! 이제 밤이 너를 덮쳐 잡으면 너는 날을 기다려야 할 것이고, 내일은 네 발자국이 지워져서 너는 아무데도 가지 못하리라.'

그러면 차라리 곧장 더 걷기나 하지 무엇을 하러 다시 돌아선단 말인가? 바다를 향해 팔을 벌리려는 이 때에 방향 전환을 하기는 싫다.

'어디에 바다가 있단 말이냐?'

그건 그렇고, 너는 절대로 바다까지 가지는 못할 것이다. 바다는 네가 있는 곳에서 아마 삼백 킬로미터는 떨어져 있을 것이다. 그리고 프레보는 '시문' 기 옆에서 망을 보고 있다. 그리고 그는 어쩌면 대상에게 발견되었을지도 모른다.'

그렇다, 돌아가련다. 그러나 우선 사람들을 부르련다.

"여어!"

이 지구는 제기랄, 그래도 사람이 살고 있느냔 말이야.

"여어! 사람들……."

나는 목이 쉰다. 목소리가 나지 않는다. 이렇게 소리를 지르는 것이 우스꽝스러워 보인다. 한 번 더 소리친다.

"사람들!"

그것은 과장되고 건방진 말로 만들어 버린다.

그래도 나는 뒤로 돌아선다.

두 시간을 걸은 뒤에, 내가 길을 잃은 줄 알고 겁을 집어먹은 프레보가 하늘로 불길을 올리는 것이 보였다. 아! 그것에 아무런 관심도 없다.

또 걷기 한 시간…… 오백 미터만 더, 백 미터만 더. 오십 미터 더…….

"아!"

나는 몹시 놀라 우뚝 섰다. 내 마음에 기쁨이 넘쳐흐르려고 해서 그

맹렬한 힘을 억제한다. 프레보가 숯불에 환하게 비친 채 엔진에 기대 앉은 두 아라비아 사람과 이야기하고 있다. 그는 나를 아직 보지 못했다. 기쁨에 정신이 없는 것이다. 아! 나도 프레보처럼 기다렸더라면 벌써 구조되었을 것을. 나는 기쁘게 부르짖는다.

"여어!"

두 베두인 사람은 깜짝 놀라 나를 바라본다. 프레보는 내 팔꿈치를 잡아 부축한다. 그럼 내가 쓰러지려고 했던가? 나는 그에게 말한다.

"이제는 되었군."

"뭐가?"

"아라비아 사람들!"

"무슨 아라비아 사람들 말이오?"

"거기 당신과 함께 있는 아라비아 사람들 말이오!"

프레보는 수상하게 나를 바라본다. 그가 중대한 비밀을 마지못해 내게 일러준다는 느낌을 받는다.

"아라비아 사람들은 없습니다."

이번에는 내가 울려나 보다.

인간의 대지

6

여기에서는 물 없이 열아홉 시간을 살 수 있다. 그런데 우리는 어제 저녁부터 무엇을 마셨는가? 새벽에 이슬 몇 방울뿐! 그러나 여전히 북동풍이 불어 우리의 증발을 약간 더디게 한다. 이 차일은 하늘에 높은 구름들이 생기는 데에도 유리하다. 아아! 그 구름들이 우리에게까지 와서 비가 올 수만 있다면! 그러나 사막에는 절대로 비가 오지 않는다.

"프레보, 낙하산을 삼각형으로 자릅시다. 그 헝겊 쪽들을 돌로 땅에 고정시켜 놓읍시다. 그러면 바람이 바뀌지만 않으면 새벽에 이 헝겊들을 짜서 휘발유 탱크에 이슬을 받을 수 있을 거요."

우리는 흰 헝겊 여섯 폭을 별 밑에 늘어놓는다. 프레보는 탱크 하나를 떼어 냈다. 이제 우리는 날이 새기만 기다리면 된다. 프레보는 파편들 틈에서 기적적인, 오렌지 한 개를 발견했다. 우리는 그것을 나누었다. 나는 가슴이 설렌다. 그렇지만 우리에게는 물이 이십 리터는 있어야 하므로 이것은 하찮은 것이다.

밤에 불 옆에 누워서, 이 반짝이는 과일을 들여다보며 생각한다. 사람들은 오렌지가 무엇인지를 모른다. 우리는 운이 다했다. 그렇지만 역시 이 확실성이 내 즐거움을 뺏지는 못한다. 내 손에 꼭 쥐고 있는 이 오렌지 반쪽은 내 일생의 가장 큰 기쁨의 하나를 내게 갖다 준다. 누워서 과일을 빨며 별똥을 센다. 지금 잠시 동안은 무한히 행복하다. 다시 생각한다. 우리가 질서 속에서 사는 이 세상은 거기에 자기 자신이 파묻혀 보지 않고서는 세상을 짐작할 수가 없다. 오늘에야 비로소 선고받은 사람의 담배 한 대와 럼주 한 잔을 이해하게 된다. 그 사람이 그 비참한 것을 어떻게 받아들일지 상상하지 못했다. 그런데도 그는 거기에서 많은 즐거움을 맛본다. 그 사람이 웃으면 사람들은 그가 용감한 줄로 생각한다. 그러나 그는 럼을 마시게 되어 싱긋 웃는다. 그가 원근을 바꾸어 그 마지막 시간으로써 인간의 일생을 만들었음을 사람들은 알지 못한다.

우리는 물을 굉장히 많이 받았다. 아마 이 리터는 될 것이다. 이제 갈증은 끝났다. 우리는 살아났다. 우리는 물을 마셨다.

나는 탱크에서 주석 물그릇으로 하나 가득히 퍼낸다. 그러나 이 물은 푸르고 누런 고운 빛깔로 첫 모금부터 맛이 어떻게나 지독한지 갈증과 고통을 당하면서도 그 한 모금을 다 마시기 전에 숨을 돌린다. 나는 흙탕물이라도 마실 것이다. 그러나 이 역한 냄새가 나는 금속의 맛은 갈증보다 더 지독하다.

프레보를 보니, 그는 무슨 물건을 열심히 찾는 것처럼 눈을 땅에 갖다 대고 맴돈다. 별안간 몸을 숙이고 여전히 맴돌면서 토한다. 삼십 초 뒤에는 내 차례이다. 어떻게나 심한 경련이 일어나든지 모래 속에 손가락을 박고 꿇어앉아 토한다. 우리는 서로 말없이 십오 분 동안을 이렇게 흔들리면서 그대로 엎드려 담즙만 조금 내놓을 뿐이다.

이제 끝났다. 이제는 아득한 구역밖에는 느끼지 않는다. 그리고 우리는 마지막 희망을 잃었다. 우리의 실패가 낙하산의 도료 때문인지 탱크에 달라붙은 사염화탄소 때문인지 모른다. 우리에게는 다른 그릇이나 다른 헝겊이 있어야 되었을 것이다.

그러면 서두르자. 날이 샌다. 길을 떠나자. 이 저주받은 고원을 피해 쓰러질 때까지 앞으로 곧장 걸어가자. 나는 안데스 산맥 속에서 기요메가 한 일을 본받는다. 나는 어제 저녁부터 그에 대한 생각을 많이 한다. 나는 비행기 잔해에 남아 있어야 한다는 분명한 명령을 어긴다. 사람들은 이제 우리를 찾으러 이곳으로 오지 않을 것이다.

다시 한 번 우리가 파선한 사람이 아님을 깨닫는다. 파선한 사람들은 기다리는 그 사람들이다. 침묵으로 위협을 느끼는 사람들이다. 벌써 지겨운 착각으로 가슴이 발기발기 찢어지는 그들을 향해 달려가지 않을 수 없다. 기요메도 안데스에서 돌아와 파선한 사람들을 향해 달음질쳤다는 말을 내게 했다. 이것은 당연한 진리이다.

"만일 이 세상에 나 혼자라면 나는 드러누울 겁니다."

프레보가 내게 하는 말이다.

그리하여 우리는 동북동 쪽을 곧장 걸어간다.

만약 나일 강을 지나쳤다면 우리는 한 걸음 한 걸음 더 깊숙이 빽빽한 아라비아 사막 속으로 빠져 들어가는 것이 된다.

그날에 대해서는 별로 기억에 남는 것이 없다. 나는 급히 서두른 것이 생각난다. 무엇을 향해서나 서두른 일, 내가 쓰러지는 것을 향해 서두른 것, 내가 땅을 내려다보며 걸은 것도 기억난다. 나는 신기루가 싫었다. 가끔 가다가 우리는 나침반으로 우리의 방향을 바로잡았다. 우리는 또 숨을 돌리기 위해 이따금씩 누웠다. 나는 또 밤에 쓰려고 간직한 고무 우비를 어딘가에 내버렸다. 그 외에는 아무것도 모른다. 내 기억의 실마리는 저녁에, 선선해지면서부터 다시 이어진다.

나도 모래처럼 내 안의 모든 것이 지워졌다.

해가 지자 우리는 야영하기로 결정했다. 우리가 걸음을 계속해야 하리라는 것을 잘 안다. 물이 없는 이 밤은 우리를 끝장내고야 말 테니까. 우리는 낙하산 천 조각들을 가지고 왔다. 만약에 그 독이 도료에서 오는 것이 아니라면 내일 아침 물을 어느 정도 마실 수 있을지도 모른다. 우리는 이슬 함정들을 한 번 더 별 아래 펼쳐 놓아야 한다.

그러나 이날 저녁 북쪽 하늘은 구름 한 점 없이 말갛다. 바람의 맛이 변했다. 방향도 바뀌었다. 벌써 사막의 뜨거운 입김이 우리를 스친다. 맹수가 잠을 깬 것이다. 그놈이 내 손과 얼굴을 핥는 것을 깨닫는다.

더 걸어도 십 킬로미터도 가지 못할 것이다. 사흘째 물을 마시지 않은 채 백팔십 킬로미터 이상을 걸었다.

그러나 걸음을 멈춘 순간에,

"저것은 분명히 호수입니다."

프레보가 내게 말한다.

"미쳤구려!"

"황혼이 된 이 시간에 그것이 신기루일 수 있어요?"

나는 대답하지 않는다. 내 눈을 믿는 것을 단념한 지 오래이다. 그것이 신기루가 아닐지도 모르지만. 그렇다면 우리가 정식 착란이 만들어 내는 것이다. 어떻게 프레보는 아직 믿는단 말인가?

프레보는 고집부린다.

"여기에서 이십 분이면 갑니다. 나는 가 보렵니다."

그 고집에 나는 화가 치민다.

"가 보시오. 가서 바람을 쐬어요. 건강에 아주 좋을 거요. 그렇지만 호수가 있더라도 그것은 짠물이라는 것을 알아야 해요. 짠물이건 아니건 그것은 아주 먼데에 있는 거요. 그리고 무엇보다도 그 호수는 있지 않아요."

프레보는 눈을 그곳에 고정시킨 채 벌써 떠나갔다. 이 최고의 유혹을 알고 있다. 그래서 이렇게 생각한다. 기관차 밑으로 곧장 몸을 던지는 몽유병자 같은 놈들도 있으므로 프레보가 돌아오지 못하리라고. 그는 그 공허에서 오는 현기증에 붙들려 이제는 발을 돌이킬 수 없을 것이다.

그리하여 그는 좀 떨어진 곳에서 쓰러질 것이다. 그리고 그는 그대로 죽고 나는 나대로 죽을 것이다. 그리고 이 모든 것은 조금도 중요한 일이 아니다.

나를 엄습한 이 무관심이 그다지 좋은 징조라고는 생각하지 않았다. 반쯤 빠져 죽게 되었을 때에도 나는 이와 같은 평화를 느꼈다. 그러나 이것을 이용해서 돌에 배를 깔고 엎드려 유서를 한 장 쓰기로 한다. 내 편지는 매우 아름답다. 대단히 품위 있고, 나는 거기에 지혜로운 의견을 담뿍 실는다. 그것을 되읽으며 막연한 허영의 쾌락을 맛본다. 사람들은 그 편지를 보고 말할 것이다.

"이것은 참 훌륭한 유서다. 그 사람이 죽은 것은 정말 아까운 일이다."

내가 어떤 처지에 있는지도 알고 싶다. 나는 침을 끌어 모으려고 한다. 몇 시간째 나는 침을 뱉지 않았는가. 침이 말랐다. 입을 다문 채 있으면 끈적끈적한 물건이 입술을 봉해 놓는다. 그것이 말라서 입술 거죽에 단단한 테를 만들어 놓는다. 나는 또다시 침을 삼키려고 한다. 성공한다. 그리고 내 눈 속은 아직도 환해지지 않는다. 그 환한 광경이 내게 나타나면 내 생명은 두 시간 남았다는 것이 된다.

깜깜해진다. 지난밤보다 달이 커졌다. 프레보는 돌아오지 않는다. 누워서 이 확실한 사실들을 숙고한다. 나 자신 안에서 오래된 인상을 다시 발견한다. 나는 그것이 어떤 것인가를 확실히 알아내려고 한다. 나는…… 나는…… 나는 배를 탔다. 나는 남아메리카로 가는 길이었고, 상갑판 위에 이렇게 누워 있었다. 마스트 끝이 별들 사이를 전후 좌우로 천천히 오락가락했다. 여기에는 돛대가 없다. 그러나 배를 타기는 탔다. 그리고 이제는 내가 아무리 노력한다고 해도 더 이상 어쩔 수 없는 방향으로 가고 있다. 흑인 노예 매매인들이 나를 묶어 어떤 배에 던졌다.

나는 돌아오지 않는 프레보를 생각한다. 그가 신음하는 소리를 한 번도 듣지 못했다. 그것은 매우 좋다. 신음하는 소리를 듣는다는 것은 나로서는 견딜 수 없는 노릇이었을 것이다. 프레보는 남자다.

아! 내게서 오백 미터 떨어진 곳에서 그가 램프를 흔들고 있지 않는가! 그는 발자국을 잃은 것이다. 그에게 응답할 램프가 없어서 일어나 소리를 지른다. 그러나 그는 듣지 못한다.

다른 램프 하나가 그의 램프에서 이백 미터 떨어진 곳에 켜진다. 그리고 또 한 램프가…… 야아! 이것은 마치 몰이꾼 같다. 나를 찾는다.

나는 소리친다.

"여어!"

그러나 사람들은 내 목소리를 듣지 못한다.

그 램프 셋은 그들의 부르는 신호를 계속한다.

오늘 저녁 나는 미치지 않았다. 정신이 말짱하다. 나는 평온하다. 나는 주의해서 바라본다. 오백 미터 밖에 램프 셋이 있다.

"여어!"

그러나 사람들은 여전히 내 목소리를 듣지 못한다.

그러자 나는 잠시 동안 당황에 사로잡힌다. 내가 경험한 유일한 당황이다. 아! 아직 뛸 수 있다.

"기다리시오, 기다려요."

저 사람들이 발길을 돌릴 참이다.

그들은 떠나가서 다른 곳을 찾을 참이고 나는 쓰러질 참이다. 나를 거두어 줄 팔이 저기 있는데, 삶의 문턱에서 쓰러질 참이다.

"여어! 여어!"

"여어!"

그들은 내 목소리를 들었다. 숨이 막힌다. 숨이 막히지만 그대로 달린다. 나는 '여어!' 소리가 나는 쪽으로 달리다가 프레보를 보고 쓰러진다.

"아! 그 램프들이 모두 보였을 때……"

"무슨 램프들요?"

맞았다. 그는 혼자였다.

이번에는 아무런 실망도 느끼지 않지만 은근한 분노를 느낀다.

"그래, 당신의 그 호수는?"

"내가 나아갈수록 더 멀어지더군요. 그래서 반 시간 동안을 그것을 향해 걸었지요. 반 시간 후에는 그것이 너무 멀리 있었습니다. 그래 돌아왔지요. 그렇지만 그것이 호수라는 것을 확신해요."

"당신은 미쳤소, 완전히 미쳤어. 당신은 왜 그 짓을 했소. 왜?"

그는 무엇을 했는가? 왜 그것을 했는가? 나는 분개해서 울었다. 그런데 왜 분개했는지 모른다. 그러자 프레보는 탁탁 막히는 목소리로 내게 설명한다.

"물을 찾아내기가 얼마나 소원이었는지 몰라요. 당신 입술이 하도 하얗기에!"

아아! 내 분노는 사그라진다. 나는 자신을 일깨우듯 내 이마를 손으로 짚어 본다. 슬퍼진다. 조용히 이야기한다.

"당신을 보듯 분명히 불빛 셋을 보았소. 프레보, 정말이에요! 불빛들을 보았으니까요!"

프레보는 처음에는 묵묵히 있다가 이윽고 시인한다.

"그렇고말고요. 일은 글렀습니다."

수증기가 없는 이런 곳에서는 땅이 열을 빨리 발산한다. 벌써 몹시 춥다. 나는 일어나 걷는다. 그러나 이내 견디지 못할 만큼 떨린다. 물기가 빠져나간 내 피는 잘 돌지 못해서 얼음 같은 추위는 뼈까지 사무치는데, 이 추위는 밤이기 때문만은 아니다. 내 어금니가 딱딱 마주치고 몸이 덜덜 떨린다. 이제 전등을 사용할 수가 없다. 내 손이 그것을 몹시 흔드는 때문이다. 일찍이 추위를 탄 일이 없었다. 그런데도 나는 얼어서 죽을 지경이다. 얼마나 이상한 갈증의 결과란 말인가!

나는 더운데, 가지고 다니기가 귀찮아서 어디에선가 고무 우비를 떨어뜨렸다. 그런데 바람이 점점 세차다. 그리고 나는 사막에는 대피할 곳이 없음을 깨닫는다. 사막은 대리석처럼 반들반들하다. 사막은 낮에는 그늘을 도무지 만들어 주지 않고 밤에는 사람을 바람받이로 내세운다. 나를 가려 줄 나무 한 그루, 울타리 하나, 돌 한 개도 없다. 바람은 발달한 지세에서 기병대가 돌격하듯 나를 공격한다. 나는 바람을 피하려고 맴돈다. 나는 누웠다 일어났다 한다. 누웠거나 섰거나 나는 이 얼음 채찍을 피할 길이 없다. 나는 뛸 수가 없다. 이제는 기운이 다했다. 살인자들을 피할 수가 없어 두 손으로 싸안은 얼굴을 모래에 묻고 털썩 꿇어앉는다.

그것을 조금 뒤에야 깨달은 뒤 일어나 앞으로 곧장 걸어간다. 여전히 떨면서, 내가 어디에 있는가? 아, 이제 떠날 때가 되었구나. 프레보의 목소리가 들린다. 나를 일깨워 준 것은 그의 부르는 소리였다.

나는 여전히 떨면서, 온몸을 사시나무 떨 듯하며 그에게로 돌아간다. 그러면서 생각한다. 이것은 추위가 아니라 다른 무엇이다. 죽음이다. 나는 물기가 이미 너무 없어졌다. 그저께 그리고 어제 혼자서 돌아다닐 때 너무 걸었다.

추위로 죽는다는 것은 괴롭다. 내 속에 간직한 신기루들이 더 좋았을 것이다. 그 십자가, 그 아라비아 인, 그 램프 들에 흥미를 느끼기 시작했다. 나는 노예처럼 채찍질을 당하기는 싫다.

나는 다시 무릎을 꿇었다. 우리는 약을 조금 가져갔다. 순수한 에테르가 백 그램, 구십 도 알코올이 백 그램, 그리고 요도가 작은 병으로 하나. 나는 순 에테르를 두어 방울 마셔 본다. 그것은 칼을 집어삼키는 것 같다. 그 다음은 구십 도 알코올을 조금 마셔 본다. 그러나 이것은 내 목구멍을 막는다.

모래에 구덩이를 하나 파고 거기 들어가 누워서 모래로 온몸을 덮는다. 그리고 얼굴만을 빠끔히 내민다. 프레보는 풀 포기를 발견해서 불을 피우는데, 그 불빛은 이내 잦아들 것이다. 프레보는 모래 속에 파묻히기를 거절한다. 그는 걷는 편이 낫다고 생각한다. 틀린 생각이다.

내 목구멍은 오그라든 채였다. 이것은 나쁜 징조였다. 그렇지만 나는 몸이 좀 낫다. 나는 조용한 느낌을 가진다. 나는 별들 아래에서 노예 매매선의 갑판 위에 결박되어 내가 원하지 않는 여행을 떠나는 것 같다. 그러나 어쩌면 나는 그다지 불행하지 않은지도 모른다.

근육을 조금도 움직이지 않자 이제는 춥지 않다. 그래서 나는 모래 속에 잠든 내 육체를 잊는다. 더는 움직이지 않으리라. 그리하여 다시는 괴로움을 받지 않으리라. 하기는 별로 괴롭지도 않았다. 이 모든 괴로움 뒤에는 피로와 정신 착란의 조화가 있다. 그리고 모두가 그림책으로, 잔인한 옛날 이야기로 변한다. 조금 전에는 바람이 나를 몹시 몰아쳤고 나는 그것을 피하려고 짐승처럼 맴돌았다. 그리고 나자 숨쉬기가 힘들었다. 무릎 하나가 내 가슴을 찍어누르듯이. 그리하여 한 무릎으로 몸부림치며 나는 이 천사의 무게와 싸웠다. 나는 사막에서 이제껏 고독을 느끼지는 않았다. 나를 에워싸는 것을 믿지 않게 된 지금, 나는 내 안으로 물러나 눈을 꼭 감고, 눈썹 하나 까딱하지 않는다. 이 많은 영상들이 나를 조용히 꿈속으로 데려가는 것을 느낀다. 강물들이 그 깊은 바닷물 속에 가서 가라앉는다.

내가 사랑하던 그대들이여, 잘 있거라. 사람의 육체가 물을 마시지 않고 사흘을 견디지 못하는 것은 내 탓이 아니다. 내가 이렇게 샘의 포로가 되리라고는 생각하지 않았다. 자치권이 이렇게까지 짧을 것이라고는 생각하지도 못했다. 사람들은 자기 앞으로 곧장 갈 수 있는 줄로만 믿었다. 사람들은 자유롭다고 믿는다. 사람들은 그를 우물에 잡아매어 놓는 줄을, 탯줄처럼 그를 땅의 배에 붙잡아 매어 놓는 줄을 보지 못한다. 한 발자국만 더 내디디면 그는 죽는다. 그대들의 고통을 빼놓고 나는 아무것도 후회하는 것이 없다. 곰곰이 따져 보면 내가 가장 나은 몫을 차지했다. 내가 돌아가면 다시 이 일을 시작할 것이다. 나는 살 필요를 느낀다. 도시에는 이미 인간의 생활은 없다.

여기에서는 비행이 문제가 아니다. 비행기는 목적이 아니라 수단이다. 비행기를 위해 생명의 위험을 무릅쓰는 것은 아니다. 농부가 밭을 가는 것도 그의 쟁기를 위해서가 아니다. 그러나 비행기를 타면 도시와 그 회계원들을 떠나 농촌의 진리를 다시 찾을 수 있다.

그러면 사람은 사람다운 일을 하고, 사람다운 근심을 알게 된다. 그리고 바람과 별들과 밤과 모래와 바다와 접촉하게 된다. 또한 자연의 힘과 재간을 겨룬다. 동산지기가 봄을 기다리듯 새벽을 기다린다.

언약된 땅처럼 기항지 비행장을 기다리고 별들에게서 자신의 진리를 찾는다.

나는 원망하지 않으련다. 사흘을 걸어서 목이 말랐고, 모래 위의 발자취를 더듬었고, 이슬에 내 희망을 걸었다. 그리고 땅 위 어디에 사는지를 잊어버린 내 동류를 만나려고 애썼다. 그런데 바로 이것이 살아 있는 사람들의 걱정이다. 이것이 저녁때 어떤 음악 홀을 선택하는 것보다 더 중요하다고 판단하지 않을 수가 없다.

이제 교외 열차를 타는 손님들을 이해할 수가 없다. 자신들이 사람이라고 믿고 있으나, 개미처럼 그들이 깨닫지 못하는 어떤 압력에 의해, 사람으로서 이루어진 관습에 환원된 그들을 이해할 수가 없다. 그들은 자유로울 적에 무엇으로 그들의 무의미한 초라한 일요일들을 채우는가?

언제나 러시아의 어느 공장에서 모차르트를 연주하는 것을 들은 일이 있다. 나는 그 이야기를 썼다. 나는 욕설로 가득 찬 편지 이백 통을 받았다. 나는 저속한 다방 음악을 더 좋아하는 사람들을 공박하지 않는다. 그들은 다른 노래는 모른다. 나는 카페 콘서트의 경영자를 원망한다. 사람들을 천하게 만드는 것을 나는 좋아하지 않는다.

나는 내 직업 속에서 행복하다. 나는 기항지 비행장의 농부로 자처한다. 나는 교외 열차 안이 이 사막보다 훨씬 더 고통스럽다. 사실 따져 보건대 여기는 얼마나 사치스러운 곳이냐.

나는 아무것도 후회하지 않는다. 나는 도박을 하다가 잃었다. 이것은 내 직업의 질서 속에 들어 있다. 그러나 나는 바닷바람을 호흡했다.

그것을 한 번 맛본 사람들은 이 양식을 잊지 못한다. 그렇지 않은
가! 동료들? 위험하게 산다는 이야기가 아니다. 이 말은 건방진 소리
이다. 투우사들은 별로 내 마음에 들지 않는다. 내가 위험을 좋아하
는 것은 아니다. 내가 무엇을 사랑하는지 안다. 생명을 사랑하는 것
이다.

날이 새려는 것 같다. 나는 팔 하나를 모래에서 빼낸다. 손닿는 곳
에 헝겊이 있다. 그것을 더듬는다. 그러나 보송보송한 대로다. 기다
리자. 이슬은 새벽에 맺힌다. 새벽은 헝겊을 적시지 않고 밝아 온다.
그러자 내 생각은 약간 헝클어지고 속에서 이런 소리가 들린다.
    '여기 마른 심장이 있다…… 메마른 심장…… 도무지 눈물을 흘릴
줄 모르는 메마른 심장이…….'
    "프레보, 떠납시다! 우리 목구멍이 아직 막히지 않았으니 걸어야
하오."

7

사람을 열아홉 시간이면 다 말리는 서풍이 분다. 내 식도가 아직 막
히지는 않았다. 그러나 뻣뻣하고 아프다. 거기에서 무엇인지 갈그랑
거리는 것을 느낀다. 오래지 않아, 사람들이 내게 묘사해 들려주고,
내가 기다리는 그 기침이 시작될 것이다. 혀가 거추장스럽다. 그러나

무엇보다도 더 중대한 것은 벌써 반짝이는 점들이 보인다는 사실이다. 그것들이 불꽃으로 변할 때에 나는 쓰러지리라.

우리는 급히 걷는다. 그리고 새벽의 찬 기운을 이용한다. 해가 내리쬐는 대낮이 되면 더 걷지 못하리라는 것을 우리는 잘 알고 있다. 대낮이 되면…….

우리는 땀을 흘릴 권리가 없다. 기다릴 권리조차 없다. 이 찬 기운은 습도 십팔 퍼센트와 찬 기운에 지나지 않는다. 이 바람은 사막에서 온다. 그리고 이 정다운 거짓 애무를 받고 우리의 피는 증발된다.

우리는 첫날 포도를 조금 먹었다. 사흘째 우리는 오렌지 반쪽과 사과 반쪽을 먹었을 뿐이다. 무슨 힘으로 우리의 양식을 씹었겠는가? 그러나 나는 조금도 배가 고프지 않았다. 목이 마를 뿐이다. 이제부터는 갈증보다도 갈증의 결과를 느끼는 것 같다. 이 뻣뻣한 목구멍, 이 석고 같은 혀, 이 갈그랑거림과 입 안의 몹쓸 맛, 이 감각들은 나로서는 처음 당하는 것들이다. 물론 물이 이것들을 고쳐 줄 것이다. 그러나 이 약을 그것들과 연결시켜 생각해 본 적은 도무지 없다. 갈증은 점점 더 욕망의 테두리를 벗어나 병의 테두리 안으로 들어간다.

샘과 과일들이 이제는 덜 비통한 영상을 내게 보여 주는 듯싶다. 내가 내 애정을 잊어버린 듯 여겨지듯이 오렌지의 광채도 잊어버린다. 아마 벌써 모든 것을 잊었는지도 모른다.

우리는 앉았다. 그러나 다시 떠나야 한다. 우리는 먼 거리를 걷는 것을 단념한다. 오백 미터를 걷고 나면 우리는 피로해서 주저앉는다. 그리고 나는 드러눕는 데에서 크나큰 기쁨을 맛본다. 그러나 다시 떠

인간의 대지

나야만 한다.

풍경이 변한다. 돌이 점점 드물어진다. 우리는 지금 모래 위를 걷고 있다. 우리 앞 이 킬로미터 되는 곳에 모래 언덕들이 있고, 그 언덕들 위에는 야트막한 식물의 흔적이 보인다. 강철 갑옷보다는 모래가 낫다. 이것은 금빛 사막이다. 사하라다. 어렴풋하게 그것을 알아보는 것 같다.

이제는 우리는 이백 미터만 걸으면 기진맥진해진다.

"그래도 최소한 저 나무들까지는 걸읍시다."

그것이 최종 한계이다. '시문' 기를 찾으려고 여드레 후에 우리 발자취를 더듬어 올라갔을 때, 우리는 자동차를 타고, 이 마지막 시도가 팔십 킬로미터에 걸었다는 것을 확인할 것이다. 그러므로 나는 벌써 거의 이백 킬로미터를 쏘다닌 셈이다. 어떻게 계속할 수 있겠는가?

어제 나는 희망 없이 걸었다. 그리고 오늘 이 말들은 그 의미를 잃었다. 오늘 우리는 걸으므로 걷는다. 소들이 밭을 갈 때에도 틀림없이 이와 같았을 것이다. 어제는 오렌지 숲의 낙원을 꿈꾸었다. 그러나 오늘 내게 이미 낙원은 없다. 이제 오렌지의 존재를 믿지 않는다.

나는 이제 마음속의 큰 갈증밖에는 아무것도 발견하지 못한다. 이제 나는 쓰러질 터인데, 실망을 느끼지 못한다. 괴롭지도 않다. 그것이 애석하다. 비애는 물처럼 아늑하게 생각될 것이므로 말이다. 사람은 자신을 동정하고 친구처럼 자신을 불쌍하게 여긴다. 그러나 이제 세상에 친구가 없다.

눈이 짓무른 나를 발견하면 사람은 내가 많이 도전했고 몹시 고통을 겪은 줄로 생각할 것이다. 그러나 충동은, 후회는, 다정한 고통은 아직도 보물들이다. 그런데 나는 이제 재물을 잃었다. 숫처녀들은 그들의 첫사랑의 밤에 비애를 경험하고 운다. 비애는 생명의 약동과 연결된다. 이제는 비애가 없다.

사막, 그것은 나 자신이다. 이제는 침이 괴지 않는다. 그러나 내가 몹시 동경할만한 그리운 영상도 없어졌다. 태양은 내 안에 눈물의 샘을 말려 버렸다.

그런데 나는 무엇을 보았는가? 바다 위에 광풍이 지나가듯 희망의 숨결이 내 위를 지나갔다. 내 의식이 미치기 전에 내 본능을 급히 불러일으킨 조짐은 무엇인가? 아무것도 변한 것이 없다. 그런데도 모두 변했다. 이 평평하게 깔린 모래밭, 이 둔덕과 이 자그마한 푸른 반점은 하나의 풍경을 이루는 것이 아니고, 하나의 무대를 이루었다. 아직은 비었지만 준비된 무대이다. 프레보를 본다. 그도 나와 함께 놀랐다. 그러나 그는 자기가 느끼는 것이 무엇인지를 아직 이해하지 못한다.

정녕코 무슨 일이 일어나려고 한다. 맹세코 사막이 웅성거린다. 정녕코 이 부채, 이 침묵은 별안간 장터의 웅성거림보다도 더 가슴을 설레게 한다.

우리는 살아났다. 모래에 발자취들이 있다!

아아! 우리는 사람이라는 것의 자취를 잃었고, 부족과 격리되어 있었고, 우리는 이 세상에 홀로 남았다. 그런데 모래에 박힌 사람의 기적적인 발자국을 발견한 것이다.

"프레보, 여기에서 두 사람이 작별했소."

"여기에서는 낙타가 무릎을 꿇었고."

"여기에서는……."

그러나 우리는 아직 구조된 것은 아니다. 우리가 기다리기만 하면 되는 것이 아니다. 몇 시간이 지나면 사람들이 우리를 구하지 못할 것이다. 갈증의 진행은 기침이 시작되기만 하면 걷잡을 수 없이 빠르다. 그런데 우리 목구멍은…….

그러나 사막 어디쯤에선가 흔들리고 있을 그 대상을 믿는다. 우리는 또 걸었고 그러다가 별안간 닭의 울음소리를 들었다. 기요메는 내게 이런 말을 했다.

"끝판에 가서는 안데스 산중에서 닭의 울음소리가 들리데그려. 기차 소리도 들리고……."

닭이 우는 소리를 듣는 그 순간에 그의 이야기가 떠오른다. 그래서 생각한다. 처음에는 내 눈이 나를 속였다. 이것은 갈증의 결과이다. 내 귀는 더 잘 견뎠다. 그러나 프레보가 내 팔을 붙들었다.

"들었습니까?"

"뭘?"

"그러면…… 그러면……."

"그러면, 이 바보야, 물론 사는 거지."

마지막으로 한 번 더 환각을 경험했다. 서로 쫓고 쫓기고 하는 개

172

세 마리를 보았다. 프레보도 바라보았지만 아무것도 보지 못했다. 그러나 우리는 둘이서 저 베두인 사람을 향해 팔을 벌린다. 우리는 둘이서 가슴의 모든 숨을 그를 향해 내뿜는다. 그리고 둘이서 좋아서 웃는다.

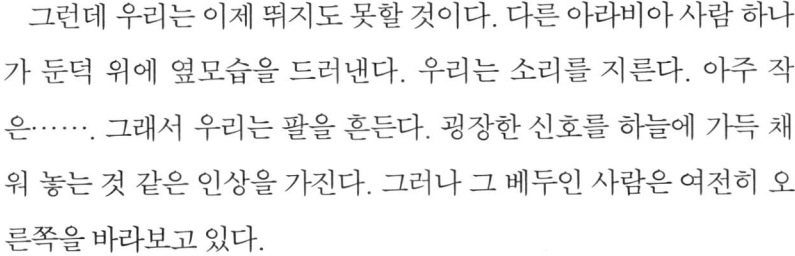

그러나 우리의 목소리는 삼백 미터에도 미치지 못한다. 우리의 성대는 이미 말랐다. 우리는 마음속으로 서로 말을 주고받았는데, 그것을 깨닫지도 못했다. 그러나 가려져 있던 둔덕에서 방금 자태를 나타낸 그 베두인 사람과 낙타는 느릿느릿 멀어져 가고 있지 않은가! 어쩌면 혼자인지도 모른다. 잔혹한 마귀가 그를 우리에게 보여 주고 다시 끌고 간다.

그런데 우리는 이제 뛰지도 못할 것이다. 다른 아라비아 사람 하나가 둔덕 위에 옆모습을 드러낸다. 우리는 소리를 지른다. 아주 작은······. 그래서 우리는 팔을 흔든다. 굉장한 신호를 하늘에 가득 채워 놓는 것 같은 인상을 가진다. 그러나 그 베두인 사람은 여전히 오른쪽을 바라보고 있다.

그러다가 천천히 사 분의 일 가량 몸을 돌리는 것이 아닌가! 그가 얼굴을 보이는 그 순간에 모든 것은 성취될 것이다. 그가 우리를 쫓으려고 바라보는 그 순간에 벌써 우리의 목마름과 죽음의 신기루는 지워질 것이다. 그가 사 분의 일쯤 몸을 돌리려 했을 뿐인데, 그것은 벌써 세상을 바꾸었다. 단지 상체를 움직임으로 다만 한 번 휘둘러봄으로써 그는 생명을 창조하고, 내게는 그것이 어떤 신처럼 보인다.

기적이다. 그는 신이 물 위를 걸어오듯 우리를 향해 모래 위를 걸어
온다.

아라비아 인은 우리를 그저 바라보기만 했다. 그는 손으로 우리의
어깨를 눌렀고, 우리는 그에게 복종했다. 우리는 누웠다. 여기에는
이미 종족도 언어도 차별도 없다. 천사와 같은 손을 우리 어깨에 얹
은 이 가난한 유목민이 있을 뿐이다.

우리는 이마를 모래에 박고 기다렸다. 그리고 지금은 배를 깔고 머
리를 냄비 속에 틀어박고 송아지처럼 물을 마신다. 베두인 사람은 그
것을 보고 눈이 휘둥그레진다. 그리고 우리를 자꾸만 막는다. 그러나
그가 우리를 놓기가 무섭게 우리는 다시 얼굴을 물에 틀어박는다.

물!

물, 너는 맛도 없고 빛깔도 향기도 없다. 너를 정의할 수도 없다. 너
는 우리가 알지 못한 채 맛보는 물건이다. 너는 생명에 필요한 것이
아니라 생명 그 자체이다. 너는 관능으로는 설명하지 못하는 쾌락을
우리 내부 깊이 사무치게 한다. 너와 더불어 우리 안에는 우리가 단
념했던 모든 권리가 다시 들어온다. 네 은혜로 우리 안에는 말라붙었
던 마음의 모든 샘들이 다시 솟아난다.

너는 세상에 있는 것 중에 가장 큰 재물이요, 땅 속에서 그렇게까지
순결한 너는 가장 섬세한 것이기도 하다. 사람은 마그네슘이 섞인 샘
위에 서서 죽을 수 있다. 짠물 호수를 지척에 두고 죽을 수도 있다. 약

간의 염분을 그대로 지닌 이슬 이 리터를 가지고도 죽을 수가 있다. 너는 혼합을 도무지 허용하지 않고, 너는 변질을 조금도 용납하지 않는다. 너는 성스러운 신성을 지녔다. 그리고 너는 우리 안에 무한히 단순한 행복을 부어 준다.

우리를 살려 준 리비아의 베두인 사람아, 그대는 내 기억에서 영원히 사라지고 말리라. 나는 그 사람의 얼굴을 영영 기억할 수가 없다. 그대는 '인간'이다. 그대는 모든 인간의 얼굴을 동시에 지니고 내 앞에 나타난다. 그대는 절대로 우리를 뚫어지게 바라보지 않고도 우리를 알아보았다. 그대는 지극히 사랑하는 형체이다. 그리고 이번에는 내가 모든 사람들 중에서 그대를 발견할 것이다.

그대는 내게 고귀한 친절에 둘러싸여 나타났다. 그대는 내게 물을 줄 수 있는 권리를 가진 대영주로 보였다. 내 모든 친구들과 내 모든 원수들이 그대를 통해 내게로 걸어온다. 그리고 내게는 이미 이 세상에 원수가 한 사람도 없다.

8. 인간

1

나는 또 한 번 모처럼 한 진리와 나란히 걸어가면서도 그것을 이해하지 못한 셈이다. 나는 파멸된 줄로 생각했고, 실망의 밑바닥을 짚은 줄로 믿었는데, 단념하기로 마음을 정하자 평화를 맛보았다. 그 시기에는 사람이 자기 자신을 발견하고 제 자신의 친구가 되는 듯하다.

우리는 이해하지 못하던 매우 긴요한 요구를, 우리 안에서 만족시켜 주는 감정을 이겨 낼 만한 것이 이제는 아무것도 있을 성싶지 않다. 바람을 따라 달리느라 기진맥진하던 보나푸가 이 평온을 맛보았으리라고 생각된다. 기요메도 그 눈 속에서 그랬으리라.

내가 머리까지 모래에 파묻히고, 갈증으로 천천히 목이 졸리면서 별 망토 밑에서 마음이 그다지도 뜨거웠던 일을 어떻게 잊을 수 있겠는가.

우리 안에서 이루어지는, 이러한 해방을 어떻게 도울 수 있을까? 사람 안의 모든 것이 역리적이라는 것은 잘 알려져 있다. 어떤 사람이 창작을 할 수 있도록 그의 생활을 보장해 주면 그는 잠이 들고, 승리를 거둔 정복자는 연약해지고, 관대한 사람이 재산을 많이 얻으면 수전노가 되고 만다. 정치 이념들이 어떤 종류의 사람들을 발전시킬지 알지 못한다면 그것들이 우리에게 무슨 중요성이 있겠는가? 누가 태어나겠는가? 우리는 풀밭에 놓인 가축들이 아니며, 가난한 파스칼의 출현은 이름 없는 몇몇 부자가 생기는 것보다 더 가치 있다.

긴요한 것은 우리가 미리 알지 못한다. 우리는 누구나 기대하지 않던 곳에서 가장 생생한 기쁨을 맛본 경험이 있다. 그 기쁨은 우리에게 절실한 향수를 남겨 놓아 우리의 비참함이 그것을 잊게 해주고, 또 그리워하게끔 한다. 우리는 누구나 동료를 다시 만났을 때 쓰라린 추억들의 환희를 맛보았다.

우리를 풍부하게 하는 미지의 조건들이 있다는 것 외에 우리가 아는 것이 무엇인가? 사람의 진리는 과연 어디에 깃들어 있는가?

진리는 증명되는 것이 아니다. 다른 땅이 아닌 이 땅에 오렌지 나무들이 든든히 뿌리를 뻗고 열매가 많이 열리면 이 땅이 바로 오렌지 나무들의 진리이다. 만일 이러저러한 다른 것 말고 종교, 문화, 가치 계급, 활동 형식이 사람 안에 충만감을 만들어 주는 데에 도움이 되고, 그의 안에 알려져 있지 않던 귀족을 놓아준다면, 그 가치 계급, 그 문화, 그 활동 형식은 바로 사람의 진리이다. 논리? 논리는 어떻게 해서

든지 생명에 대해 보고하라고 한다.

나는 이 책을 쓰는 중에 어떤 거역하지 못할 천직에 순종한 듯한 사람들, 다른 이들이 수도원을 선택한 것처럼 사막이나 항공로를 택한 사람들 중에서 몇 사람의 이야기를 썼다. 그러나 내가 그대들에게 우선 인간에 대해 감탄하도록 시켰다면 나는 내 목적을 배반한 것이 된다. 먼저 감탄할 만한 것은 우리의 기초가 된 터전이다.

천직이 어떤 구실을 한 것이다. 어떤 사람들은 가게에 틀어박혀 있다. 또 어떤 사람들은 필연적인 어떤 방향으로 뻐기며 길을 간다. 우리는 그들의 어릴 적의 내력에서 그들의 운명을 설명해 줄 충동의 싹을 발견할 것이다. 그러나 역사는 다음에 읽으면 착각을 일으킨다. 이 충동들을 우리는 거의 누구에게서나 발견한다. 우리는 누구나 어떤 난파나 화재가 일어난 밤에 그들 자신보다 더 위대하다는 점을 드러낸 가게의 주인들을 보았다. 그들은 자기네들의 충만한 재질을 의심하지 않는다. 그 화재는 언제나 그들 생애의 밤으로 영원히 남을 것이다. 그러나 새로운 기회가 없고, 유리한 터전이 없고, 까다롭게 구는 종교가 없어, 그들은 자신들의 위대함을 믿지 않고 다시 잠들었다. 물론 천직은 사람이 해방되는 것을 도와준다. 그러나 천직을 해방시키는 것 역시 필요하다.

비행하는 밤, 사막의 밤, 이런 것은 모든 사람들에게 주어지지 않는 드문 기회이다. 그러나 환경이 그들을 움직이기만 하면 그들은 모두 같은 필요를 드러낸다. 거기에 대해 내게 교훈을 준 에스파냐의 하룻

밤 이야기를 한다고 내가 다루는 문제에서 벗어나는 것은 아니다. 어떤 특정한 사람들에 대해 너무 많이 이야기했다. 그래서 모든 사람에 대해 이야기하고 싶어진다.

내가 특파원으로 방문했던 마드리드 전선에서였다. 나는 그날 저녁 방공호 속에서 어떤 젊은 대위와 식탁 앞에 앉아 저녁 식사를 하고 있었다.

<h1 style="text-align:center">2</h1>

우리가 이야기하고 있는데, 전화가 울렸다. 오랜 대화가 시작되었다. 그것은 사령부에서 명령을 통첩해 주는 국지 공격에 관한 것이다. 노동자들이 사는 교회에서 콘크리트 요새로 변한 몇몇 집을 없애야 한다는 절망적인 공격에 관한 것이었다. 대위는 어깨를 으쓱하고 우리한테로 다시 와서 말했다.

"우리 중에서 먼저 나갈 사람들은……"

그리고는 여기 있는 중사와 내게 코냑 두 잔을 밀어 놓았다.

"자네는 나하고 먼저 나가세. 마시고 나서 가게."

중사에게 말했다.

중사는 자러 갔다. 이 식탁에 둘러앉아 밤을 샐 우리는 열 명쯤 된다. 아무 불빛도 새어나가지 않는 잘 가려진 이 방은 광선이 너무 강해 눈을 깜빡일 지경이다. 나는 한 오 분 전에 총안으로 잠깐 내다보았다. 열린 곳을 가려 놓은 커튼을 들치고 바닷속 같은 빛을 퍼뜨리는, 별빛에 잠겨 있는 흉가들을 보았다. 커튼을 닫자 흐르는 기름 줄기 같은 달빛을 훔치는 것 같았다. 그리고 지금도 내 눈에는 회녹색 요새들의 모습이 생생하게 남아 있다.

그 병사들은 돌아오지 못할 것이다. 그러나 그들은 정숙하게 침묵을 지킨다. 그 돌격은 질서를 따른다. 사람을 준비해놓은 데에서 퍼낸다. 곳간에서 퍼내는 것이다. 파종하느라고 낟알을 한 줌 뿌리는 것이다.

그런데 우리는 제각기 코냑을 마신다. 내 오른편에서는 장기를 두고 있다. 왼편에서는 농담을 하고 있다. 나는 어디에 있는 것인가? 반취한 사람이 하나 들어온다. 그는 더부룩한 수염을 쓰다듬으며 우리를 정답게 둘러본다. 그의 눈길이 코냑을 더듬다가 돌려지고 다시 코냑 쪽으로 향해졌다간 대위 쪽으로 돌아서서 애걸한다. 대위는 조용히 웃는다. 그 사람도 희망이 생겨서 따라 웃는다. 보던 사람들도 따라서 가볍게 웃는다. 대위가 슬그머니 병을 뒤로 물리니 그 사람의 눈길은 실망하는 듯한 눈빛이 된다. 이렇게 해서 어린아이 장난 같은, 무언의 발레 같은 것이 시작되는데, 그것은 담배 연기와 뜬눈으로 새우는 밤의 피로와 임박한 공격의 영상을 통해 볼 때 꿈의 세계에 속한다.

밖에서는 바다 소리와 비슷한 폭발이 더 잦아지는데, 우리는 배의 선창에 틀어박혀 장난을 하고 있다.

이 사람들은 이제 곧 땀과 알코올과, 기다리느라고 지저분하게 끼었던 때를 전쟁하는 밤의 왕수로 말끔히 닦아 낼 것이다. 나는 그들이 미구에 깨끗하게 되리라는 것을 느낀다. 그러나 그들은 아직도 출수 있는 데까지 주정꾼과 술병의 춤을 추고 있다. 그들은 둘 수 있는 마지막 수까지 그 장기를 두고 있다. 하지만 선반 위에 버티고 있는 자명종을 맞추어 놓았다. 이 종은 오래지 않아 요란하게 울릴 것이다. 그러면 그들은 일어나 기지개를 켜며 혁대를 졸라 맬 것이다. 그러면 대위는 자신의 권총을 벗겨 찰 것이다. 그러면 주정꾼은 술에서 깰 것이다. 그러면 그들은 모두 서두르지 않으며, 달빛을 받아 파란 빛을 내는 구형으로 비스듬히 올라가는 그 복도를 지나갈 것이다. 그들은 "빌어먹을 놈의 공격……"이나 "어, 춥다!" 하는 따위의 간단한 말을 지껄일 것이다. 그러고는 그대로 사라질 것이다.

인간의 대지

시간이 되자 나는 중사가 잠이 깨는 것을 보았다. 그는 어수선한 지하실 속에서 쇠 침대에 누워 잤다. 그리고 나는 그가 자는 것을 들여다보았다. 나는 고민 없는, 몹시도 행복한 그 잠의 맛을 알 것 같았다. 그가 자는 것을 보니 리비아에서의 첫날, 프레보와 내가 물 없이 사막에 떨어져, 운명이 다해서도 너무 심한 갈증을 맛보기 전에 한 번, 꼭 한 번 두 시간을 잔 것이 기억에 떠올랐다. 나는 잠이 들면서, 현존하는 세상을 거부한다는 기묘한 권리를 행사하는 느낌을 가졌다. 아직은 나를 평안하게 내버려두는 육체의 소유자인 내게, 얼굴을 팔 속에 파묻고 나니, 그 밤과 행복한 밤과를 구별 지은 것은 이미 이 세상에 아무것도 없었다.

그처럼 중사는 공처럼 뭉쳐져 사람의 형상 같지도 않게 쉬었다. 그

181

리고 그를 깨우러 온 사람이 촛불을 켜서 병 아가리에 세워 놓았을 때에 나는 그 두루뭉수리의 무더기에서 처음에는 구두밖에 보이는 것이 아무것도 없었다. 못을 박고 징을 박은 무지하게 큰 구두, 날품팔이나 부두 노동자의 신발 같은 구두였다.

그 사람은 일 연장을 가지고 있었고, 그의 몸에 있는 것으로는 연장 아닌 것이 없었다. 탄약합, 권총, 가죽 멜빵, 혁대 따위. 그는 길마, 목걸이, 훈장 따위, 밭가는 말의 행장도 모두 지녔다. 모로코에서는 지하실 속에서 눈을 가린 말들이 연자매를 끄는 것을 보았다. 여기에서도 흔들리는 불그레한 촛불이 비치는 가운데 눈을 가린 말을 깨워 연자매를 끌게 한다.

"어, 중사!'

그는 아직 잠이 깨지 않은 얼굴을 하고서 무엇인지 중얼거리며 천천히 움직였다. 그러나 그는 잠을 깨려 하지 않고 벽으로 돌아누워, 마치 평안한 어머니의 뱃속에서처럼 깊은 잠에 다시 빠져 들어가며, 깊은 물속에서처럼 폈다. 오므렸다 하는, 주먹으로 무엇인지 모를 검은 해초를 붙들고 늘어졌다. 그의 손가락을 풀어 주어야만 했다. 우리는 그의 침대에 앉아서 우리 중의 한 사람이 그의 목 뒤로 살그머니 팔을 넣어서 싱긋 웃으며 그 무거운 머리를 쳐들었다. 그것은 마치 외양간의 기분 좋은 훈훈한 기운 속에서 목을 서로 비비는 말들의 열정과 같았다. '어! 전우!' 하는, 나는 생전에 이보다 더 정다운 것을 보지 못했다. 중사는 그의 행복한 꿈속으로 다시 들어가려고, 다이너마이트와 피로와 얼어붙은 밤의 우리의 세계를 거부하는 최후의 노력을 다했으나 때는 이미 늦었다. 외부로부터 불가피한 그 무엇이 덮쳐 왔다. 이처럼 일요일에, 학교 종소리가 벌을 받는 아이를 천천히 깨운다. 이 아이는 학교 책상과 칠판과 벌과를 잊고 있었다. 그는 벌판에서 장난하는 꿈을 꾸었으나 허사다. 종은 여전히 울려서 사람들의 불공평 속으로 그를 악착같이 다시 끌고 간다. 이 아이처럼 그 중사는 피로에 지친 육체, 그가 원하지 않는 육체, 잠을 깰 때 느끼는 추위 속에서 얼마 있지 않아 뼈마디의 쓰라린 아픔을 깨닫고, 장비의 무게와 그 무거운 달음박질과 죽음을 맛볼 그 육체를 차차 다시 의식했다. 죽음보다도 오히려, 몸을 다시 일으키기 위해 손을 적시는 끈적끈적한 그 피를, 그 힘든 호흡과 둘레에 깔려 있는 얼음을 알게 될 그 육체, 죽음보다도 오히려 죽는 불편을 맛볼 그 육체였다. 나는 그를 바라보면서 내 자신이 깨었을 때의 그 황량하던 광경, 다시 시작되는 갈증과 햇볕과 모래의 돌격, 생명과 내 마음대로 하지 못하는 꿈의 새로운 돌격을 여전히 생각했다. 그러나 중사는 일어나서 우리를 똑바로 바라본다.

"시간이 다 되었나?"

여기에서 인간이 나타난다. 여기서 인간은 논리의 예측에서 벗어나므로, 중사가 빙그레 웃었다. 대체 그것은 무슨 유혹이란 말인가? 어느 날 밤에 메르모즈와 내가 몇몇 친구들과 함께 파리에서 무슨 기념일을 지내고 나서 새벽에 어떤 바의 문 앞에 섰을 때, 우리가 그렇게도 떠들고 마음껏 마시며 피로하고 메스꺼웠던 일이 생각난다. 그러나 하늘이 벌써 훤해지자 메르모즈는 별안간 내 팔을, 그리고 손가락이 박힐 정도로 세게 붙들며 말했다.

"이봐, 이 시간에 다카르에서는……."

그것은 기관 수선공들이 눈을 비비며 프로펠러의 집을 벗기는 시간이었고, 조종사가 기상 관측을 물어 보는 시간이었고, 땅 위에는 동료들밖에 없는 시간이었다.

벌써 하늘이 물들면서 다른 사람들을 위한 축제를 준비하며 우리는 참여하지 못할 잔칫상의 상보를 폈다. 다른 이들은 또 그들의 위험을 무릅쓸 것이다.

"여기는 얼마나 더러우냔 말이야."

메르모즈는 말을 맺었다.

그런데 중사, 그대는 죽을 만큼 가치 있는 어떤 잔치에 초대를 받았더란 말인가?

나는 그대의 마음속 얘기를 벌써 들었다. 그대는 내게 그대의 내력을 이야기했다. 그대는 바르셀로나 어디에서 보잘것없는 회계원으로 있으면서, 전에는 그대 조국의 분열에 별로 머리를 쓰는 일 없이 숫자를 늘어놓았다. 그러나 한 동료가 군대에 나가고, 그 다음에 또 한 사람 그리고 또 한 사람, 그리하여 그대는 놀랍게도 어떤 야릇한 변화를 겪었다. 그대의 하는 일이 하찮은 것으로 여겨졌다. 그대의 쾌락, 걱정, 초라한 안락 따위, 그 모든 것이 다른 세대의 것이었다. 중요한 것은 거기에 있는 것이 아니었다. 마침내 그대의 동료들 중 한 사람이 말라가에서 죽었다는 소식이 왔다. 그대가 보복할 수 있는

친구가 문젯거리가 아니었다. 정치가 그대의 가슴을 설레게 한 일은
절대로 없었다. 그런데도 그 소식은 마치 바다의 세찬 바람처럼 그대
위를, 그대의 좁은 운명 위를 지나갔다. 그날 아침 한 동료가 그대를
바라보며 말했다.

"갈까?"

"가자."

그리하여 그대들은 갔다.

그대가 말로는 표현하지 못했으나 그 명백한 사실이 그대를 인도
해 준 이 진리를, 내게 설명해 줄 만한 몇 가지 비유가 내 머리에 떠올
랐다.

이동기에 들오리들이 지나갈 때면, 그들이 지나가는 지역에 이상
한 현상이 일어난다. 집오리들은 그 크나큰 삼각형 비상에 끌린 듯이
서투른 비약을 해본다. 오리들의 부르짖는 소리가 그들에게 무엇인
지 알 수 없는 야성의 흔적을 불러일으킨다. 그리하여 농가의 오리들
이 잠시 철새로 변한다. 그리고 웅덩이와 벌레와 오리집 같은 초라한
영상이 오가는 그 단단한 작은 머릿속에, 대륙의 넓은 들판과 넓은 바
닷바람의 맛과 해양 지리가 발달, 전개된다. 그들은 자신들의 뇌가
이런 기묘한 것들을 간직할 만큼 어지간히 넓다는 것은 몰랐다. 그러
나 지금은 날개를 펼치고, 낟알을 못 본 체하고, 들오리가 되고 싶어
한다.

그러나 내 머리에는 무엇보다도 내 영양들 생각이 떠올랐다. 나는
쥐비에서 영양들을 길렀다. 거기서 우리는 모두가 다 영양을 길렀다.

우리는 그놈들을 격자로 된 우리를 한데 넣어 두었다. 왜냐하면 영양들에게는 바람의 흐름이 있어야 하고, 그놈들만큼 연약한 것은 아무 것도 없기 때문이었다. 어려서 잡힌 영양들은 그래도 살며, 사람들 손에 쥐어진 풀을 먹기도 한다. 쓰다듬어 주어도 별일 없고, 그 촉촉한 콧잔등을 오므린 손바닥에 틀어박기도 한다. 그래서 사람들은 그들이 길이 든 줄로 생각한다. 사람들은 영양들을 소리 없이 찾아들게 하고 그들에게 가장 애처로운 죽음을 갖다 주는 미지의 고민을 그들에게서 멀리 쫓아 버렸다고 생각한다. 그러나 그들이 그 조그마한 뿔로 울타리를 사막 쪽으로 향해 밀고 있는 것을 발견한 날이 온다. 그들은 자력에 끌린다. 그들은 사람들을 피할 줄도 모른다. 그대가 갖다 주는 우유를 그들은 막 먹고 난 길이다. 그것들은 아직도 쓰다듬으면 가만히 있고, 그대의 손바닥에 콧등을 더 정답게 틀어박는다. 그러나 그들은 놓아주기도 무섭게 행복하게 조금 뛰노는 듯하다가, 이내 다시 격자 있는 데로 돌아가는 것을 발견한다. 그리고 그대가 손을 대지 않으면 거기 그대로 서서 울타리와 싸워 볼 생각조차 없이 그저 고개를 숙이고, 그 조그만 뿔로 죽을 때까지 울타리를 밀고 있다. 발정기가 되어 그런 것인가? 혹은 숨이 턱에 닿도록 단지 실컷 뛰놀고 싶어서 그런 것인가? 그들은 모른다. 그들이 그대에게 왔을 때에는 아직 눈도 뜨지 않았다. 그들은 사막 안에서의 자유나 수놈의 냄새는 조금도 모른다.

그러나 그대는 그들보다 훨씬 더 영리하다. 그대는 그들이 무엇을 찾는지를 안다. 그들을 완성시키는 것은 넓은 들판이다. 그들은 영양이 되어 그들의 춤을 추고 싶은 것이다. 시속 백삼십 킬로미터의 속력으로 일직선으로 달아나다가, 마치 이따금씩 모래에서 불꽃이 솟아오르는 듯이 별안간 껑충 뛰어오르고 싶은 것이다. 그것만이 그들에게 힘에 겨운 일을 해치우게 하고, 가장 높이 뛰어오르게 하는 공포를 맛보는 것이 영양들의 진리라면 재규어가 두렵겠는가! 뙤약볕 아래서 날카로운 발톱으로 배를 찢어발기는 것이 영양들의 진리라면 사자가 무슨 아랑곳이란 말인가! 그대는 그들을 들여다보며 곰곰이 생각한다. 그들의 향수에 걸렸다고. 향수란 무엇인가를 그리워하는 것이다. 그리워하는 대상물이 있기는 하다. 그러나 그것을 표현할 만한 말이 없다.

그런데 우리는 무엇이 그립단 말인가?

중사, 그대는 여기에서 그대의 운명을 배반하지 않을 감정을 그대에게 줄 만한 그 무엇을 발견할 것인가? 아마 그대의 잠든 머리를 쳐들게 해준 그 우애적인 팔이거나, 동정을 하지 않고 괴로움을 함께 하던 그 정다운 미소일지도 모른다. '이것 봐, 전우……' 하고 동정한다는 것은 아직도 둘이 있다. 아직도 따로 떨어져 있다. 그러나 우정에는 하나의 높이가 있어 거기에 이르면 감사나 동정도 의미가 없어진다. 거기에서 사람은 해방된 포로처럼 숨을 쉰다.

두 비행기가 한 쌍이 되어 아직 귀순하지 않은 리오데오로를 넘어갈 때에 우리는 이런 행동을 체험했다. 나는 일찍이 조난당한 사람이 구조원에게 감사해 하는 것을 들은 적이 없다. 그보다도 우리는 이 비행기에서 저 비행기로 우편 행낭을 옮겨 싣느라고 애쓰면서 욕설을 주고받았다.

　"망할 녀석! 내가 고장을 일으킨 건 네 탓이야. 바람을 잔뜩 안고 가면서 고도 이천 미터를 난다는 네 광증 때문이란 말이야! 네가 좀 더 고도를 낮추어 나를 따라왔다면 우리는 벌써 포르에티엔에 도착했을 거 아니야?"

　그러면 자신의 생명을 내맡기던 상대편은 망할 녀석이 된 것 때문에 부끄러워진다. 하기는 그에게 무엇을 감사하겠는가? 그도 역시 우리 생명에 권리가 있었다. 우리는 한 나무의 다른 가지에 지나지 않았다. 그리고 나는 구조하는 그대가 자랑스러웠다.

　중사, 그대에게 죽음을 예비시키는 그 사람이 무엇 때문에 그대를 동정했는가? 그대들은 서로 위험을 무릅썼다. 그 순간 사람들은 말이 필하지 않은 단결을 발견한다. 나는 그대의 출전을 이해했다. 그대가 바르셀로나에서 어쩌면 일이 끝난 뒤에도 외로이 불행한 처지에 있었다고 하더라도, 그대의 육체조차 안식처가 없었더라도 여기서는 그대를 완성시킨다는 감정을 느꼈고, 우주적인 것을 만났다. 파리아인 그대가 사랑에 의해 영접된 것이다.

　아마 그대를 충동시켰을지도 모르는 그 정치꾼들의 굉장한 말들이 진정이었는지 아닌지, 논리적이었는지 아닌지를 나는 알려고 하지 않는다. 씨앗들이 싹을 틔울 수 있는 것처럼 그 말들이 그대에게 영향을 주었다면, 그것은 그것들이 그대의 요구와 합치된 까닭이었으리라. 그대만이 홀로 심판관이다. 밀을 알아볼 수 있는 것은 땅이다.

3

우리 밖에 있는 공통된 어떤 목적으로 형제들과 연결됨으로써 비로소 우리는 숨을 쉬며, 사랑한다는 것은 둘이 서로 마주 들여다보는 것이 아니고, 함께 같은 방향을 바라보는 것임을 우리는 경험으로 안다. 그들이 서로 만나는 같은 산꼭대기를 향해 같은 밧줄로 결합되지 않으면 동료가 아니다. 그렇지 않다면 어찌해서 안락의 세기인 지금, 사막에서 마지막 음식을 나누는 지금 그렇게도 푸근한 기쁨을 맛보겠는가? 그에 대한 사회학자들의 예측이 무슨 가치가 있단 말인가? 우리 중에 사하라 사막 가운데에서 구조될 때의 그 큰 기쁨을 맛본 사람은 누구나 세상의 온갖 즐거움이 하찮은 것으로 생각할 것이다.

이래서 오늘의 세계가 우리 주위에서 몹시 떠들기 시작하는가 보다. 이 충만한 기쁨을 약속하는 종교를 위해 서로들 열광한다. 서로 모순된 말들을 가지고 우리는 모두가 같은 충동을 표시한다. 우리는 추리의 결과인 방법에 대해 의견을 달리하는 것일 뿐 목적에 대해 그런 것은 아니다. 목적은 다 같은 것이다.

그러니 이상하게 생각하지 마라. 자신 안에 잠들어 있는 미지를 짐작조차 하지 못하다가 희생과 상호 원조와 정의의 엄하고 혹독한 영상 때문에, 바르셀로나의 무정부주의자들의 지하실에서 오직 한 번 그것이 눈을 뜨는 것을 깨닫는 그 사람은 무정부주의자의 진리라는 한 가지 진리밖에는 알지 못할 것이다. 또 에스파냐의 수녀원에서 겁을 잔뜩 집어먹고 무릎을 꿇고 있는 어린 수녀들의 무리를 보호하기 위해 보초를 선 사람은 교회를 위해 죽을 것이다.

가슴속에 승리를 한 아름 안고 안데스 산맥의 칠레 쪽 비탈을 향해 빠져 들어가는 메르모즈에게, 그가 잘못한다고 상인의 편지 한 장에 목적을 걸 만한 가치는 없을 것이 아니냐고 그대가 타이른다면 그는 그대의 말을 우습게 생각할 것이다. 그가 안데스 산맥을 넘을 때에 그 안에 태어나던 인간, 그것이 그의 진리였기 때문이다.

전쟁을 거부하지 않는 사람에게 전쟁의 무서움을 납득시키고 싶다면 그를 야만인으로 취급하지 말고, 그를 판단하기 전에 먼저 그를 이해하기에 힘써라.

리프 전쟁 때에 불귀순 지구의 두 산 사이에 쐐기 모양으로 설치된 전초 진지를 지휘하던 남쪽 지구의 그 장교를 생각해 보라. 어느 날 저녁, 그는 서쪽 산 속에서 내려온 사람들을 대접했다. 으레 그랬듯이 그들이 차를 마시고 있는데 소총 사격이 일어났다. 동쪽 산지의 부족들이 진지를 공격했다. 싸우기 위해 그들을 내쫓은 대위에게 적의 그들은 대답했다.

"오늘은 우리가 그대의 손님이오. 하느님은 그대를 내버려두기를 허락하지 않소."

그리하여 그들은 대위가 거느리는 군인들과 힘을 합쳐 진지를 구해 주었다. 그러고는 독수리 집 같은 그들의 처소로 다시 기어 올라갔다.

그러나 이번에는 대위를 습격할 준비를 하는 전날, 그들은 사자들을 보냈다.

"저번 날 밤에 우리는 그대를 도왔다."

"그랬지."

"우리는 그대를 위해 삼백 발의 탄환을 소비했다."

"그랬지."

"그것을 우리에게 돌려주는 것이 옳을 텐데."

마음이 너그러운 대위는 그들의 고귀한 마음씨에서 얻을 이익을 착취하지는 못했다. 그를 쏘는 데 사용될 탄환들을 대위는 적들에게 돌려주었다.

그를 인간으로 만들어 주는 그것이 사람의 진리이다. 이 관계의 품격, 경기에 있어서의 그 정직, 생명을 내걸고 서로서로 인격을 존중해 주는 것을 체험한 그 사람이, 그에게 허용된 이 숭고함과 바로 이 그 아랍 인들의 어깨를 치며 우정을 표시하고 그 사람들의 마음을 기쁘게 해주기도 했다. 하지만 동시에 모욕도 했을 선동 정치가의 그 평범한 친절과 비교할 때, 그대가 그 외의 반대되는 이론을 가지고 있다면, 그대는 그대에 대해 다소간의 멸시 섞인 동정밖에는 느끼지 못할 것이다. 그 사람이야말로 옳은 생각을 지닌 것이다.

그러나 그대가 전쟁을 미워하는 것도 역시 옳은 생각이다.

사람과 그에게 필요한 것을 이해하고 그가 가지고 있는 본질적인 것에서 그를 알기 위해서는 그대의 진리들의 명백함을 서로 대립시키지 말아야 한다. 그렇다. 그대의 생각은 옳다. 그대들은 모두가 옳다. 논리는 모든 것을 증명한다. 이 세상의 모든 불행을 꼽추들에게 돌리는 사람까지도 옳다. 우리가 꼽추들에게 전쟁을 선포하면 이내 열광하는 것을 배울 것이다. 우리는 꼽추들의 죄악을 보복할 것이다. 물론 꼽추들 또한 죄악을 범한다.

이 본질적인 것을 끄집어내면 잠시 동안 분별을 잊어야 할 것이니, 이것을 인정하면 요지부동의 전 진리의 코란과 거기에서 흘러나오는 맹목적인 믿음이 따라온다. 사람들은 우익적인 사람과 좌익적인 사람, 꼽추들과 꼽추가 아닌 사람들, 파시스트와 민주주의자 따위로 분류할 수 있고, 이 구별은 비난할 수 없는 것들이다. 그러나 진리는 그대도 알다시피 세상을 간소화하는 것일 뿐, 혼돈을 일으키는 것은 아니다. 진리라는 것은 보편적인 것을 뽑아내는 언어이다. 뉴턴은 튀즈처럼 오랫동안 숨어있던 법칙을 '발견'한 것이 아니다. 뉴턴은 하나의 창조적인 실험을 행한 것이다. 그는 풀밭에 사과가 떨어지는 것과 해가 떠오른 것을 동시에 표시할 수 있는 인간의 언어를 처음으로 정한 것이다. 증명되는 그것이 진리가 아니라 간단하게 하는 그것이 진리이다.

여기서 이데올로기를 통한 논쟁이 무슨 소용이 있단 말인가? 모든 사실이 증명된다지만, 그것들은 모두가 대립되고, 이러한 논쟁은 인간의 구원에 대해 절망하게 한다. 그런데 우리 주위에서는 어디서든 인간이 같은 요구를 표시하고 있지 않은가.

우리는 구출되기를 원한다. 곡괭이질을 하는 사람은 자신이 하는 곡괭이질의 의미를 알고 싶어 한다. 그리고 도형수를 욕되게 하는 도형수의 곡괭이질은, 탐험가를 위대하게 만드는 탐험가의 곡괭이질과 같은 것이 아니다. 행위 속에 추함이 있는 것은 아니기 때문이다. 도형장은 의미가 없는 곡괭이질을 하는 그곳에, 그것을 하는 사람을 인간 단체와 연결시켜 주지 않는 곡괭이질을 하는 그곳에 있다.

그래서 우리는 도형장에서 탈출하기를 원한다.

지금 유럽에는 아무런 의미를 갖지 못해 갱생을 바라는 이억 명의 인간이 있다. 공업은 그들을 농사꾼으로서의 전통에서 떼어 내다가, 시커먼 열차들이 혼잡스럽게 들어찬 조차장과 같은 어마어마한, 지정된 거주 구역에 가두었다. 노동 도시의 그 밑바닥에서 그들은 다시 깨어나고 싶은 것이다. 모든 기계의 톱니바퀴들 틈에 끼여 개척자의 기쁨도, 종교적 기쁨도, 학자의 기쁨도 금지당하는 그런 사람들도 있다. 그들을 향상시키기 위해서는 그들을 먹이고 입히고, 그들의 모든 욕구를 채워 주기만 하면 되는 줄로 사람들은 생각했다. 그리하여 사람들은 그들 속에 쿠르틀린의 소시민, 시골의 사이비 정치가, 내적 생활에 취미를 잃은 기술자를 만들어 놓았다. 그들을 잘 교육시킨다지만, 그들에게 교양은 부어 주지 않았다. 교양이 공식을 외는 데 있다고 믿는 사람은 그것에 대해 보잘것없는 의견을 가지고 있다. 전문 학교의 강의를 듣는, 성적 나쁜 학생도 자연과 그 변칙에 대해서는 데카르트나 파스칼보다 많이 안다. 그러나 그 학생이 정신에 같은 보조를 취할 수 있겠는가?

인간의 대지

누구나 다소간 막연하게 새로 태어나고자 하는 욕망을 느낀다. 그러나 그들을 속이는 해결책이 있다. 물론 사람들에게 군복을 입혀서 그들의 원기를 북돋아 줄 수 있다. 그러면 그들은 군가를 부르며 전우들끼리 빵을 나누어 먹을 것이다. 그들은 그들이 찾던 것, 즉 보편적인 것의 맛을 발견한 셈이 된다. 그러나 그들이 받는 빵으로 그들은 죽을 것이다.

나무로 만든 우상을 땅에서 파낼 수도 있고, 그럭저럭 검사를 치른 묵은 신화를 부활시킬 수도 있으며, 범독일주의나 로마 제국이 신비주의자들을 부활시킬 수도 있다. 독일 사람들을 독일 사람이요, 베토벤의 동포라는 감격 속에 취하게 할 수 있다. 부두 하역부까지도 그와 같은 감격에 취하게 할 수 있다. 그것은 물론 부두 하역부에서 한 사람의 베토벤을 끌어내는 것보다 쉬운 일이다.

그러나 이러한 우상들은 사람을 잡아먹는 우상들이다. 지식의 진보나 병을 고치는 것을 위해 죽는 사람은 그가 죽음과 동시에 생명에 봉사한다. 영토를 넓히기 위해 죽는 것이 아름다운 일일지도 모른다. 그러나 오늘의 전쟁은 그것이 도와준다고 주장하는 바를 파괴한다. 오늘날에는 모든 민족을 살리기 위해 피를 희생시킨다는 것은 문제될 수 없다. 전쟁이 비행기와 이페리트 독가스로 처리되는 이상 그것은 하나의 피 흐르는 수술에 지나지 않는다. 저마다 시멘트벽으로 된 대피소에 몸을 의지하고, 저마다 어쩔 수 없이 밤마다 항공기 대를 내보내 상대의 오장육부를 폭격하고, 치명적인 중심지를 폭파하며, 생산과 교역을 마비시킨다. 승리는 맨 나중에 썩는 자에게 돌아간다.

그런데 양쪽 모두가 함께 썩는다.

황야가 된 세상에서 우리는 목이 마르게 동료들을 찾았다. 전우들과 함께 나눈 빵으로 인해 우리는 전쟁의 가치를 인정했다. 그러나 우리는 전쟁이 있어야만 같은 목적을 향해 달릴 때, 옆 사람들의 어깨의 온기를 찾을 수 있는 것은 아니다. 전쟁은 우리를 속인다. 증오는 달음박질하는 흥분 외에 아무것도 보태 주지 못한다.

인간의 대지

무엇 때문에 우리는 서로 미워한단 말인가? 우리는 같은 지구를 탄 같은 배의 선원으로 연대 책임이 있는 자들이다. 그리고 새로운 종합을 돕기 위해 여러 가지 문명이 대립되는 것은 좋지만, 그것들이 서로 잡아먹는 다는 것은 지극히 추한 일이다.

우리는 구원되기 위해 서로서로 연결시키도록 서로 도와주면 되므로, 이왕이면 우리 모두를 단결시키는 거기에서 구원을 찾는 것이 좋지 않겠는가? 진찰하는 의사는 그가 진찰하는 사람의 호소를 듣는 것이 아니고, 그 사람을 거쳐 인간의 병을 고치려고 한다. 의사는 보편성 있는 언어를 말한다. 원자와 성운을 동시에 이해하는, 거의 신비롭다고 할 만한 그 방정식을 물리학자가 연구할 때에도 마찬가지이다. 그리고 순박한 목동에 이르기까지도 이와 같다. 왜냐하면 별 아래에서 겸손하게 양 몇 마리를 지키는 그 사람이 만일 자신의 책임을 의식한다면, 자신이 하나의 하인 이상임을 발견한다. 그는 보초이다. 그리고 보초는 저마다 나라 전체에 대해 책임이 있다.

그 목동이 의식을 가지기를 원하지 않는 줄로 그대는 생각하는가? 나는 마드리드 전선에서, 참호로부터 오백 미터 떨어진 언덕 조그마한 돌담 뒤에 자리 잡은 학교를 가 본 일이 있다. 한 병사가 거기서 식물학을 가르쳤다. 자기 손으로 개양귀비의 연약한 기관들을 해부하며, 이 병사는 수염이 난 순례자들을 끌었다. 이들은 그들을 둘러싸고 있는 진흙탕에서 벗어나, 포탄을 무릅쓰고 떼를 지어 그에게로 올라왔다. 병사들은 빙 둘러싸고 책상다리를 하고 주먹으로 턱을 괴고는 그가 하는 말을 들었다. 그들은 눈살을 찌푸리고 이를 악물었다. 그들은 별로 알아듣지 못했다. 그러나 그들은 들었다.

"당신들은 짐승들이오. 당신들은 짐승 굴에서 겨우 나온 거요. 인간이 되어야 합니다."

그래서 그들은 인간을 찾으려고 무거운 발길을 재촉했다.

아주 하찮은 것일지라도 우리의 구실을 의식하는 때라야 우리는 행복할 것이다. 그때에야 우리는 평화롭게 살고 평화롭게 죽을 것이다. 왜냐하면 삶에 의의를 주는 것은 죽음에도 뜻을 부여하기 때문이다.

죽음은 그것이 사물의 질서를 따라갈 때에는 몹시도 아늑하다. 프로방스의 늙은 농부가 그의 통치 기간이 차서, 염소와 감람나무 몫을 그의 아들들에게 맡겨, 이 아들들이 또 그 아들의 아들들에게 물려주게 될 때에 이 죽음은 몹시 아늑한 것이다. 농가의 혈통에서는 사람이 완전히 죽지는 않는다. 각 생명은 꼬투리처럼 차례로 터져서 씨를 내놓는다.

나는 세 농부가 그들 어머니의 임종을 맞는 것을 바로 곁에서 바라본 일이 있다. 그것은 물론 비통한 일이었다. 두 번째로 그들의 탯줄이 끊어진 것이다. 두 번째 매듭이 풀린 것이었으니, 그것은 이쪽 세대와 저쪽 세대를 잇는 매듭이었다. 그 세 아들은 이제 고독해져, 모든 것을 새로 배우고 명절날 함께 모인 가정의 식탁이 없어지고, 그들이 서로 만나던 극점이 없어진 사실을 깨달았다. 그러나 그 절단에서 나는 생명이 두 번째로 부여될 수 있다는 것도 발견했다. 그 아들들 역시 줄 위 선두에 서서 모임의 중심지와 할아버지가 되었다가, 때가 오면 마당에서 놀던 한배의 자식들에게 지휘권을 넘겨 줄 것이다.

나는 그 어머니, 화평하고 굳은 얼굴에 입술을 꽉 다물고 있는 그 늙은 농사꾼 부인, 석가면으로 변한 그의 얼굴을 들여다보았다. 그리고 거기에서 아들들의 얼굴을 알아보았다. 그것은 아들들의 얼굴을 박아 주는 데에 소용되었다. 그 육체는 그들의 육체들, 그 아름다운 인간의 표본을 찍어내는 데에 소용되었다. 그리고 지금은 단절되고, 마치 과실의 깎인 껍질인 양 쉬었다. 아들과 딸들도 그들의 차례가 오면, 그들의 살로 선대가 했듯이 자식들을 찍어 놓을 것이다. 농가에서는 사람들이 죽는 것이 아니다. 어머니가 돌아가셨다. 어머니 만세다.

그 가는 길에 백발의 아름다운 유물을 하나하나 내던지며, 그녀의 변신을 통해 어떤 진리인가를 향해 나아가는 혈통의 그 상징이 비통하기는 하다. 하지만 몹시도 순박하다. 그렇기 때문에 그날 저녁 자그마한 시골 동네의, 죽음을 알리는 종소리는 절망이 아니라, 조심스럽게 다정한 희열을 지닌 것처럼 들렸다. 장례식과 영세를 같은 목소리로 알려주던 그 종은 다시 한 번 한 세대에서 다른 세대로 옮겨가는 것을 알려주었다.

그리하여 한 가엾은 늙은 여인과 대지와의 약혼식을 찬양하는 것을 듣는 데에서 사람들은 크나큰 평화만을 느낀다.

나무가 자라듯이 서서히 이렇게 대대로 넘겨주는 것은 생명이며 인식이기도 했다. 얼마나 신비로운 승화인가! 녹아 내리는 용암에서, 별의 반죽에서, 싹이 돋는 산 세포에서 우리는 기적적으로 나왔다. 그리고 차차 가요를 쓰고 은하수를 달아 보는 데에까지 올라온 것이다.

어머니는 생명을 넘겨준 것이 아니라, 아들들에게 가르쳐 온 말을 여러 세기를 두고 그렇게도 느리게 쌓아올린 봇짐을, 그녀가 맡은 정신적 유산을, 뉴턴이나 셰익스피어를, 굴속에 사는 짐승들과 구분시키는 차이를 이루는 전통의 개념과 신화의 조그마한 몫을 그들에게 맡겼던 것이다.

배고플 때 에스파냐의 병사들에게 사격을 무릅쓰고 식물학 공부를 하러 가게 한 그 시장기, 메르모즈를 남아메리카로 가게 한 그 시장기, 다른 사람으로 하여금 시를 짓게 한 그 시장기를 느낄 때에 우리가 깨닫는 것은, 천지개벽이 아직 완성되지 않았다는 것이고, 우리는 우리 자신과 우주에 대해 인식해야 한다는 것이다. 우리는 밤중에 징검다리를 놓아야 한다. 이기적이라고 생각하는 무관심을 자신들의 지혜로 삼는 자들은 이것을 모른다. 그러나 모든 것이 이 지혜를 부정한다. 동료들이여! 나의 동료들이여, 나는 그대들을 증인으로 세운다. 우리는 언제 행복을 느꼈는가?

4

　자, 이제 나는 이 책의 마지막 페이지에서 우리가 운수 좋게 지명되어 사람으로 탈피할 준비를 하던 날 새벽에, 맨 처음 우편기를 조종하던 날 새벽에 우리를 배웅해 준 그 늙은 관리들을 기억에 떠올린다. 그렇지만 그들도 우리와 같은 사람들이었다. 다만 시장하다는 것을 알지 못한다.

　잠을 자게 내버려둔 사람들이 너무도 많다.

　몇 해 전에 먼 기차 여행을 하는 동안에 나는 사흘 동안을 갇혀, 사흘 동안 바닷물에 밀려다니는 조약돌 같은 소리의 포로가 되었던 움직이는 고향을 구경하고자 일어났다. 나는 새벽 한 시경에 열차를 끝에서 끝까지 걸었다. 침대차는 비어 있었다. 일등 찻간도 비어 있었다.

　그러나 삼등 찻간에는 프랑스에서 해임되어 폴란드로 돌아가는 폴란드 노동자들이 수백 명 타고 있었다. 그래서 나는 사람들을 넘어가며 복도를 걸어갔다. 나는 발을 멈추고 둘러보았다. 철야등 밑에 서서 나는 큰 방 같기도 하고, 병영과 경찰서의 냄새를 풍기는, 칸막이 없는 그 객차 안에서 혼잡한 특급 열차의 동요로 흔들리는 많은 민중을 보았다. 그들은 악몽에 파묻혀 그들의 곤궁을 다시 찾아가는 많은 민중을 보았다. 그들은 악몽에 파묻혀 그들의 곤궁을 다시 찾아가는 많은 국민이었다. 박박 깎은 큰 머리들이 나무 걸상 위에서 이리저리 뒹굴었다. 남자, 여자, 어린아이 할 것 없이 모두 그들의 망각 속에서 그들을 위협하는 그 모든 소음과 그 모든 요동에 공격당하는 것처럼 좌우로 몸을 뒤챘다. 그들은 안면의 대접도 얻지 못했다.

이제 그들은 인간의 자격을 반쯤 잃었는데, 그들이 내게는 전에 폴란드 광부들의 창문틀에서 본 일이 있는, 제라늄 화분이 셋 놓이고 손바닥만 한 정원이 달린 노르 지방의 작은 집에서 굴려 나와, 경제적 조류에 밀려 유럽의 이 끝에서 저 끝까지 쫓겨 가는 것처럼 느껴졌다. 그들은 엉성하게 비끄러매어 비죽비죽 속이 터져 나오는 짐작에 부엌세간과 담요와 커튼만을 끌어 모았다. 그러나 그들은 소중히 하고 아꼈던 것, 프랑스에서 사, 오 년 머무르는 동안 길들였던 고양이며 개며 제라늄을 모두 희생시키고 부엌 세간만을 가지고 떠나가는 것이다.

한 어린아이가 몹시 피곤해서 잠이 든 듯한 엄마의 젖을 빨았다. 그 여행의 부조리와 무질서 속에서 생명이 옮겨졌다. 나는 어린아이의 아버지를 보았다. 돌처럼 무겁고 반들반들한 머리였다. 작업복 속에 갇혀 꼬부리고 불편한 잠을 자는 울퉁불퉁한 몸뚱이었다. 그 사람은 진흙 덩어리와 같았다. 밤중에 이제는 형체조차 없는 유실물들이 흔히 이렇게 시장의 나무 벤치 위에 무겁게 놓여 있다. 그래서 나는 생각했다. 문제는 이 곤궁, 이 불결, 이 추한 것에 있는 것이 아니라고.

그러나 이 남자와 여자는 어느 날 서로 알게 되어 남자는 여인에게 아마 미소를 던졌으리라. 남자는 일이 끝난 뒤에 여인에게 꽃을 갖다주었으리라. 수줍고 어색해서 그는 푸대접을 받을까 겁을 먹었는지도 모른다.

그러나 여인은 그녀의 천성인 아양을 떠는 것으로 자신의 매력에 자신감을 가지고 즐겨 그를 불안하게 했는지도 모른다. 그리하여 지금에는 땅을 파거나 망치질하는 기계에 지나지 않게 된 이 남자는 마음속에 감미로운 고민을 느꼈으리라. 신비로운 것은 그들이 이런 진흙 덩어리가 되고 말았다는 것이다. 그들이 어떤 지독한 거푸집을 거쳐 나오고, 판박이 기계에서처럼 그 거푸집에서 박혀져 나왔단 말인가! 짐승은 늙어도 그 얌전한 모습을 그대로 지니고 있다. 그런데 어째서 그 아름다운 인간의 진흙은 망가진단 말인가!

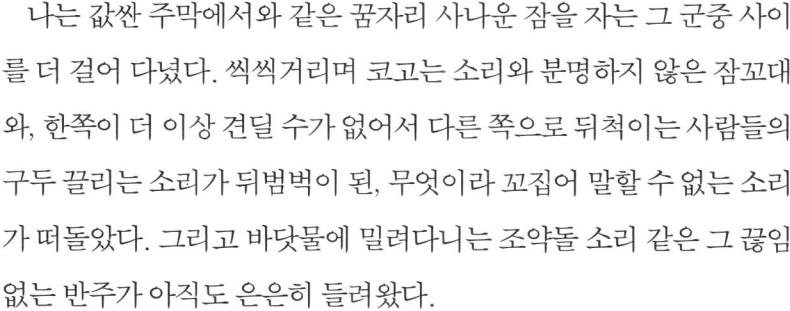

나는 값싼 주막에서와 같은 꿈자리 사나운 잠을 자는 그 군중 사이를 더 걸어 다녔다. 씩씩거리며 코고는 소리와 분명하지 않은 잠꼬대와, 한쪽이 더 이상 견딜 수가 없어서 다른 쪽으로 뒤척이는 사람들의 구두 끌리는 소리가 뒤범벅이 된, 무엇이라 꼬집어 말할 수 없는 소리가 떠돌았다. 그리고 바닷물에 밀려다니는 조약돌 소리 같은 그 끊임없는 반주가 아직도 은은히 들려왔다.

나는 어떤 부부 맞은편에 앉았다. 그들 사이에 어린아이가 오목한 자리를 하나 겨우 만들어서 자고 있다. 그러나 자다가 몸을 돌리는 바람에 어린아이의 얼굴이 철야등 밑의 내 눈앞에 드러났다. 아, 얼마나 귀여운 얼굴이냐! 그들 부부에게서 황금 과실이 나온 것이다.

인간의 대지

그 둔중한 옷 속에서 아담하고 매력 있는 그 열매가 온 것이다. 나는 그 빛나는 이마와 귀엽게 쑥 내민 입술을 가까이 들여다보며 생각했다. 이것은 음악가의 얼굴이다. 어린 모차르트다. 이것은 생명의 아름다운 약속이다. 동화에 나오는 어린 왕자들도 그와 다를 바 없다. 보호해 주고, 위해 주고, 발전시키면 이 아이도 무엇인들 되지 못하랴! 돌연변이로 정원에 새 품종의 장미가 나면 모든 정원사들이 감격하지 않는가? 그리고 장미를 따로 옮겨 심어서 정성껏 가꾸어 준다. 그러나 사람들을 위한 정원사는 없다. 어린 모차르트도 다른 어린이들과 마찬가지로 판 찍는 기계에 찍히고 말 것이다. 모차르트는 야비한 음악의 악취 속에서 썩은 음악을 가지고 최고의 기쁨으로 삼을 것이다.

모차르트는 소용없게 되었다.

이리하여 나는 내 객차로 돌아왔다.

나는 생각했다. 이 사람들은 자신들의 처지를 별로 고통스럽게 생각하지 않는다. 그러므로 지금 나를 괴롭히는 것은 자선이 아니다. 영원히 다시 터지고 터지는 상처를 애처롭게 생각하는 것은 문제가 아니다.

그 상처를 가진 사람들은 그것을 깨닫지 못한다. 여기에서 상처를 입고 침해당한 것은 개인이 아니라 인류이다.

나는 동정을 믿지 않는다. 나를 괴롭히는 것은 정원사의 견해이다. 나를 괴롭히는 것은 게으름에 습관이 되는 것과 불안정함도 결국 습관이 되는, 이 비참함이 아니다. 동방 사람들은 대대로 비천함 속에 살고 있으면서 그것을 즐거움으로 안다. 나를 괴롭히는 것은 국민의 무료 급식으로도 고칠 수 없는 그 무엇이다. 나를 괴롭히는 것은 그 울퉁불퉁한 몸뚱이도 그 누추함도 아니고, 다만 그 한 사람, 한 사람 안에서 모차르트가 살해당한다는 사실이다.

'정신'의 바람이 진흙 위로 불어야만 비로소 '인간'은 창조된다.

인
간
의

대
지

203

독후감 길라잡이

1926년, 생텍쥐페리는 '라테코에르'라는 항공 회사에 입사해 풋내기 조종사가 됩니다. 훈련 기간에 생텍쥐페리와 그의 동료들은 비행에 대한 선배들의 경험담을 듣고는 알지도 못하는 에스파냐의 산을 두려워하며 그날그날을 보냅니다. 어느 날, 드디어 생텍쥐페리에게도 첫 비행의 기회가 오게 되었습니다. 그의 행선지는 에스파냐였고, 그래서 그는 이미 에스파냐 우편 비행의 경험이 있던 동료 '기요메'에게 에스파냐의 지리에 대한 조언을 구했습니다. 기요메로부터 듣는 에스파냐는 학교에서 배우던 에스파냐와는 달랐습니다. 그는 에스파냐에 대해 가르쳐 주는 것이 아니라, 에스파냐를 생텍쥐페리의 친구로 만들어 주었습니다. 그는 비행사들에게는 거대한 도시보다도, 착륙장에 튀어나오게 심어져 있던 세 그루의 오렌지 나무와 바퀴를 미끄러트리는 실개천이 중요하다는 것을 알려 주었습니다. 또한 에스파냐 농업의 유통 구조보다 로르카 고지대 근처에 사는 '비행 사고를 자주 목격하고 비행사를 도와주는 농가'가 더 중요하다는 것을 깨닫게 해 주었습니다. 이처럼 기요메는 생텍쥐페리에게 지리학자들은 절대로 알 수 없는 에스파냐의 진실, 비행의 진실을 깨닫게 해 주었습니다.

시간이 지나면서, 생텍쥐페리는 차츰 비행 경력을 쌓아서 능숙한 조종사가 되어 갑니다. 그에 따라 여러 가지 일들을 목격하고 경험했습니다. 그 속에서 생텍쥐페리는 비행이라는 체험이 물질적 이익보다 더 가치 있는 일이며, 덧없이 늙어 가는 인생의 궤적 속에서 진정으로 살아 있음을 느끼게 해 주는 것이라고 생각하게 됩니다. 특히 야간 비행 중에 바라보는 무수한 별들과 검은 밤하늘의 고요함 속에서 생텍쥐페리는 자신의 삶을 자신의 손으로 비행한다는 주체적인 확신을 얻었습니다. 이는 생텍쥐페리에게 그 무엇과도 바꿀 수 없는 깨달음이 되었습니다.

생텍쥐페리는 동료들의 삶을 보고 들으면서도 많은 생각했습니다. 그는 라테코에르 항공사의 비행로 개척 초기 당시, 신항로 개척의 영웅이었습니다. 그는 남아메리카의 안데스 산맥 위를 비행하다 추락의 위험을 겪기도 하였고, 위험하지만 비행로 개척을 위해선 필수적이었던 야간 비행에 도전하여 신항로를 개척하기도 했습니다. 또한 그 위대한 업적을 이룬 뒤에도 대서양 횡단까지 시도하다가 휘발유가 떨어져 바다 위에서 표류하던 중에 구조되기도 하였습니다. 이렇게 산맥과 사막, 밤과 바다를 가리지 않고 종횡무진하며 비행로를 개척한 그는 어느 날 남대서양 횡단 중 마지막 메시지를 보낸 뒤, 종적을 감춥니다.

또 다른 동료 기요메 역시 생텍쥐페리에게 많은 영향을 준 인물 중, 하나였습니다. 생텍쥐페리는 앞서 말씀드린 이전의 첫 비행에서도 기요메에게 조언을 얻기도 했었지요. 그만큼 그는 생텍쥐페리에게 있어 중요한 동료이자, 선배였던 것입니다. 그런데 어느 날, 생텍쥐페리는 기요메가 안데스 산맥을 횡단하다가 실종되었다는 소식을 듣게 되었습니다. 거대한 안데스 산맥의 산악지대와, 폭풍 같은 바람은 사람들이 구조대를 편성하는 것조차 허락하지 않았습니다. 결국 생텍쥐페리는 몇 명의 동료와 함께 탐색해 보았지만 별다른 성과를 얻을 수 없었지요. 그런데 놀랍게도 기요메는 '걸어서' 그 눈보라 속을 뚫고 돌아왔습니다. 그는 죽음에 대한 굴복의 유혹과 절망감을 이겨 내고, 자신의 책임을 다하기 위해서 돌아온 것입니다. 돌아온 기요메가 최초로 한 말은 다음과 같았습니다.

"내가 한 행동은 맹세코, 그 어떤 짐승도 일찍이 해 본 적이 없을 거야."

그의 말에서 생텍쥐페리는 인간의 진정한 존엄성과 자부심, 참다운 용기와 책임감을 발견합니다.

생텍쥐페리 자신 역시 정말 많은 일들을 겪었습니다. 항복하지 않은 무어족 사람들이 있는 지역의 해변에 떨어져 시간을 보내며 위험을 경계했던 적도 있었고, 노예인 바르크 영감을 자유인으로 해방시켜 주기도 하였습니다. 또한 리비아 사하라 사막에 불시착한 뒤, 다시 돌아오기까지 죽음을 눈앞에 두었던 일도 있었습니다. 이처럼 수많은 경험담을 회상하며 생텍쥐페리는 그 경험담 속의 인물들의 가치관과 사고를 이야기합니다. 그러면서 인간의 삶이란 어떤 것이며 어떠해야 하는지에 대해 성토했습니다. 마지막 페이지에 이르러서는 그는 "'정신'의 바람이 진흙 위를 불어야만 비로소 '인간'은 창조된다."고 말 하면서 이야기를 마칩니다. 그의 비행 인생의 깨달음을 응축시킨 그 한마디는, 인간의 주체적인 연대와 세계에 대한 책임과 행동을 촉구하는 작가의 외침과도 같은 것이었죠.

❷ 작품 분석하기

▌주제 ▌

생텍쥐페리의《인간의 대지》는 자전적 소설입니다. 그렇기에 여러 가지 내용을 다루고 있어 책의 모든 내용을 단 한 가지 주제에 담아내기는 어렵습니다. 하지만 비행의 경험을 옮겨 적은 이 자전적 소설에는 각 장을 불문하고 전체 장에서 드러나고 있는 깨달음이 있습니다. 그것은 다시 말해, 생텍쥐페리의 인생의 깨달음인 것이겠지요. 바로 자기 초월적 모험을 통해 이루어지는 완성을 추구하는 것이 바로 '인간이다.'라는 것입니다.

독후감 길라잡이

▌시점 ▌

대부분 자전적 소설의 시점을 따라, 생텍쥐페리의《인간의 대지》역시 1인칭 주인공 시점과 1인칭 관찰자 시점이 혼용되어 쓰였습니다.

▌시간적 배경 ▌

1914년부터 1918년까지 있었던 제1차 세계대전 후에 1920년대의 유럽 세계는 자국의 이익만을 배타적으로 획책하려고 하던 제국주의의 시대에서 벗어나지 못하고 있었습니다. 유럽 세계는 주변 미개발 지역을 정복과 귀순의 관점으로 바라보았고, 미개발 지역의 토착 세력은 거대문명의 조류에 총기로 저항하고 있었습니다. 1922년에는 인근 국가인 이탈리아에서 무솔리니가 집권하고 '파시즘' 체제도 형성되었을 정도로 전쟁의 위험이 곳곳에 도사리고 있었습니다. 미국 주도로 국제 연맹이 창설되기도 하였지만, 정작 미국은 참여하지 않아 국제 사회는 바람 앞의 등불처럼 위태로운 상황이었습니다. 또한 산업화와 개발의 논리 아래 자연은 인간의 도구로만 여겨져 수많은 아름다운 자연이 훼손되었습니다. 제1차 세계대전 도중 군수 산업의 발전으로 전투기 등 비행 분야가 크게 성장했는데, 당시는 이런 비행기를 전투 병기에서 산업 운송 수단으로 사용하기 시작하던 때였습니다.

▮ 공간적 배경 ▮

직업이 비행사인 만큼,《인간의 대지》에 나타나는 공간적 배경은 아주 많습니다. 리비아 사막, 별이 쏟아질 듯 많은 밤하늘, 험준한 안데스 산맥, 지중해 등등 유럽 전역 그리고 특별히 프랑스가 이 소설의 공간적 배경입니다.

❸ 등장인물 알기

▮ 생텍쥐페리 ▮ 책의 주인공이자 저자입니다. 우편 비행기 조종사이며 서정적이고 사색적인 사람입니다. 동료를 존경할 줄 알며, 그 자신 스스로도 비행사 일을 하며 많은 우여곡절을 겪은 사람입니다. 진정으로 가치 있는 것, 직업상의 사명감, 타인에 대한 배려와 책임 등에 대해 명상하며 전쟁의 무의미함과 인간의 상호 연대를 역설하

는 인물입니다.

▎기요메▎ 생텍쥐페리의 동료이자, 훌륭한 조언자입니다. 그는 생텍쥐페리에게 지리학자도 모르는 비행의 지리학을 가르쳐 주었습니다. 또한 험준한 안데스 산맥의 눈보라 속에서 우편배달과 생에 대한 의지를 발휘하여 걸어 돌아온 위대한 생존자이기도 합니다.

▎메르모스▎ 생텍쥐페리가 입사해 있는 비행사 '라테코에르'사의 영웅적인 비행사입니다. 회사 초기의 우편 비행 경로 개척을 위해 세계의 방방곡곡을 비행하며 그 길을 개척한 인물입니다. 메르모스는 비단 생텍쥐페리 뿐 아니라 당대 비행사들의 우상이었으며, 훌륭한 역할 모델이었습니다. 그는 남대서양 횡단 중에 마지막 메시지를 남기고 이 세상에서 모습을 감추었습니다.

❹ 작가 들여다보기

앙투안 드 생텍쥐페리는 1900년 6월 29일, 프랑스 제3의 도시 리용에서 태어났습니다. 그는 리용 근처의 생 모리스 드 레망에서 그의 유년시절을 보냈습니다. 이후 1914년 9월, 생텍쥐페리는 빌프랑슈 쉬르 소온 시의 몽그레 중학교에 들어갔습니다. 1917년 대학 입학 자격시험에 합격한 후, 보쉬에 고등학교와 생루이 고등학교에서 해군사관학교 입학시험을 준비하였습니다. 그러나 그는 구술시험에서 낙방을 하였고, 뒤에 미술학교 건축과에 들어가서 15개월 동안을 공부하였습니다. 미술학교 건축학도로서의 경험은 이후, 그가 《어린 왕자》의 삽화를 직접 그릴 때에 영향을 미친 것으로 볼 수 있습니다.

생텍쥐페리는 그 후 군에 입대하였고, 그가 소속된 곳은 스트라스부르의 제2전투기 연대였습니다. 처음에는 수리 공장에 배속되었다가 나중에는 조종사가 되었습니다. 이렇게 함으로써 생텍쥐페리는 어려서부터 가졌던 꿈인 비행사의 길로 자연스럽게 접어들게 되었습니다. 그러다가 그는 사관생도로서 모로코의 카사블랑카에 파견을 받게 되었습니다. 그곳에서 그는 1922년까지 머물렀으며, 제33비행연대 전투 비행단에 소위로 복무했습니다.

군 제대 후에 생텍쥐페리는 회사원이 되었습니다. 그러나 기회가 있을 때마다 비행기 조종간을 잡고 비행을 하였습니다. 한편 생텍쥐페리는 어려서부터 가진 또 하나의 꿈인 작가의 길을 걷기 시작하여 1925년에 《르나비르 다르장》지에 〈비행사〉라는 짤막한 중편 소설을 발표하였습니다.

1926년 10월에는 '에어 프랑스'의 전신인 라테코에르 항공회사에 입사했습니다. 그곳에서 생텍쥐페리는 《야간 비행》의 주인공 리비에르로 알려진 디디에 도라를 알게 되었습니다. 그리고 1927년 봄에는 바세르, 메르모즈, 에스티엔, 기요메, 레크리뱅 등 그의 작품에 자주 출현하는 동료들과 함께 툴루즈에서 카사블랑카까지, 그리고 다카르에서 카사블랑카까지의 우편 비행을 맡았습니다.

이후 생텍쥐페리는 쥐비의 간이 비행장에 책임자로 18개월 동안 근무했습니다. 그는 근무하는 틈틈이 《남방 우편기》를 집필하였고, 1928년 귀국하였을 때에 《남방 우편기》를 출판하였습니다.

1929년 5월, 생텍쥐페리는 아르헨티나 우편 항공회사의 영업주임으로 임명되었습니다. 1930년 9월에는 그의 소중한 동료 기요메가 22회째 안데스 산맥의 횡단 비행을 하다가 폭풍과 눈보라에 갇혀 소식이 끊겼습니다. 그러자 생텍쥐페리와 델레는 5일간 수색 활동을 벌였지만 기요메의 흔적을 찾지 못했습니다. 그런데 놀랍게도 모두가 죽었다고 생각했지만 기요메가 닷새 동안 걸어서 살아 돌아온 기적과 같은 일이 있었습니다.

또한 생텍쥐페리는 이 시기에 《야간 비행》을 집필하였는데, 이 소설의 가장 중요한 인물은 리비에르, 즉 그 모델이 되는 '디디에 도라'였습니다.

1931년, 우편 항공회사 라테코에르의 복잡한 회사 사정으로 인해 디디에 도라가 영업 부장 자리를 떠났습니다. 그리고 생텍쥐페리는 그 해에 두 번째 작품인 《야간 비행》을 발표하였습니다. 이 작품은 그 해 12월에 페미나 문학상을 받았으며, 이 작품 덕분으로 생텍쥐페리는 작가로서 공인된 반열에 오르게 되었습니다.

1935년 5월에는 《파리 수아르》지의 특파원으로 모스크바에 다녀왔습니다. 같은 해 12월에 파리에서 사이공 간 연락 비행을 시도하여 이전에 세운 자피의 기록을 깨뜨리기로 결정한 생텍쥐페리는 이집트를 향하여 출발했습니다. 그러나 카이로에 도착하기 약 200킬로미터

앞에서 사막에 추락하고 말았습니다. 생텍쥐페리와 기관사 프레보는 닷새 동안을 걸어 목이 말라 죽기 직전, 베두인 대상에게 발견되어 구조되었습니다. 이 사건은 《인간의 대지》에 자세히 기술되어 인간의 굳센 의지력과, 투철한 책임감을 보여주고 있습니다.

1937년 9월에 생텍쥐페리는 자신의 시문기(機)로 뉴욕에서 테르드 퐈 간 장거리 비행에 대한 공군성의 허가를 얻었습니다. 이후 그는 뉴욕으로 건너가서 과테말라에 도착하였다가 다시 이륙할 때에 추락을 하였고, 그로인해 중상을 입게 되었습니다. 별수 없이 그는 뉴욕으로 돌아가 요양을 했습니다. 요양을 마치고 귀국할 때에 몇 해 동안 조종사로 일하는 틈틈이 써놓은 원고를 가지고 왔는데, 이후 이 원고가 생텍쥐페리의 《인간의 대지》가 되었습니다. 《인간의 대지》는 1939년 6월에 출판되었습니다. 같은 해 6월 《인간의 대지》는 《바람과 모래와 별들》이라는 제목으로 미국에서 출판되었으며 그 달의 양서로 선정되었습니다.

그리고 프랑스에서는 이 책이 1939년도 아카데미 프랑세즈 소설 대상을 수상했습니다. 1940년, 그는 2의 33 정찰 비행단 소속 중에 소중한 동료인 기요메가 추락 전사하였다는 소식을 들었습니다. 이에 그는 다시 대서양을 건너 뉴욕에 가서 프랑스를 위한 미국의 원조를 호소하는 운동을 전개하였습니다. 이 시기에도 생텍쥐페리는 작품 집필을 계속하였는데, 이리하여 1942년 2월 생텍쥐페리는 《전시 조종사》의 영문판인 《아라스 전선 비행》을 출판하였고, 뉴욕에서는 《어떤 볼모에 부치는 편지》와 유명한 동화 필체의 작품인 《어린 왕자》를 출간했습니다.

1943년 8월에는 알지에로 돌아가 조그만 방에서 지내며 제트기의 비행 원리를 연구하기도 했으며, 동시에 《성채》의 원고를 집필하기 시작했습니다.

1944년, 그는 2의 33 정찰 비행단에 복귀하여 그로노블에서 안시까지 마지막 출격의 허락을 받아 떠났지만, 영영 돌아오지 못하고 말았습니다. 독일군 정찰기에 의하여 그가 탄 비행기가 격추되었으리라는 의견이 지배적인데, 이렇게 하여 생텍쥐페리는 44세라는 나이로 일찍 세상을 떠나고 말았습니다.

자, 그러면 작가 연보를 살펴볼까요?

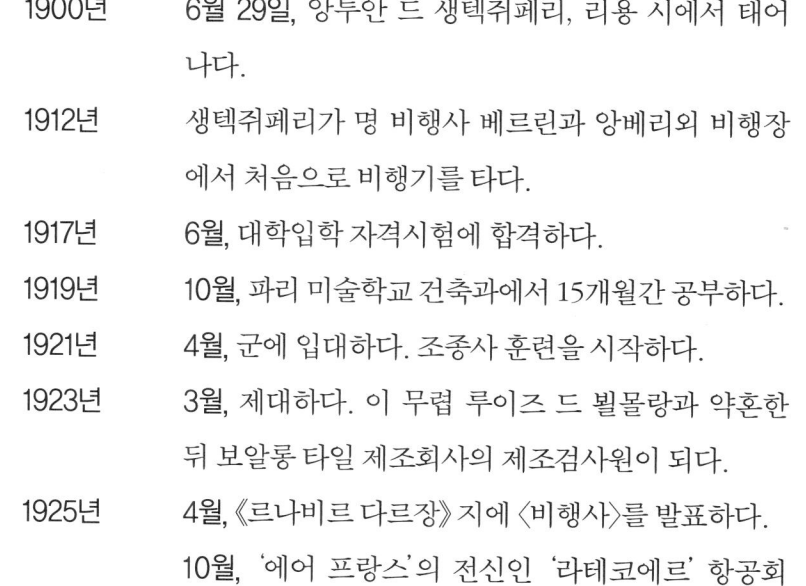

1900년	6월 29일, 앙투안 드 생텍쥐페리, 리옹 시에서 태어나다.
1912년	생텍쥐페리가 명 비행사 베르린과 앙베리외 비행장에서 처음으로 비행기를 타다.
1917년	6월, 대학입학 자격시험에 합격하다.
1919년	10월, 파리 미술학교 건축과에서 15개월간 공부하다.
1921년	4월, 군에 입대하다. 조종사 훈련을 시작하다.
1923년	3월, 제대하다. 이 무렵 루이즈 드 빌몰랑과 약혼한 뒤 보알롱 타일 제조회사의 제조검사원이 되다.
1925년	4월, 《르나비르 다르장》지에 〈비행사〉를 발표하다. 10월, '에어 프랑스'의 전신인 '라테코에르' 항공회

사에 입사한다.

1927년	봄, 톨루즈에서 블랑카로, 그리고 카사블랑카에서 다카르 정기 우편 담당 비행사로 종사하다. 이 시기《남방 우편기》를 쓰기 시작하다.
1928년	《남방 우편기》가 앙드레 부크렐의 서문을 붙여 간행되다.
1931년	3월, 콘수엘로와 결혼하다.
	12월,《야간 비행》간행으로 페미나상을 수상하다.
1935년	5월,《파리 수아르》지 특파원으로 모스크바에 취재차 파견되다.
	12월, 파리에서 사이공 간의 비행 기록 갱신 비행 도중에 기관 사고로 리비아 사막에 불시착하여 5일 동안 사경을 헤매던 끝에 베두인 대상에게 구조되다.
1937년	4월,《파리 수아르》지 특파원으로 스페인의 내란 사태를 취재하다.
1938년	2월, 과테말라에서 추락 사고를 일으켜 뉴욕으로 돌아와 요양하다. 여기 머물면서《인간의 대지》를 완성하다.
1939년	4월,《인간의 대지》로 아카데미 프랑세즈에서 소설 대상을 수상하다. 제2차 세계대전 발발로 2의 33 정찰비행대에 소속되어 알지에로 파견되다.
1940년	3~6월, 각종 작전에 출격하면서 5월에는 아라스 상

공의 정찰 임무를 수행하다. 《성채》의 원고를 쓰다.

1941년	되돌아온 아내 콘수엘로와 함께 미국으로 가다. 뉴욕에 정주하면서 《전시 조종사》를 쓰다.
1942년	2월, 뉴욕의 프랑스 협회 출판부에서 《전시 조종사》가 《아라스 전선 비행》이란 영역판으로 간행되다. 같은 해 프랑스에서도 나왔으나 독일 점령군 당국으로부터 발매 금지 처분을 받다.
1943년	2월, 《어느 볼모에게 부치는 편지》를 뉴욕에서 간행한 데 이어 4월에는 《어린 왕자》를 간행하다.
1944년	5월, 프랑스 본토 고공 사진 정찰 비행을 수행하다. 7월, 마지막 출격 차 코르시카 섬 보르고 기지를 떠났으나 그로노블에서 안시 방면에서 끝내 돌아오지 않다.
1949년	유고 《성채》가 갈리마르 사에서 간행되다.

독후감 길라잡이

❺ 시대와 연관 짓기

생텍쥐페리는 행동주의 문학 시대에 활동한 작가입니다. 행동주의 문학은 1925~1930년 무렵에 프랑스에 나타난 행동을 중시하는 경향의 문학, 또는 적극적인 사회 참여 작가들의 문학을 일컫습니다. '행동주의 문학'이라는 용어는 평론가 R. 페르낭데스가 이러한 작가들의 문학을 악쇼니즘(actionisme)이라고 한 데서 비롯되었습니다.

그러나 문학사조로서의 명확한 정의가 주어진 용어는 아니고 몇몇 작가들에게서 보이는 공통된 특징을 의미하는 데에 그 요점이 있습니다. 그 당시에는 문학작품은 대개 중류계급의 안온한 생활을 배경으로 인간의 내면세계를 묘사한 것이 주류를 이루었습니다. 그런데 행동주의 문학은 이러한 문학에 반대하고 모험적이고 행동적인 점을 강조했다는 점에서 그 요점이 있는 것이지요.

시대적으로는 행동주의 문학가들은 대개 제1차 세계대전 후 잇따른 경제공황과 나치의 집권, 파리 폭동 및 좌우 정치 세력 충돌의 격동적 시대흐름 속에서 문학 활동을 했습니다. 그들은 당대의 문학가로서 시대 속에 감춰진 위기를 의식하고 근원적 고독과 부조리에 맞서서 모험에 몸을 던져 새로운 윤리를 모색하려고 하였던 것이지요. 이들은 〈죽음이 엄숙하게 지배 하는 세계〉에 뛰어들어 행동의 명상을 통해 자기 극복에 의한 정신 단련을 목표로 하였습니다.

행동주의 문학의 대표 작가로는 앙드레 말로·앙투안 드 생텍쥐페리·앙리 드 몽테를랑 등이 있습니다. 말로는 중국혁명과 에스파냐 내전 경험을 바탕으로 《정복자》(1928), 《인간의 조건》(1933), 《희망》(1937) 등을 썼고, 생텍쥐페리는 비행사라는 위험하고 모험적인 직업을 통하여 《야간비행》(1928), 《싸우는 조종사》(1942), 《인간의 대지》(1939) 등을 썼다. 또한 몽테를랑은 소설 《아침의 교대》(1920), 《독신자》, 《젊은 처녀들》, 극작 《산티아고의 성 기사단장》(1947) 등을 썼다.

❻작품 토론하기

> 《인간의 대지》의 생텍쥐페리가 말하고자 하는 바는 "오직 '정신'만이 진흙에 숨결을 불어넣어 '인간'을 창조할 수 있다."라는 책의 마지막 문장으로 나타낼 수 있습니다. 이 마지막 문장의 의미는 무엇이고, 생텍쥐페리가 그러한 깨달음을 얻게 된 경위는 무엇인가요? 토론해 보도록 합시다.

➡ 책을 읽다 보면 생텍쥐페리의 사색이 주로 비행 중에 이루어진다는 것을 알 수 있습니다. 일반적으로 사람들의 사색은 활동적이고 긴장된 순간보다는 조용하고 침착한 가운데에 이루어지는 것 같은데, 생텍쥐페리는 그 반대의 경우인 것이죠. 그렇기 때문에 생텍쥐페리는 탁상공론 같은 거짓 진리가 아니라 실제 삶 속에서, 그것도 '움직이는 삶' 속에서 살아 숨 쉬는 것의 진리를 얻을 수 있었습니다. 그것은 경전의 종교가 아니라, 성인의 기도 같은 종류의 것일 것입니다.

생텍쥐페리가 《인간의 대지》에서 사색하는 장면은 대개 하늘 위에서 이루어지는데, 이 점도 생텍쥐페리가 깨달음을 얻게 되는 과정에서 빼놓을 수 없다고 생각합니다. 그는 하늘 위에서 세상을 바라보며 사색을 했습니다. 하늘 위에서는 사람들이 작아 보이고, 전체적인 움직임으로만 보이게 되죠. 그리고 땅에서보다는 아주 많은 사람들을 볼 수 있으며, 각 문화와 삶의 '전체'를 보게 됩니다. 어떤 사람의 문화와 삶의 '일부'를 본다는 것은 그들을 '오해'할 가능성이 높아진다는 것이지만, '전체'를 본다는 것은 '이해'할 가능성이 높아진다는 것이겠죠. 덕분에 생텍쥐페리는 하늘 아래서 굽어보는 마음으로 사람들을 보는 눈을 가질 수 있었고, 이것은 마치 아버지의 마음 같은 것이었을 것입니다. 그렇다면 밑에 있는 사람들은 자신의 가족 같았을 것이고, 그 말은 달리 말해 온 세계의 사람들이 모두 형제라는 것이겠지요. 즉, 모두가 인간적인 유대감을 지녀야 한다는 것을 깨닫게 된 것입니다.

➡ 또한, 지상에서 세상을 바라볼 때는 산이나 다른 장애물 때문에 다른 문화, 다른 사람들은 보이지 않게 되는 경우가 종종 있습니다. 그런데 하늘에서 보면 모든 것을 볼 수 있게 되죠. 그렇게 멀리서 바라보면, 사람들은 모두 분리되어 있는 것이 아니라 복잡한 관계로 연결이 되어 있으며, 내가 한 행동이 다른 사람에게 필연적인 영향을 미친다는 것을 깨닫게 됩니다. 이는 곧 상호적인 책임감을 갖아야 한다는 것으로 연결됩니다.

❼ 독후감 예시하기

생텍쥐페리의 《인간의 대지》를 읽으면서도 날고 싶다는 생각을 계속 했습니다. 생텍쥐페리처럼 비행사가 되고 싶은 것은 아니지만, 저도 저 높은 하늘에서 이 세상을 한번 통째로 바라봐 보고 싶습니다. 그렇게 하면 지금 제가 느끼고 있는 온갖 고민들, 저를 기계처럼 생각하게 되는 세계로부터 안녕을 고할 수 있을까요? 저는 제 삶의 주인이고 싶습니다.

생텍쥐페리가 이 소설을 쓴 시기는 제1차 세계대전이 발발한 후라고 들었습니다. 그때는 아마 전쟁 물품을 공급하기 위해서 많은 사람들이 기계처럼 부려졌고, 그 안에서 인간성은 점차 상실되어 갔을 것입니다. 사람들은 점차 서로를 이용할 대상으로, 혹은 적으로 대했을 것 같습니다. 게다가 이내 발발한 세계 대공황은 사람들에게 숨 돌릴 틈도 주지 않고 고통과 불신이 사회에 팽배하도록 만들었을 것입니다.

그래서인지 저는 세계의 현실 아래에서 행동적이고 모험적인 비행사들의 이야기를 그린 생텍쥐페리의 《인간의 대지》가 참 인상 깊었습니다. 험준한 안데스 산맥에서, 폭풍과 눈보라가 몰아치는 아래에 구조대원들도 구조를 포기한 상황에서 놀랍게도 닷새를 걷고 걸어 동료들의 앞에 모습을 나타낸 기요메. 위험을 무릅쓰고 세계를 종횡무진 날아다니며 비행 우편의 새 항로를 연 우편 비행사 메르모즈. 리비아 사막에서 불시착하고 오랜 시간을 물조차 마시지 못한 죽음의 위협 앞에서도 삶을 포기하지 않고 걸어 구조된 생텍쥐페리의 모습을 보면서 사람이 무엇을 추구하면서 살아야 하는지에 대한 깨달음을 얻을 수 있었습니다.

책의 마지막에 생텍쥐페리는 "오직 '정신'만이 진흙에 숨결을 불어넣어 '인간'을 창조할 수 있다.”라고 하였습니다. 세상에 어떤 일이 일어나더라도 사람은 사람으로 살아야 합니다. 우리는 이기심이나 본능 때문에 살아가고 있는 것은 아닙니다. 이 책을 읽으면서 오랫동안 감정적인 무기력함 때문에 잊고 있었던 '사람의 가치'를 다시 찾을 수 있어서 정말 좋았습니다. 이제는 공부를 하든, 운동을 하든, 무엇을 하든 간에 기계가 아닌 사람으로서 하려고 노력해야겠습니다.

독후감 제대로 쓰기

❶ 책을 읽기 전에

우리는 책을 통해서 지식을 쌓고 학문을 연마하게 됩니다. 또한 교양을 얻고 수양을 쌓게 되지요. 그리하여 즐겁고 보람 있는 생활을 할 수 있는 것입니다. 이러한 습관이 지속된다면 이것이 곧 나의 생활 자체가 되고, 책을 읽는 시간이 얼마나 가치 있고 즐거운 시간인지 깨닫게 될 것입니다.

독후감을 쓰기 위해서는 책을 읽어야 함은 말할 것도 없습니다. 그러나 아무 책이나 읽는다고 다 좋은 것은 아닙니다. 특히 중학생은 아직 양서를 구별할 만한 충분한 지식을 갖추지 못했기 때문에 선생님 혹은 부모님, 그리고 선배들이 권하는 책이나, 이미 국내적으로나 세계적으로 잘 알려진 명작이나 명저를 찾아 읽는 것이 바른 방법이라고 볼 수 있습니다. 예컨대 사회적으로 존경받을 만한 사람들의 일대기를 그린 위인전이나 자서전 같은 것은 읽을 가치가 있으며, 명시 모음집이나 명작 소설, 특정한 분야의 관찰기, 평론집 같은 것도 좋은 읽을거리가 될 수 있습니다.

그럼 효율적인 독서를 위해서 유의해야 할 점을 알아볼까요?

첫째, 본문을 읽기 전에 책의 앞부분에 있는 머리말이나 해설하는 글을 먼저 정독합니다. 그러면 책을 쓰게 된 동기나 평가 등에 대하여 잘 알 수 있게 되죠.

둘째, 목차를 잘 살펴봅니다. 목차에서 그 책의 내용이 어떻게 전개될 것인가에 대해 미리 파악할 수 있기 때문입니다.

셋째, 본문을 읽기 시작하면, 그 중에 잘 모르는 단어나 문구가 나오기 마련입니다. 그런 것은 곧 사전을 찾아 뜻을 알아두어야 합니다. 그런 것을 무시했다가는 자칫 전체를 이해하지 못하는 오류를 범할 수 있거든요.

넷째, 각 문단별로 소주제가 무엇인지를 파악하고, 그 줄거리를 요약하는 습관을 길러야 합니다. 특히 필자가 표현하려는 것과 그 뒷받침되는 내용이 무엇인지 알아내는 것이 필수겠지요.

다섯째, 글의 배경은 무엇인지, 앞뒤 맥락이 어떻게 이어지고 있는지를 잘 생각하면서 읽어야 합니다. 그리고 소설일 경우에는 주인공과 등장인물들의 성격이나 특성을 파악해야 하지요.

여섯째, 다 읽은 다음에는 줄거리를 만들어 보고, 전체적인 주제가 무엇인지 정리하는 작업도 필요합니다.

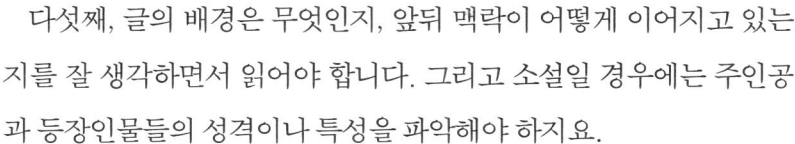

❷ 책을 감상하는 방법

책을 읽을 때는 내용을 진지하게 파고들어 가며 읽어야 합니다. 즉 자기의 현재 생활과 비교해 가며 생각의 폭과 사고를 넓히는 것이 중요하답니다. 그리고 작품의 문체·제목·주제·논제 등도 염두에 두고 읽으면 독후감을 쓰기가 좀더 수월해집니다.

그리고 저자가 강조하고 있는 내용과 사건들이 현재 우리 사회에 어떤 의미를 가지고 있으며 어떻게 발전시켜 나가야 할 것인가를 생각하며 읽습니다. 더불어 저자가 작품에서 강조하려고 하는 것이 무

독후감 제대로 쓰기

엇인가를 파악하며 읽을 필요가 있습니다. 그렇다고 굉장한 부담을 느끼면서 책을 읽을 필요는 없습니다. 책 읽는 것 자체를 즐긴다면 그리 깊게 생각하지 않아도 작가가 말하려는 바를 깨닫게 될 테니까요.

그렇다면 각 문학 장르에 따라 어떤 점에 유념하여 책을 읽어야 하는지 알아볼까요?

▌소설▐ 작품의 주제를 파악하고 작중 인물의 성격과 배경을 생각하며 주인공이 어떻게 변화되어 가고 있는가를 염두에 두고 읽습니다. 자신의 생각이나 현실과 결부시켜 보는 것도 재미를 배가시켜 줄 거예요.

▌시▐ 선입견 없이 그대로 느낌을 받아들이며 읽습니다.

▌희곡▐ 무대 상연을 전제로 하여 쓰여진 것이기 때문에 시간적·공간적 제약을 받는다는 것을 염두에 두어야 합니다.

▌역사 소설▐ 인물·사건 등을 작가가 상상력에 의존하여 구성한 글로서, 항상 계몽사상이나 민족의식 고취 등 어떤 목적이 들어 있는지를 파악하며 읽어야 합니다.

▌역사▐ 역사는 역사 소설과는 구분지어야 합니다. 이것은 정확한 기록으로 글쓴이의 주관적 해석이 들어 있을 수 없으며, 시간의 흐름에 따라 사건을 나열한 것임을 생각해야 합니다.

▌수필▐ 지은이의 인생관이 들어 있습니다. 심리적 부담감이 적으므로 편안한 마음으로 읽을 수 있습니다.

▌전기문▐ 인물의 정신, 자취, 시대적 배경과 사회적 환경을 먼저

파악해야 합니다.

‖ 과학 도서 ‖   미지의 세계에 대한 탐구심, 합리적 사고력 배양, 지식과 정보의 입수, 창의력을 기르는 데 도움이 되므로 평소 이에 대한 흥미를 갖는 것이 중요합니다.

❸ 독후감이란 무엇인가?

독후감은 말 그대로 어떤 글이나 책을 읽고, 그에 대한 느낌이나 생각을 쓰는 것입니다. 좋은 책을 읽고 그것을 정리해 두지 않는다면 곧 그 내용을 잊어버려, 독서를 한 만큼의 가치를 얻지 못할 수도 있으니까요. 그러므로 한 권의 책을 읽으면 곧 그 책의 내용을 정리하고, 느낌이나 생각을 적어 두는 것이 좋습니다.

독후감은 느낌이나 생각을 거짓 없이 써야 하나, 그렇다고 아무렇게나 써도 되는 것은 아닙니다. 즉 독후감도 글이므로 수필의 형식으로 쓰든, 논술의 형식으로 쓰든, 정확하게 읽고 주제와 내용에 맞게 써야 함은 물론이죠. 아무리 좋은 글이나 책이라도, 잘못 읽어 실제와 맞지 않는 생각이나 느낌을 쓰면 좋은 독후감이라고 할 수 없거든요. 그러므로 좋은 독후감을 쓰려면 독서를 잘해야 한다는 것이 전제됩니다. 독서를 잘하는 방법은 따로 있는 게 아니라, 그저 많이 읽다 보면 요령이 생기고, 이해도 쉽게 되며, 능률도 오르게 되는 것입니다.

❹ 독후감은 왜 쓰는가?

독후감을 쓰는 목적은 독후감을 작성함으로써 독서하는 능력이 향상되고 글 쓰는 훈련을 할 수 있기 때문입니다. 그러므로 독후감을 쓰기 위해 책을 읽으면 보다 깊은 생각을 하면서 책을 읽게 됩니다. 또한 책을 통해 생활을 반성하며, 책에서 얻은 지식과 감명을 음미하여 자기 생활에 적용시킬 수 있습니다. 문장력과 논리적 사고가 향상되는 것은 물론이고요! 그럼 독후감을 왜 쓰는지 다음과 같이 정리해 볼까요?

1 읽은 책의 내용을 되살려 다시 음미해 볼 수 있습니다.

2 감동을 간직하고 책 읽는 보람을 얻을 수 있습니다.

3 책을 통해 지식을 심화시킬 수 있습니다.

4 책을 통해 자신의 문제를 연관지어 볼 수 있습니다.

5 글을 써 봄으로 해서 생각을 깊이 있게 할 수 있습니다.

6 독서 목표를 확실히 할 수 있습니다.

7 작품에 대한 비판력과 변별력을 기를 수 있습니다.

8 생각을 조리 있게 쓸 수 있는 작문력을 향상시켜 줍니다.

9 사고력과 논리력, 추리력을 기를 수 있습니다.

10 바르게 책을 읽는 습관을 형성할 수 있습니다.

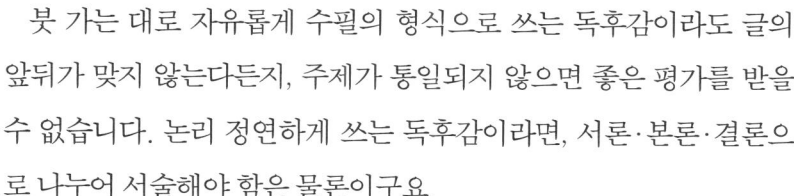

❺ 독후감을 쓰기 전에 생각하기

독후감은 수필의 형식이든 논술의 형식으로든 쓸 수 있다고 했는데, 사실 이 둘의 차이는 모호합니다. 다만, 수필이 자유롭게 붓 가는 대로 쓰는 것이라면 논술은 논리 정연하게 쓴다는 점이 다르다고 할 수 있습니다.

붓 가는 대로 자유롭게 수필의 형식으로 쓰는 독후감이라도 글의 앞뒤가 맞지 않는다든지, 주제가 통일되지 않으면 좋은 평가를 받을 수 없습니다. 논리 정연하게 쓰는 독후감이라면, 서론·본론·결론으로 나누어 서술해야 함은 물론이구요.

서론에 해당되는 부분에서는 그 책에 대한 소개나 쓴 사람의 생애, 또는 특기할 만한 일화 같은 것을 적는 것이 일반적입니다.

본론에 해당하는 부분에서는 그 책을 읽고 특별히 다루려는 내용을 체계적이고 구체적으로 써야 합니다.

결론에서는 본론에서 다룬 내용을 요약하거나, 자신이 읽은 후의 감상, 그 책의 좋은 점, 나쁜 점 등을 들어서 마무리를 해야 합니다.

독후감은 짧게 쓰는 것이 상례이므로, 작품 전체를 거론하기보다는 특정한 주제를 잡아서 쓰는 것이 좋습니다. 보편적으로 다룰 수 있는 몇 가지 주제를 제시해 보면 다음과 같습니다.

첫째, 작가의 의식이나 주인공의 언행, 성격과 연관지어 주제를 구현시키는 방법입니다. 문학 작품이라면 주제가 애정이나 애국, 의리나 배반일 수 있으므로 이러한 점에 초점을 두고 써야겠지요. 또한

독후감 제대로 쓰기

229

과학에 관계된 것이라면, 그 발명의 의의나 연구자의 노력과 관련시켜 서술해야 하겠지요.

둘째, 저자의 이념이나 생애, 업적에 관심을 두고 쓰는 방법입니다.

그 작품을 통하여 알 수 있는 저자의 철학이나 사상 또는 저자가 그 작품을 남기기까지의 역경이나 작품을 쓰게 된 동기, 작품의 가치나 다른 작품에 미친 영향 등 작품과 연관시켜 쓰는 것이지요.

셋째, 작품의 내용을 중심으로 기술합니다

예컨대, 작품 속 주인공의 성격을 분석하거나 다른 사람과 비교해 볼 수도 있고, 그 작품의 사건이나 시대적 배경을 논의하거나, 작품의 구성 같은 것에 초점을 두고 이야기할 수도 있습니다.

이와 같이 작품을 읽기 전에 먼저 어떤 점에 중점을 두고 독후감을 쓸 것인가를 염두에 둔다면, 그렇지 않은 경우보다 훨씬 이해가 쉽고, 나중에 독후감을 쓰는 데도 도움이 될 것입니다.

❻ 독후감의 여러 가지 유형

1. 처음에 결론부터 쓴 다음 왜 그러한 결론이 도출되었는지 감상을 자세하게 쓰거나, 감상을 먼저 쓰고 결론을 씁니다.
2. 책을 읽게 된 동기부터 설명하고 글 중간에 자기의 감상을 씁니다.
3. 저자나 친구에 대한 편지 형식으로 감상을 쓰거나 주인공에게 대화 형식으로 씁니다.

4. 시(詩)의 형태로 감상문을 씁니다.

5. 대화문(對話文) 형식으로 씁니다.

6. 줄거리부터 요약한 다음 자기의 느낌이나 생각을 씁니다.

❼ 독후감을 구체적으로 쓰는 방법

어렵게 쓰겠다는 생각은 하지 말고 쉽게 써야겠다는 마음가짐을 가져야 좋은 글이 나올 수 있습니다. 그리고 무엇보다 감상문을 쓰기 전에 무엇을 어떻게 쓸까 조목별로 골자를 먼저 쓰고, 이 골자에 살을 붙이는 방법으로 쓰려고 노력해야 합니다. 이때 의도적으로 아름답게 잘 쓰려고 하지 않는 것이 좋습니다. 자, 그럼 더 자세하게 알아볼까요?

1. 먼저 제목을 붙입니다.

2. 처음 부분(머리글)을 씁니다.

   ·))▶ 책을 읽게 된 이유나 책을 대했을 때의 느낌을 씁니다.

   ·))▶ 자신의 생활 경험과 관련지어 써 봅니다.

   ·))▶ 제일 감동받은 부분을 씁니다.

   ·))▶ 지은이나 주인공을 소개하는 글을 씁니다.

3. 가운데 부분을 씁니다.

   ·))▶ 자기의 생활과 견주어 씁니다.

   ·))▶ 주인공과 나의 경우를 비교해서 씁니다.

·»》 시시비비를 분명히 가려야 합니다.

·»》 가장 극적이었던 부분을 소개합니다.

4. 끝부분을 씁니다.

·»》 자신의 느낌을 정리합니다.

·»》 자신의 각오를 씁니다.

독후감을 쓴 다음에는 다음과 같은 추고의 과정이 필요합니다.

첫째, 쓴 글을 다시 한 번 읽으면서 맞춤법이나 표준어 규정에 어긋나는 것은 없는지 살펴봐야 합니다.

둘째, 문장이 잘 구성되어 있는지, 또 문단이 잘 짜여져 있는지 알아보아야 합니다. 한 문단에는 소주제문과 보조문들이 있어야 하는데, 그런 점이 잘 지켜져 있는지 유의해야 합니다.

셋째, 글 전체의 구성이 잘 이루어졌는지 살펴봅니다. 예를 들어 서론에 해당하는 부분이 지나치게 길다든지, 결론에 해당하는 부분이 너무 짧다든지, 전체적인 구성이 균형을 잃고 있다면 다시 고쳐 써야 하겠지요.

우리가 시간을 들여 열심히 책을 읽고 난 후 독후감을 잘 쓰기 위해서는 책을 읽고 있는 동안의 느낌을 잊지 않고 글로써 표현할 줄 알아야 하며, 책을 읽고 가장 감명받은 부분을 기억하고 있어야 합니다. 또한 다른 사람들은 어떻게 독후감을 썼는지 남의 것을 읽어 보고, 자신의 것과 비교해 보며 자주 글을 써 보는 것이 중요합니다. 그렇게 하다 보면 자신만의 개성 있는 필치로 독특한 감상문을 쓸 수 있게 되지요. 학교에서 아무리 독후감 숙제를 내주어도 부담없이 즐거운 기분으로 끝낼 수 있을 겁니다!

❽ 그 밖에 알아두면 유익한 것들

▌독후감 쓰기 10대 원칙 ▌

1. 자신의 수준에 맞는 책을 선택합시다.
2. 독후감 쓰는 형식이 있기는 하지만 너무 거기에 구애받을 필요는 없습니다.
3. 자신이 작가라면 어떻게 글을 이끌어갈지를 생각하며 읽어 봅시다.
4. 평소 음악 평론이나 영화 평론을 많이 읽어 봅시다.
5. 읽으면서 마음에 와닿는 것이 있다면 따로 적어 둡시다.
6. 현대 사회의 문제점과 비교하면서 읽어 봅시다.
7. 모르는 것이 있으면 적어 두는 습관을 기릅시다.
8. 신문 사설이나 칼럼을 스크랩해서 필요할 때 사용합시다.
9. 요약하는 데에만 집착하지 말고 제대로 책을 읽읍시다.
10. 읽은 후에는 꼭 독후감을 직접 써 봅시다.

▌책을 읽는 10가지 방법 ▌

1. 아주 어릴 때부터 책과 친하게 지내는 습관을 기릅시다.
2. 너무 속독하려 하지 말고 담겨진 내용을 충실히 읽는 습관을 기

릅시다.

3. 항상 작품이 나와 어떠한 상관 관계가 있는지 체크를 해 가며 읽읍시다.

4. 무조건 책장을 넘길 것이 아니라 시시비비를 가려 가면서 읽읍시다.

5. 매일매일 조금씩이라도 책을 읽는 습관을 들입시다.

6. 책 속에 담긴 뜻을 음미하고 되새기면서 읽읍시다.

7. 너무 자신의 취향에 맞는 책만 읽지 말고 다양한 장르의 책을 골고루 읽도록 합시다.

8. 책 속에 담겨진 교훈을 깊이 생각하고 생활에 적용시킵시다.

9. 책에 따라 읽는 방법을 달리하는 습관을 들입시다. 모든 책이 만화책은 아니기 때문이죠.

10. 바른 자세로 앉아 눈과의 거리를 30cm 두고 밝은 곳에서 읽읍시다.

❾ 원고지 제대로 사용하기

❚제목 및 첫 장 쓰기❚

1. 제목은 석 줄을 잡아 둘째 줄 가운데에 씁니다.

2. 1행 2칸부터 글의 종별을 표시합니다. 가령 수필이면 '수필'이라고 씁니다. 간혹 글의 종별을 비워 두는 경우가 많은데 이는 적는 것을 잊었거나, 원고지 사용법에 무관심하기 때문입니다.

3. 제목을 쓸 때에는 마침표를 찍지 않고, 물음표와 느낌표는 붙이지 않는 것이 좋습니다.

4. 제목에 줄임표는 사용하지 않는 것이 상례입니다.

5. 이름은 넷째 줄 끝에 두 칸 정도를 남기고 씁니다. 특별한 경우에는 서너 칸을 남겨도 됩니다.

6. 성과 이름은 붙여 씁니다. 다만, 성과 이름을 분명히 구별할 필요가 있을 경우에는 띄어 쓸 수 있습니다.

예) 임채후 (O), 남궁석 (O), 남궁 석 (O)

7. 본문은 여섯째 줄부터 쓰는 것이 좋습니다. 단, 특수한 작문인 경우는 넷째 줄부터 본문을 시작해도 상관없습니다.

8. 학교 이름이나 주소가 길 경우에는 세 줄로 쓸 수 있습니다.

9. 주소는 보통 표제지에 기재하고 원고지 첫 장에는 제목과 성명만 간단하게 적는 것이 상례입니다.

10. 성명의 각 글자는 시각적 효과를 위해 널찍하게 한두 칸씩 비워 써도 무방합니다.

11. 학교 앞에 지명을 기입할 때는 학교명을 모두 붙여 써서 지명과 학교명의 구분을 명확히 해 주는 것이 좋습니다.

▌첫 칸 비우기▐

1. 각 문단이 시작될 때는 첫 칸을 비우고 씁니다.

2. 대화체의 경우는 첫 칸을 비우고 씁니다.

3. 인용문이 길 때는 행을 따로 잡아 쓰되, 인용 부분 전체를 한 칸

들여서 씁니다.

4. 첫째, 둘째, 셋째 등으로 이야기를 전개해야 할 때는 시작할 때마다 첫 칸을 비울 수 있습니다. 단, 그 길이가 길거나 제시된 내용을 선명하게 하고자 할 때 비워 둡니다.

5. 시는 처음 두 칸 정도 줄마다 비우고 씁니다.

▌줄 바꾸기 ▌

1. 문단이 바뀔 때는 줄을 바꾸어 씁니다.

2. 대화는 줄을 새로 잡아 씁니다.

3. 인용문을 시작할 때는 줄을 바꾸어 씁니다. 단, 그 길이가 길 때 한해서입니다.

4. 대화나 인용문 뒤에 이어지는 지문은 글이 다시 시작되는 것이므로 한 칸을 들여 씁니다. 단, 이어 받는 말로 시작되는 지문은 첫 칸부터 씁니다.

▌문장 부호 및 아라비아 숫자, 영문자 ▌

1. 문장 부호는 한 칸에 하나씩 넣는 것이 원칙입니다.

2. 아라비아 숫자는 한 칸에 두 자씩 넣습니다.

3. 한자(漢字)로 쓸 때는 띄어 쓰지 않습니다. 그러나 한자와 한글이 함께 쓰이면 띄어 쓰기를 합니다.

4. 마침표(.)와 쉼표(,) 다음에는 통례상 한 칸을 비우지 않으며, 느낌표(!), 물음표(?) 다음에는 통례상 한 칸을 비웁니다.

5. 행의 첫 칸에는 문장 부호를 쓰지 않습니다. 첫 칸에 문장 부호를 써야 할 경우는 그 바로 윗줄의 마지막 칸에 글자와 함께 씁니다.

6. 영문자의 경우, 대문자는 한 칸에 한 글자, 소문자는 한 칸에 두 글자씩 넣습니다.

❿ 문장 부호 바로 알고 쓰기

1. 마침표 : 문장을 끝마치고 찍는 문장 부호로 온점(.), 물음표(?), 느낌표(!)를 이르는 말입니다.

2. 쉼표 : 문장 중간에 찍는 반점(,) 가운뎃점(·) 쌍점(:) 빗금(/)을 이르는 말입니다.

3. 따옴표 : 대화, 인용, 특별어구를 나타낼 때 쓰는 문장 부호로 큰따옴표(" ")와 작은따옴표(' ')를 씁니다.

4. 그 밖의 문장 부호 : 물결표(~)는 '내지(얼마에서 얼마까지)'라는 뜻에 씁니다. 줄임표(……)는 할말을 줄였을 때와 말이 없음을 나타낼 때 씁니다.

⓫ 마 치 며

초등학교나 중학교에서는 독후감이라는 말을 사용하지만 고등학교에 가게 되면 독후감이라는 말보다는 아마 논술이라는 말을 더 많이 쓰고 더 많이 듣게 될 것입니다. 논술이란 말 그대로 어떠한 논제를 가지고 논리적으로 서술하는 것을 말하는데, 이는 하루아침에 이루어지지 않습니다. 다양한 분야의 많은 것을 폭넓고 깊이 있게 알고, 주관을 뚜렷이 할 때만이 논술을 잘 쓰게 되는 것이지요. 그러기 위해서는 중학교 시절부터 많은 책을 읽어 보고 스스로 글을 써 보는 훈련을 하는 것이 중요합니다.

　실제로 고등학교에 가면 교과목 공부에도 시간이 모자라 제대로 책을 읽을 시간이 없거든요. 무엇을 알아야 글을 쓸 것이고, 자신의 주장을 피력할 것 아니겠어요? 그러니 중학생 시절부터 좋은 책을 많이 읽어 보고, 생각해 보며, 글을 써 보는 노력을 하는 것이 여러분의 미래를 더욱 밝게 해줄 것입니다. 아마 그렇게 한 사람은 그렇지 않은 사람보다 10리쯤 앞서 나가지 않을까 생각되는데 여러분 생각은 어떠세요?

▌성 낙 수▌
한국교원대학교 교수, 연세대학교 졸업, 동 대학원에서 석사·박사 학위 받음
▌오 은 주▌
서울여고 교사, 현재 한국교원대학교 대학원 재학, 국민대학교 졸업
▌김 선 화▌
홍천여고 교사, 현재 한국교원대학교 대학원 재학, 강원대학교 졸업

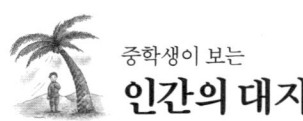

중학생이 보는
인간의 대지

초판1쇄 인쇄 2011년 12월 10일
초판1쇄 발행 2011년 12월 20일

엮 은 이 성낙수 · 오은주 · 김선화
지 은 이 생텍쥐페리
옮 긴 이 안응렬
펴 낸 이 신원영
펴 낸 곳 (주)신원문화사

주   소 서울시 영등포구 당산동 121-245 신원빌딩 3층
전   화 3664—2131~4
팩   스 3664—2130

출판등록 1976년 9월 16일 제5 - 68호

* 잘못된 책은 바꾸어 드립니다.

ISBN 978 - 89 - 359 - 1578 - 1 44860